双美集

朱光潜
宗白华
著

天地出版社 | TIANDI PRESS

图书在版编目（CIP）数据

双美集 / 朱光潜，宗白华著. —成都:天地出版社，2019.10
ISBN 978-7-5455-4990-4

Ⅰ.①双… Ⅱ.①朱… ②宗… Ⅲ.①散文集－中国－当代
Ⅳ.①I267

中国版本图书馆CIP数据核字（2019）第106017号

SHUANG MEI JI
双美集

出 品 人　杨　政
作　　者　朱光潜　宗白华
责任编辑　杨永龙　高　晶
封面设计　林　丽
内文排版　wendy
责任印制　葛红梅

出版发行　天地出版社
（成都市槐树街2号　邮政编码：610014）
（北京市方庄芳群园3区3号　邮政编码：100078）
网　　址　http://www.tiandiph.com
电子邮箱　tianditg@163.com
经　　销　新华文轩出版传媒股份有限公司

印　　刷　北京文昌阁彩色印刷有限责任公司
版　　次　2019年10月第1版
印　　次　2019年10月第1次印刷
开　　本　787mm×1092mm 1/32
印　　张　13.5
字　　数　245千字
定　　价　68.00元
书　　号　ISBN 978-7-5455-4990-4

咨询电话：(028) 87734639（总编室）
购书热线：(010) 67693207（营销中心）

出版说明

朱光潜、宗白华先生同年生同年逝，同为 20 世纪中国美学奠基人，有美学“双子星”之誉。他们在探求美的一生中，为大众书写了不朽的美学经典，影响了几代年轻人。本书是两位美学大师的首次合集出版。

本书以获得国家图书奖的《宗白华全集》，以及《朱光潜全集》为底本，精选两位大师关于美学、生活与人生的经典文论。因年代久远，译名、词汇、标点符号和数字用法产生了很大变化，为方便读者阅读，按相关出版规定进行了适当编辑处理。如：“摩娜丽莎”改为“蒙娜丽莎”，“卢佛尔宫”改为“卢浮宫”，“形相”改为“形象”，“么”改为“吗”等，篇幅所限，恕不一一列举。同时，为了尊重作者和保存原著精神，除此之外的部分保留作品原貌。如有疏漏之处，望读者鉴谅。

目录

朱光潜卷

一辑 无言之美

三辑 美学八讲

附录

二辑 人生八笺

第三辑 西方思辨之美

附录 宗白华自述

宗白华卷

一辑 美学散步

二辑 东方灵韵之美

朱光潜卷

棕榈树下的圣家族 / 意大利 / 拉斐尔·圣奇奥

你如果问我，人们生活在
这幻变无常的世相中究竟为着什么？
我说，
生活就是为着生活，别无其他目的。

天上的爱与人间的爱 / 意大利 / 提香·韦切利奥

你如果问我，

人们应该如何生活才好呢？

我说，

就顺着自然所给的本性生活着，

像草木虫鱼一样。

人生本来就是一种较广泛的艺术，
每个人的生命史就是他自己的作品。

洗浴 / 法国 / 威廉－阿道夫·布格罗

你是否知道生活，
就看你对于许多事物能否欣赏。

泉 / 法国 / 让·奥古斯特·多米尼克·安格尔

蒙娜丽莎 / 意大利 / 达·芬奇

凡是第一流美术作品都能使人在微尘中见出大千，
在刹那中见出终古。
虽则见欢爱而无留恋，虽则见罪孽而无畏惧。

玫瑰 / 荷兰 / 凡·高

美感的态度丝毫不带占有欲。

一朵花无论是生在邻家的园子里或是插在你自己的瓶子里，

你只要能欣赏，

它都是一样美。

一辑 无言之美

骏马秋风冀北，
杏花春雨江南。

生　命

说起来已是二十年前的事了。如今我还记得清楚，因为那是我生平中一个最深刻的印象。有一年夏天，我到苏格兰西北海滨一个叫作爱约夏的地方去游历，想趁便去拜访农民诗人彭斯的草庐。那一带地方风景仿佛像日本内海而更曲折多变化。海湾伸入群山间成为无数绿水映着青山的湖。湖和山都老是那样恬静幽闲而且带着荒凉景象，几里路中不容易碰见一个村落，处处都是山、谷、树林和草坪。走到一个湖滨，我突然看见人山人海——男的女的，老的少的，穿深蓝大红衣服的，褴褛蹒跚的，蠕蠕蠢动，闹得喧天震地——原来那是一个有名的浴场。那是星期天，人们在城市里做了六天的牛马，来此过一天快活日子。他们在炫耀他们的服装，他们的嗜好，他们的皮肉，他们的欢爱，他们的文雅与村俗。像湖水的波涛汹涌一样，他们都投在生命的狂澜里，尽情享一日的欢乐。就在这么一个场合中，一位看来像是皮鞋匠的牧师在附近草坪中竖起一个讲台向寻乐的人们布道。他也吸引了一大群人。他喧嚷，群众喧嚷，湖水也喧嚷，他的话无从听清楚，只有“天国”“上帝”“忏悔”“罪孽”几个较熟的字眼偶尔可以分辨出来。那群众常是流动的，时而由湖水里爬上来看牧师，时而由牧师那里走下湖水。游泳的游泳，听道的听道，总之，都在凑热闹。

对着这场热闹，我伫立凝神一反省，心里突然起了一阵空虚寂寞的感觉，我思量到生命的问题。摆在我们面前的显然就是生命。我首先感到的是这生命太不调和。那么幽静的湖山当中有那么一大群嘈杂的人在嬉笑取乐，有如佛堂中的蚂蚁抢搬虫尸，已显不称；又加上两位牧师对着那些喝酒，抽烟，穿着游泳衣裸着胳膊大腿卖眼色的男男女女讲“天国”和“忏悔”，这岂不是对于生命的一个强烈的讽刺？约翰授洗者在沙漠中高呼救世主来临的消息，他的声音算是投在虚空中了。那位苏格兰牧师有什么可比约翰的？他以布道为职业，于道未必有所知见，不过剽窃一些空洞的教门中语扔到头脑空洞的人们的耳里，岂不是空虚而又空虚？推而广之，这世间一切，何尝不都是如此？比如那些游泳的人们在尽情欢乐，虽是热烈却也很盲目，大家不过是机械地受生命的动物的要求在鼓动驱遣，太阳下去了，各自回家，沙滩又恢复它的本来的清寂，有如歌残筵散。

当时我感觉空虚寂寞者在此。

但是像那一大群人一样，我也欣喜赶了一场热闹，那一天算是没有虚度，于今回想，仍觉那回事很有趣。生命像在那沙滩所表现的，有图画家所谓阴阳向背，你跳进去扮演一个角色也好，站在旁边闲望也好，应该都可以叫你兴高采烈。在那一顷刻，生命在那些人们中动荡，他们领受了生命而心满意足了，谁有权去鄙视他们，甚至于怜悯他们？厌世疾俗者一半都是妄自尊大，我惭愧我有时未能免俗。

孔子看流水，发过一个最深永的感叹，他说："逝者如斯夫，不舍昼夜！"生命本来就是流动，单就"逝"的一方面来看，不免令人想到毁灭与空虚；但是这并不是有去无来，而是去的若不去，来的就不能来；生生不息，才能念念常新。莎士比亚说生命"像一个白痴说的故事，满是声响和愤激，毫无意义"，虽是慨乎言之，却不是一句见道之语。生命是一个说故事的人，虽老是抱着那么陈腐的"母题"转，而每一顷刻中的故事却是新鲜的，自有意义的。这一顷刻中有了新鲜有意义的故事，这一顷刻中我们心满意足了，这一顷刻的生命便不能算是空虚。生命原是一顷刻接着一顷刻地实现，好在它"不舍昼夜"。算起总账来，层层实数相加，决不会等于零。人们不抓住每一顷刻在实现中的人生，而去追究过去的原因与未来的究竟，那就犹如在相加各项数目的总和之外求这笔加法的得数。追究最初因与最后果，都要走到“无穷追溯”（reductio ad infintum）。这道理哲学家们本应知道，而爱追究最初因与最后果的偏偏是些哲学家们。这不只是不谦虚，而且是不通达。一件事物实现了，它的形象在那里，它的原因和目的也就在那里。种中有果，果中也有种，离开一棵植物无所谓种与果，离开种与果也无所谓一棵植物（像我的朋友废名先生在他的《阿赖耶识论》里所说明的）。比如说一幅画，有什么原因和目的！它现出一个新鲜完美的形象，这岂不就是它的生命，它的原因，它的目的？

且再拿这幅画来比譬生命。我们过去生活正如画一幅画，当前我们所要经心的不是这幅画画成之后会有怎样一个命运，归于永恒或是归于毁灭，而是如何把它画成一幅画，有画所应有的形象与生命。不求诸抓得住的现在而求诸渺茫不可知的未来，这正如佛经所说的身怀珠玉而向他人行乞。但是事实上许多人都在未来的永恒或毁灭上打计算。波斯大帝带着百万大军西征希腊，过海勒斯朋海峡时，他站在将台看他的大军由船桥上源源不绝地渡过海峡，他忽然流涕向他的叔父说：“我想到人生的短促，看这样多的大军，百年之后，没有一个人还能活着，心里突然起了阵哀悯。”他的叔父回答说：“但是人生中还有更可哀的事咧，我们在世的时间虽短促，世间没有一个人，无论在这大军之内或在这大军之外，能够那样幸运，在一生中不有好几次不愿生而宁愿死。”这两人的话都各有至理，至少是能反映大多数人对于生命的观感。嫌人生短促，于是设种种方法求永恒。秦皇汉武信方士，求神仙，以及后世道家炼丹养气，都是妄想所谓“长生”。“服食求神仙，多为药所误。不如饮美酒，被服纨与素”，这本是诗人愤疾之言，但是反话大可作正话看；也许作正话看，还有更深的意蕴。说来也奇怪，许多英雄豪杰在生命的流连上都未能免俗。我因此想到曹孟德的遗嘱：

吾死之后，葬于邺中西冈上……妾与伎人皆著铜雀台，台上施六尺床，下繐帐。朝晡上脯精之属，每月朝十五，辄向帐前作伎，汝等时登台，望吾西陵墓田。

他计算得真周到，可怜虫！谢朓说得好：

繐帷飘井干，樽酒若平生。

郁郁西陵树，讵闻歌吹声！

孔子毕竟是达人，他听说桓司马自为石椁，三年而不成，便说“死不如速朽之为愈也”。谈到朽与不朽问题，这话也很难说。我们固无庸计较朽与不朽，朽之中却有不朽者在。曹孟德朽了，铜雀台伎也朽了，但是他的那篇遗嘱，何逊、谢朓、李贺诸人的铜雀台诗，甚至于铜雀台一片瓦，于今还叫讽咏摩娑的人们欣喜赞叹。“前水复后水，古今相续流”，历史原是纳过去于现在，过去的并不完全过去。其实若就种中有果来说，未来的也并不完全未来，这现在一顷刻实在伟大到不可思议，刹那中自有终古，微尘中自有大千，而汝心中亦自有天国。这是不朽的第一义谛。

相反两极端常相交相合。人渴望长生不朽，也渴望无生速朽。我们回到波斯大帝的叔父的话：“世间没有一个人在一生中不有好几次不愿生宁愿死。”痛苦到极点想死，一切自杀者可以为证；快乐到极点也还是想死，我自己就有一两次这样经验。一次是在二十余年前一个中秋前后，我乘船到上海，夜里经过焦山，那时候大月亮正照着山上的庙和树，江里的细浪像金线在轻轻地翻滚，我一个人在甲板上走，船上原是载满了人，我不觉得有一个人，我心里那时候也有那万里无云、水月澄莹的景象，于是非常喜悦，于是突然起了脱离这个世界的愿望。另外一次也是在秋天，时间是傍晚，我在北海里的白塔顶上望北平城里的楼台烟树，望到西郊的远山，望到将要下去的红烈烈的太阳，想起李白的“西风残照，汉家陵阙”那两个名句，觉得目前的境界真是苍凉而雄伟，当时我也感觉到我不应该再留在这个世界里。我自信我的精神正常，但是这两次想死的意念真来得突兀。诗人济慈在《夜莺歌》里于欣赏一个极幽美的夜景之后，也表示过同样的愿望，他说：

> Now more than ever seems it rich to die.
>
> （现在死像比任何时都较丰富。）

他要趁生命最丰富的时候死，过了那良辰美景，死在一个平凡枯燥的场合里，那就死得不值得。甚至于死本身，像鸟歌和花香一样，也可成为生命中一种奢侈的享受。我两次想到死，下意识中是否也有这种奢侈欲，我不敢断定。但是如今冷静地分析想死的心理，我敢说它和想长生的道理还是一样，都是对于生命的执着。想长生是爱着生命不肯放手，想死是怕放手轻易地让生命溜走，要死得痛快才算活得痛快，死还是为着活，为着活的时候心里一点快慰。好比贪吃的人想趁吃大鱼大肉的时候死，怕的是将来吃不到那样好的，根本还是由于他贪吃，否则将来吃不到那样好的，对于他毫不感威胁。

生命的执着属于佛家所谓“我执”，人生一切灾祸罪孽都由此起。佛家针对着人类的这个普遍的病根，倡无生，破我执，可算对症下药。但是佛家也并不曾主张灭生灭我，不曾叫人类做集体的自杀，而只叫人明白一般人所希求的和所知见的都是空幻。还不仅此，佛家在积极方面还要慈悲救世，对于生命是取护持的态度。舍身饲虎的故事显示我们为着救济他生命，需不惜牺牲己生命。我心里对此尝存一个疑惑：既证明生命空幻而还要这样护持生命是为什么呢？目前我对于佛家的了解还不够使我找出一个圆满的解答。不过我对于这生命问题倒有一个看法，这看法大体源于庄子。（我不敢说它是否合于佛家的意思。）庄子尝提到生死问题，在《大宗师》篇说得尤其透辟。在这篇里他着重一个“化”字，我觉得这“化”字非常之妙。中国人称造物为“造化”，万物为“万化”。生命原就是化，就是流动与变易。整个宇宙在化，物在化，我也在化。只是化，并非毁灭。草木虫鱼在化，它们并不因此而有所忧喜，而全体宇宙也不因此而有所损益。何以我独于我的化看成世间一件大了不起的事呢？我特别看待我的化，这便是“我执”。庄子对此有一段妙喻：

今大冶铸金，金踊跃曰“我且必为莫邪”，大冶必以为不祥之金。今一犯人之形，而曰“人耳，人耳”，夫造化者必以为不祥之人。今以天地为大炉，以造化为大冶，恶乎往而不可哉？成然寐，蘧然觉。

在这个比喻里，庄子破了“我执”，也解决了生死问题。人在造化手里，听他铸，听他“化”而已，强立物我分别，是为不祥。庄子所谓寐觉，是比喻生死。睡一觉醒过来，本不算一回事，生死何尝不如此？寐与觉为化，生与死也还是化。庄周梦为蝴蝶，则“栩栩然蝴蝶也”“俄然觉，则蘧蘧然周也”，生而为人，死而化为鼠肝虫背，都只有听之而已。在生时这个我在大化流行中有他的妙用，死后我的化形也还是如此，庄子说：

浸假而化予之左臂以为鸡，予因以求时夜；浸假而化予之右臂以为弹，予因以求鸮炙……

物质毕竟是不灭的，漫说精神。试想宇宙中有几许因素来化成我，我死后在宇宙中又化成几许事物，经过几许变化，发生几许影响，这是何等伟大而悠久，丰富而曲折的一个游历，一个冒险？这真是所谓“逍遥游”！

这种人生态度就是儒家所谓“赞天地之化育”，郭象所谓“随变任化”（见《大宗师》篇“相望以生”句注），翻成近代语就是“顺从自然”。我不愿辩护这种态度是否为颓废的或消极的，懂得的人自会懂得，无庸以口舌争。近代人说要“征服自然”，道理也很正大。但是怎样征服？还不是要顺从自然的本性？严格地说，世间没有一件不自然的事，也没一件事能不自然。因为这个道理，全体宇宙才是一个整一融贯的有机体，大化运行才是一部和谐的交响曲，而cosmos（宇宙）不是chaos（嘈杂）。人的最聪明的办法是与自然合拍，如草木在和风丽日中开着花叶，在严霜中枯谢，如流水行云自在运行无碍，如“鱼相与忘于江湖”。人的厄运在当着自然的大交响曲“唱翻腔”，来破坏它的和谐。执我执法，贪生想死，都是“唱翻腔”。

孔子说过：“朝闻道，夕死可矣。”人难能的是这“闻道”。我们谁不自信聪明，自以为比旁人高一着？但是谁的眼睛能跳开他那“小我”的圈子而四方八面地看一看？谁的脑筋不堆着习俗所扔下来的一些垃圾？每个人都有一个密不通风的“障”包围着他。我们的“根本惑”像佛家所说的，是“无明”。我们在这世界里大半是“盲人骑瞎马”，横冲直撞，怎能不闯祸事！所以说来说去，人生最要紧的事是“明”，是“觉”，是佛家所说的“大圆镜智”。法国人说“了解一切，就是宽恕一切”，我们可以补上一句“了解一切，就是解决一切”，生命对于我们还有问题，就因为我们对它还没有了解。既没有了解生命，我们凭什么对付生命呢？于是我想到这世间纷纷扰攘的人们。

无言之美

孔子有一天突然很高兴地对他的学生说："予欲无言。"子贡就接着问他："子如不言，则小子何述焉？"孔子说："天何言哉？四时行焉，百物生焉。天何言哉？"

这段赞美无言的话，本来从教育方面着想。但是要明了无言的意蕴，宜从美术观点去研究。

言所以达意，然而意决不是完全可以言达的。因为言是固定的，有迹象的；意是瞬息万变，飘渺无踪的。言是散碎的，意是混整的。言是有限的，意是无限的。以言达意，好像用断续的虚线画实物，只能得其近似。

所谓文学，就是以言达意的一种美术。在文学作品中，语言之先的意象和情绪意旨所附丽的语言，都要尽美尽善，才能引起美感。

尽美尽善的条件很多。但是第一要不违背美术的基本原理，要“和自然逼真”（true to nature）。这句话讲得通俗一点，就是说美术作品不能说谎。不说谎包含有两种意义：一、我们所说的话，就恰似我们所想说的话；二、我们所想说的话，我们都吐肚子说出来了，毫无余蕴。

意既不可以完全达之以言，“和自然逼真”一个条件在文学上不是做不到吗？或者我们问得再直接一点，假使语言文字能够完全传达情意，假使笔之于书的和存之于心的铢两悉称，丝毫不爽，这是不是文学上所应希求的一件事？

这个问题是了解文学及其他美术所必须回答的。现在我们姑且答道：文字语言固然不能全部传达情绪意旨，假使能够，也并非文学所应希求的。一切美术作品也都是这样，尽量表现，非唯不能，而也不必。

先从事实下手研究。譬如有一个荒村或任何物体，摄影家把它照一幅相，美术家把它画一幅画。这种相片和图画可以从两个观点去比较：第一，相片或图画，哪一个较“和自然逼真”？不消说得，在同一视阈以内的东西，相片都可以包罗尽致，并且体积比例和实物都两两相称，不会有丝毫错误。图画就不然。美术家对一种境遇，未表现之先，先加一番选择。选择定的材料还须经过一番理想化，把美术家的人格参加进去，然后表现出来。所表现的只是实物一部分，就连这一部分也不必和实物完全一致。所以图画决不能如相片一样“和自然逼真”。第二，我们再问，相片和图画所引起的美感哪一个浓厚，所发生的印象哪一个深刻？这也不消说，稍有美术口胃的人都觉得图画比相片美得多。

文学作品也是同样。譬如《论语》，“子在川上曰：‘逝者如斯夫，不舍昼夜！’”几句话决没完全描写出孔子说这番话时候的心境，而“如斯夫”三字更笼统，没有把当时的流水形容尽致。如果说详细一点，孔子也许这样说：“河水滚滚地流去，日夜都是这样，没有一刻停止。世界上一切事物不都像这流水时常变化不尽吗？过去的事物不就永远过去决不回头吗？我看见这流水心中好不惨伤呀！……”但是纵使这样说去，还没有尽意。而比较起来，“逝者如斯夫，不舍昼夜！”九个字比这段长而臭的演义就值得玩味多了！在上等文学作品中——尤其在诗词中——这种言不尽意的例子处处都可以看见。譬如陶渊明的《时运》，“有风自南，翼彼新苗”；《读〈山海经〉》，“微雨从东来，好风与之俱”，本来没有表现出诗人的情绪，然而玩味起来，自觉有一种闲情逸致，令人心旷神怡。钱起的《省试湘灵鼓瑟》末二句，“曲终人不见，江上数峰青”，也没有说出诗人的心绪，然而一种凄凉惜别的神情自然流露于言语之外。此外像陈子昂的《登幽州台歌》：“前不见古人，后不见来者。念天地之悠悠，独怆然而涕下！”李白的《怨情》：“美人卷珠帘，深坐颦蛾眉。但见泪痕湿，不知心恨谁。”虽然说明了诗人的情感，而所说出来的多么简单，所含蓄的多么深远！再就写景说，无论何种境遇，要描写得惟妙惟肖，都要费许多笔墨。但是大手笔只选择两三件事轻描淡写一下，完全境遇便呈露眼前，栩栩如生。譬如陶渊明的《归园田居》：“方宅十余亩，草屋八九间。榆柳荫后檐，桃李罗堂前。暧暧远人村，依依墟里烟。狗吠深巷中，鸡鸣桑树颠。”四十字把乡村风景描写得多么真切！再如杜工部的《后出塞》：“落日照大旗，马鸣风萧萧。平沙列万幕，部伍各见招。中天悬明月，令严夜寂寥。悲笳数声动，壮士惨不骄。”寥寥几句话，把月夜沙场状况写得多么有声有色！然而仔细观察起来，乡村景物还有多少为陶渊明所未提及，战地情况还有多少为杜工部所未提及。从此可知文学上我们并不以尽量表现为难能可贵。

在音乐里面，我们也有这种感想，凡是唱歌奏乐，音调由洪壮急促而变到低微以至于无声的时候，我们精神上就有一种沉默肃穆和平愉快的景象。白香山在《琵琶行》里形容琵琶声音暂时停顿的情况说：“冰泉冷涩弦凝绝，凝绝不通声暂歇。别有幽愁暗恨生，此时无声胜有声。”这就是形容音乐上无言之美的滋味。英国著名诗人济慈（Keats）在《希腊花瓶歌》也说，“听得见的声调固然幽美，听不见的声调尤其幽美”（Heard melodies are sweet；but those unheard sweeter），也是说同样道理。大概喜欢音乐的人都尝过此中滋味。

就戏剧说，无言之美更容易看出。许多作品往往在热闹场中动作快到极重要的一点时，忽然万籁俱寂，现出一种沉默神秘的景象。梅特林克（Maeterlinck）的作品就是好例。譬如《青鸟》的布景，择夜阑人静的时候，使重要角色睡得很长久，就是利用无言之美的道理。梅氏并且说：“口开则灵魂之门闭，口闭则灵魂之门开。”赞无言之美的话不能比此更透辟了。莎士比亚的名著《哈姆雷特》一剧开幕便描写更夫守夜的状况，德林瓦特（Drinkwater）在其《林肯》中描写林肯在南北战争军事傍午的时候跪着默祷，王尔德（O.Wilde）的《温德梅尔夫人的扇子》里面描写温德梅尔夫人私奔在她的情人寓所等候的状况，都在兴酣局紧，心悬悬渴望结局时，放出沉默神秘的色彩，都足以证明无言之美的。近代又有一种哑剧和静的布景，或只有动作而无言语，或连动作也没有，就将靠无言之美引人入胜了。

雕刻塑像本来是无言的，也可以拿来说明无言之美。所谓无言，不一定指不说话，是注重在含蓄不露。雕刻以静体传神，有些是流露的，有些是含蓄的。这种分别在眼睛上尤其容易看见。中国有一句谚语说，“金刚怒目，不如菩萨低眉”，所谓怒目，便是流露；所谓低眉，便是含蓄。凡看低头闭目的神像，所生的印象往往特别深刻。最有趣的就是西洋爱神的雕刻，她们男女都是瞎了眼睛。这固然根据希腊的神话，然而实在含有美术的道理，因为爱情通常都在眉目间流露，而流露爱情的眉目是最难比拟的。所以索性雕成盲目，可以耐人寻思。当初雕刻家原不必有意为此，但这些也许是人类不用意识而自然碰的巧。

要说明雕刻上流露和含蓄的分别，希腊著名雕刻《拉奥孔》（*Laocoon*）是最好的例子。相传拉奥孔犯了大罪，天神用了一种极惨酷的刑法来惩罚他，遣了一条恶蛇把他和他的两个儿子在一块绞死了。在这种极刑之下，未死之前当然有一种悲伤惨戚目不忍睹的一顷刻，而希腊雕刻家并不擒住这一顷刻来表现，他只把将达苦痛极点前一顷刻的神情雕刻出来，所以他所表现的悲哀是含蓄不露的。倘若是流露的，一定带了挣扎呼号的样子。这个雕刻，一眼看去，只觉得他们父子三人都有一种难言之恫；仔细看去，便可发现条条筋肉根根毛孔都暗示一种极苦痛的神情。德国莱辛（Lessing）的名著《拉奥孔》就根据这个雕刻，讨论美术上含蓄的道理。

以上是从各种艺术中信手拈来的几个实例。把这些个别的实例归纳在一起，我们可以得一个公例，就是：拿美术来表现思想和情感，与其尽量流露，不如稍有含蓄；与其吐肚子把一切都说出来，不如留一大部分让欣赏者自己去领会。因为在欣赏者的头脑里所生的印象和美感，有含蓄比较尽量流露的还要更加深刻。换句话说，说出来的越少，留着不说的越多，所引起的美感就越大越深越真切。

这个公例不过是许多事实的总结束。现在我们要进一步求出解释这个公例的理由。我们要问何以说得越少，引起的美感反而越深刻？何以无言之美有如许势力？

想答复这个问题，先要明白美术的使命。人类何以有美术的要求？这个问题本非一言可尽。现在我们姑且说，美术是帮助我们超现实而求安慰于理想境界的。人类的意志可向两方面发展：一是现实界，一是理想界。不过现实界有时受我们的意志支配，有时不受我们的意志支配。譬如我们想造一所房屋，这是一种意志。要达到这个意志，必费许多力气去征服现实，要开荒辟地，要造砖瓦，要架梁柱，要赚钱去请泥水匠。这些事都是人力可以办到的，都是可以用意志支配的。但是现实界凡物皆向地心下坠一条定律，就不可以用意志征服。所以意志在现实界活动，处处遇障碍，处处受限制，不能圆满地达到目的，实际上我们的意志十之八九都要受现实限制，不能自由发展。譬如谁不想有美满的家庭？谁不想住在极乐国？然而在现实界决没有所谓极乐美满的东西存在。因此我们的意志就不能不和现实发生冲突。

一般人遇到意志和现实发生冲突的时候，大半让现实征服了意志，走到悲观烦闷的路上去，以为件件事都不如人意，人生还有什么意味？所以堕落、自杀、逃空门种种的消极的解决法就乘虚而入了，不过这种消极的人生观不是解决意志和现实冲突最好的方法。因为我们人类生来不是懦弱者，而这种消极的人生观甘心让现实把意志征服了，是一种极懦弱的表示。

然则此外还有较好的解决法吗？有的，就是我所谓超现实。我们处世有两种态度，人力所能做到的时候，我们竭力征服现实。人力莫可奈何的时候，我们就要暂时超脱现实，储蓄精力待将来再向他方面征服现实。超脱到哪里去呢？超脱到理想界去。现实界处处有障碍有限制，理想界是天空任鸟飞，极空阔极自由的。现实界不可以造空中楼阁，理想界是可以造空中楼阁的。现实界没有尽美尽善，理想界是有尽美尽善的。

姑取实例来说明。我们走到小城市里去，看见街道窄狭污浊，处处都是阴沟厕所，当然感觉不快，而意志立时就要表示态度。如果意志要征服这种现实哩，我们就要把这种街道房屋一律拆毁，另造宽大的马路和清洁的房屋。但是谈何容易？物质上发生种种障碍，这一层就不一定可以做到。意志在此时如何对付呢？他说：我要超脱现实，去在理想界造成理想的街道房屋来，把它表现在图画上，表现在雕刻上，表现在诗文上。于是结果有所谓美术作品。美术家完成了一件作品，自己觉得有创造的大力，当然快乐已极。旁人看见这种作品，觉得它真美丽，于是也愉快起来了，这就是所谓美感。

因此美术家的生活就是超现实的生活，美术作品就是帮助我们超脱现实到理想界去求安慰的。换句话说，我们有美术的要求，就因为现实界待遇我们太刻薄，不肯让我们的意志推行无碍，于是我们的意志就跑到理想界去求慰情的路径。美术作品之所以美，就美在它能够给我们很好的理想境界。所以我们可以说，美术作品的价值高低就看它超现实的程度大小，就看它所创造的理想世界是阔大还是窄狭。

但是美术又不是完全可以和现实界绝缘的。它所用的工具例如雕刻用的石头，图画用的颜色，诗文用的语言——都是在现实界取来的。它所用的材料——例如人物情状悲欢离合——也是现实界的产物。所以美术可以说是以毒攻毒，利用现实的帮助以超脱现实的苦恼。上面我们说过，美术作品的价值高低要看它超脱现实的程度如何。这句话应稍加改正，我们应该说，美术作品的价值高低，就看它能否借极少量的现实界的帮助，创造极大量的理想世界出来。

在实际上说，美术作品借现实界的帮助愈少，所创造的理想世界也因而愈大。再拿相片和图画来说明。何以相片所引起的美感不如图画呢？因为相片上一形一影，件件都是真实的，而且应有尽有，发泄无遗。我们看相片，种种形影好像钉子把我们的想象力都钉死了。看到相片，好像看到二五，就只能想到一十，不能想到其他数目。换句话说，相片把事物看得忒真，没有给我们以想象余地。所以相片，只能抄写现实界，不能创造理想界。图画就不然。图画家用美术眼光，加一番选择的功夫，在一个完全境遇中选择了一小部事物，把它们又经过一番理想化，然后才表现出来。唯其留着一大部分不表现，欣赏者的想象力才有用武之地。想象作用的结果就是一个理想世界。所以图画所表现的现实世界虽极小而创造的理想世界则极大。孔子谈教育说："举一隅不以三隅反，则不复也。"相片是把四隅通举出来了，不要你劳力去"复"。图画就只举一隅，叫欣赏者加一番想象，然后"以三隅反"。

流行语中有一句说："言有尽而意无穷。"无穷之意达之以有尽之言，所以有许多意，尽在不言中。文学之所以美，不仅在有尽之言，而尤在无穷之意。推广地说，美术作品之所以美，不是只美在已表现的一部分，尤其是美在未表现而含蓄无穷的一大部分，这就是本文所谓无言之美。

因此美术要和自然逼真一个信条应该这样解释：和自然逼真是要窥出自然的精髓所在，而表现出来；不是说要把自然当作一篇印版文字，很机械地抄写下来。

这里有一个问题会发生。假使我们欣赏美术作品，要注重在未表现而含蓄着的一部分，要超“言”而求“言外意”，各个人有各个人的见解，所得的言外意不是难免殊异吗？当然，美术作品之所以美，就美在有弹性，能拉得长，能缩得短。有弹性所以不呆板。同一美术作品，你去玩味有你的趣味，我去玩味有我的趣味。譬如莎氏乐府所以在艺术上占极高位置，就因为各种阶级的人在不同的环境中都欢喜读他。有弹性所以不陈腐。同一美术作品，今天玩味有今天的趣味，明天玩味有明天的趣味。凡是经不得时代淘汰的作品都不是上乘。上乘文学作品，百读都令人不厌的。

就文学说，诗词比散文的弹性大，换句话说，诗词比散文所含的无言之美更丰富。散文是尽量流露的，愈发挥尽致，愈见其妙。诗词是要含蓄暗示，若即若离，才能引人入胜。现在一般研究文学的人都偏重散文——尤其是小说，对于诗词很疏忽。这件事实可以证明一般人文学欣赏力很薄弱。现在如果要提高文学，必先提高文学欣赏力，要提高文学欣赏力，必先在诗词方面特下功夫，把鉴赏无言之美的能力养得很敏捷。因此我很希望文学创作者在诗词方面多努力，而学校国文课程中诗歌应该占一个重要的位置。

本文论无言之美，只就美术一方面着眼。其实这个道理在伦理、哲学、教育、宗教及实际生活各方面，都不难发现。老子《道德经》开卷便说："道可道，非常道；名可名，非常名。"这就是说伦理哲学中有无言之美。儒家谈教育，大半主张潜移默化，所以拿时雨春风作比喻。佛教及其他宗教之能深入人心，也是借沉默神秘的势力。儿童之家创造者蒙台梭利利用无言之美的办法尤其有趣。在她的儿童之家里，教师每天趁儿童玩得很热闹的时候，猛然地在粉板上写一个"静"字，或奏一声琴。全体儿童于是都跑到自己的座位去，闭着眼睛蒙着头伏案做假睡的姿势，但是他们不可睡着。几分钟后，教师又用很轻微的声音，从颇远的地方呼唤各个儿童的名字。听见名字的就要立刻醒起来。这就是使儿童可以在沉默中领略无言之美。

就实际生活方面说，世间最深切的莫如男女爱情。爱情摆在肚子里面比摆在口头上来得恳切。"齐心同所愿，含意俱未伸"和"更无言语空相觑"，比较"细语温存""怜我怜卿"的滋味还要更加甜蜜。英国诗人布莱克（Blake）有一首诗叫作《爱情之秘》（*Love's Secret*）里面说：

切莫告诉你的爱情，
爱情是永远不可以告诉的，
因为她像微风一样，
不做声不做气地吹着。

我曾经把我的爱情告诉而又告诉，
我把一切都披肝沥胆地告诉爱人了，
打着寒颤，耸头发地告诉，
然而她终于离我去了！

她离我去了，
不多时一个过客来了。
不做声不做气地，只微叹一声，
便把她带去了。

这首短诗描写爱情上无言之美的势力，可谓透辟已极了。本来爱情完全是一种心灵的感应，其深刻处是老子所谓不可道不可名的。所以许多诗人以为“爱情”两个字本身就太滥太寻常太乏味，不能拿来写照男女间神圣深挚的情绪。

其实何止爱情？世间有许多奥妙，人心有许多灵悟，都非言语可以传达，一经言语道破，反如甘蔗渣滓，索然无味。这个道理还可以推到宇宙人生诸问题方面去。我们所居的世界是最完美的，就因为它是最不完美的。这话表面看去，不通已极，但是实在含有至理。假如世界是完美的，人类所过的生活——比好一点，是神仙的生活；比坏一点，就是猪的生活——便呆板单调已极，因为倘若件件都尽美尽善了，自然没有希望发生，更没有努力奋斗的必要。人生最可乐的就是活动所生的感觉，就是奋斗成功而得的快慰。世界既完美，我们如何能尝创造成功的快慰？这个世界之所以美满，就在有缺陷，就在有希望的机会，有想象的田地。换句话说，世界有缺陷，可能性（potentiality）才大。这种可能而未能的状况就是无言之美。世间有许多奥妙，要留着不说出；世间有许多理想，也应该留着不实现。因为实现以后，跟着“我知道了！”的快慰便是“原来不过如是！”的失望。

天上的云霞有多么美丽！风涛虫鸟的声息有多么和谐！用颜色来摹绘，用金石丝竹来比拟，任何美术家也是作践天籁、糟蹋自然！无言之美何限？让我这种拙手来写照，已是糟粕枯骸！这种罪过我要完全承认的。倘若有人骂我胡言乱道，我也只好引陶渊明的诗回答他说：“此中有真意，欲辨已忘言！”

诗人的孤寂

心灵有时可互相渗透，也有时不可互相渗透。在可互相渗透时，彼此不劳唇舌，就可以默然相喻；在不可渗透时，隔着一层肉就如隔着一层壁，夫子以为至理，而我却以为孟浪。惠子问庄子："子非鱼，安知鱼之乐？"庄子反问惠子："子非我，安知我不知鱼之乐？"谈到彻底了解时，人们都是隔着星宿住的，长电波和短电波都不能替他们传达消息。

比如眼前这一朵花，你所见的和我所见的完全相同吗？你所嗅的和我所嗅的完全相同吗？你所联想的和我所联想的又完全相同吗？"天下之耳相似焉，师旷先得我心之所同然者。"这是一句粗浅语。你觉得香的我固然也觉得香，你觉得和谐的我固然也觉得和谐；但是香的、和谐的，都有许多浓淡深浅的程度差别。毫厘之差往往谬以千里。法国诗人魏尔伦（Verlaine）所着重的nuance（细微差别），就是这浓淡深浅上的毫厘差别。

一般人较量分寸而不暇剖析毫厘，以为毫厘的差别无关宏旨，但是古代寓言不曾明白地告诉我们，压死骆驼的重量就是最后的一茎干草吗？

凡是情绪和思致，愈粗浅，愈平凡，就愈容易渗透；愈微妙，愈不寻常，就愈不容易渗透。一般人所谓“知解”都限于粗浅的皮相，把香的同认作香，臭的同认作臭，而浓淡深浅上的毫厘差别是无法可以从这个心灵渗透到那个心灵里去的。在粗浅的境界我们都是兄弟，在微妙的境界我们都是秦越。曲愈高，和愈寡，这是心灵交通的公例。

诗人所以异于常人者在感觉锐敏。常人的心灵好比顽石，受强烈震撼才生颤动；诗人的心灵好比蛛丝，微嘘轻息就可以引起全体的波动。常人所忽视的毫厘差别对于诗人却是奇思幻想的根源。一点沫水便是大自然的返影，一阵螺壳的啸声便是大海潮汐的回响。在眼球一流转或是肌肤一蠕动中，诗人能窥透幸福者和不幸运者的心曲。他与全人类和大自然的脉搏一齐起伏震颤，然而他终于是人间最孤寂者。

诗人有意要“孤高自赏”吗？他看见常人不经见的景致不曾把它描绘出来吗？他感到常人不经见的情调不曾把它抒写出来吗？他心中本有若饥若渴的热望，要天下人都能同他在一块儿赞叹感泣，但是谁能够跟他上干九天下穷深渊呢？在心灵探险的途程上，诗人于是不得不独行踽踽了。

在一般人心目中，这位独行踽踽者是什么样的一个人呢？诗人布朗宁（Browning）在《当代人的观感》一首诗里写过一幅很有趣的画像。误解、猜疑、谣啄是相因而至的。你看那位穿着黑色大衣的天天牵着一条老狗在不是散步的时候在街上踱来踱去，他真是一个怪人！——诗人的当代人这样想。他一会儿拿手杖敲街砖，一会儿又探头看鞋匠补鞋。你以为他的眼睛不在看你吧，你打了马，骂了老婆，他都源源本本地知道了。他大概是一个暗探。据说他每天写一封信给皇上。甲被捕，乙失踪，恐怕都是他弄的把戏。皇上每月究竟给他多少薪俸呢？有一件事我是知道很清楚的。他住在桥边第三家，每晚他的屋里满张华烛，他把脚放在狗背上坐着，二十个裸体的姑娘服侍他进膳。但是这位怪人所住的实在是一间顶楼角屋，死的时候活像一条熏鱼！一般人对于诗人的了解即如此。

一般人不能把读诗看作一种时髦的消遣吗？伦敦纽约的街头不也摆满着皮面金装的诗集，让老太婆和摩登小姐买作节礼吗？是的，群众本来是道地的势利鬼，就是诗人，到了大家都叫好之后，还怕没有人拿称羡暴发户的心理去称羡他！群众所叫好的都是前一代的诗人，或是模仿前一代诗人的诗人。他们的音调都已在耳鼓里震得滥熟，听得惯所以觉得好。如果有人换一个音调，他就不免“对牛弹琴”了。“诗人”这个名字在希腊文的意义是“创作者”。凡真正诗人都必定避开已经踏烂的路去另开新境，他不仅要特创一种新风格来表现一种新情趣，还要在群众中创出一种新趣味来欣赏他的作品。但是这事谈何容易？英国的华兹华斯和济慈，法国的波德莱尔和马拉梅，费了几许力量，才在诗坛上辟出一种新趣味来？“千秋万岁名”往往是“寂寞身后事”。诗人能在这不可知的后世寻得安慰吗？汤姆生在《论雪莱》一文里骂得好：“后世人！后世人跑到罗马去溅大泪珠，去在济慈的墓石上刻好听的诔语，但是海深的眼泪也不能把枯骨润回生！”

阿里斯托芬在柏拉图的《会饮篇》里说，人原来是一体，上帝要惩罚他的罪过，把他截成两半，才有男有女。所谓“爱情”就是这已经割开的两半要求会合还原为一体。真正的恋爱应该是两个心灵的契合无间，因此，许多诗人在山穷水尽时都想在恋爱中掘出一种生命的源泉。像莎士比亚所歌唱的：

> 这里没有仇雠，
>
> 不过天寒冷一点，风暴烈一点。

但是从历史看，诗人中很少有成功的恋爱者。布朗宁最幸运，能够把世人看不见的那半边月亮留给他的爱人看。此外呢？玛丽·雪莱也算是一个近于理想的人物了。哪一个妻子曾经像她那样了解而且尊敬一个空想者的幻梦？但是雪莱在那不勒斯所做的感伤诗，却有藏着不让她看见的必要，他沉水之后，玛丽替他编辑诗集，发见了那首感伤诗，在附注中一方面自咎，一方面把她丈夫的悲伤推原到他的疾病。读雪莱的原诗和他夫人的附注，谁不觉得这美满姻缘中的伤心语比蔡女的胡笳、罗兰的清角，还更令人生人世无可如何之叹呢？然而这是雪莱的错处吗？玛丽的错处吗？错处都不在他们，所以这部悲剧更沉痛。人的心灵本来都有不可渗透的一部分，这在恋爱者中间也不能免。

波德莱尔有一首散文诗，叫作《穷人的眼睛》，以日常情节传妙想，很值得我们援引。我们的诗人陪着他的佳侣坐在一间新开张的咖啡店里。一个穷人带着两个小孩子过路，看见咖啡店的陈设漂亮，六只大眼睛都向里面呆望着。

> 那位父亲的眼睛仿佛说："真漂亮！天下的黄金怕都关在这所房子里了。"大孩子的眼睛仿佛说："真漂亮！真漂亮！但是进去的人们都不是我们这种人。"小孩子望得太出神了，眼睛只表现一种呆拙而深沉的欣羡。

诗人们说过，娱乐能使人心慈祥。那一天晚上，这句话对于我算是说中了。我不仅被这六只眼睛引起怜悯，而且看见奢侈的杯和瓶，不免有些惭愧。我把眼睛转过来注视你的眼睛，亲爱的，预备在你的眼睛里印证同感，我注视你那双美丽而温柔的眼，注视你那双蔚蓝而活跃的、像月神所依附的眼，而你却向我说："这般睁着车门似的大眼向我们呆望的人们真怪讨嫌！你不能请店主人把他们赶远些吗？"

亲爱的天使，互相了解真不是易事，连恋爱者中间，心灵也是这样不可互相渗透！

连恋爱者中间，心灵也是这样不可互相渗透，遑问其他！梅特林克说有人告诉过他，"我和我的妹妹在一块住了二十年之久，到我的母亲临死的那一顷刻，我才第一次看见了她"。这实在是一句妙语。我们身旁都围着许多"相识"的人，其实我们何尝"看见"他们，他们又何尝"看见"我们呢？

西班牙一位诗人说得好："人在投胎之前都被注定了罪的。"个个人面上都蒙有一层网，连他自己也往往无法揭开。人是以寂寞为苦的动物，而人的寂寞却最不容易打破。隔着一层肉，如隔一层壁，人是生来就注定了要关在这种天然的囚牢里面的啊！

慈慧殿三号

慈慧殿并没有殿，它只是后门里一个小胡同，因西口一座小庙得名。庙中供的是什么菩萨，我在此住了三年，始终没有去探头一看，虽然路过庙门时，心里总是要费一番揣测。慈慧殿三号和这座小庙隔着三四家居户，初次来访的朋友们都疑心它是庙，至少，它给他们的是一座古庙的印象，尤其是在树没有叶的时候；在北平，只有夏天才真是春天，所以慈慧殿三号像古庙的时候是很长的。它像庙，一则是因为它荒凉，二则是因为它冷清，但是最大的类似点恐怕在它的建筑，它孤零零地兀立在破墙荒园之中，显然与一般民房不同。这三年来，我做了它的临时“住持”，到现在仍没有请书家题一个某某斋或某某馆之类的匾额来点缀，始终很固执地叫它“慈慧殿三号”，这正如有庙无佛，多一事不如省一事。

慈慧殿三号的左右邻家都有崭新的朱漆大门，它的破烂污移的门楼居在中间，越发显得它是一个破落户的样子。一进门，右手是一个煤栈，是今年新搬来的，天晴时天井里右方隙地总是晒着煤球，有时门口停着运煤的大车以及它所应有的附属品——黑麻布袋，黑牲口，满面涂着黑煤灰的车夫。在北方居住过的人会立刻联想到一种类型的龌龊场所。一粘上煤没有不黑不脏的，你想想德胜门外，门头沟车站或是旧工厂的锅炉房，你对于慈慧殿三号的门面就可以想象得一个大概。

和煤栈对面的——仍然在慈慧殿三号疆域以内——是一个车房，所谓“车房”就是停人力车和人力车夫居住的地方。无论是停车的或是住车夫的房子照例是只有三面墙，一面露天。房子对于他们的用处只是遮风雨；至于防贼，掩盖秘密，都全是另一个阶级的需要。慈慧殿三号的门楼左手只有两间这样三面墙的房子，五六个车子占了一间；在其余的一间里，车夫、车夫的妻子和猫狗进行他们的一切活动：做饭、吃饭、睡觉、养儿子、会客谈天等等。晚上回来，你总可以看见车夫和他的大肚子的妻子“举案齐眉”式的蹬在地上用晚饭，房东的看门的老太婆捧着长烟杆，闭着眼睛，坐在旁边吸旱烟。有时他们围着那位精明强干的车夫听他演说时事或故事。虽无瓜架豆棚，却是乡村式的太平岁月。

这些都在二道门以外。进二道门一直望进去是一座高大而空阔的四合房子。里面整年地鸦雀无声，原因是唯一的男主人天天是夜出早归，白天里是他的高卧时间；其余尽是妇道之家，都挤在最后一进房子，让前面的房子空着。房子里面从“御赐”的屏风到四足不全的椅凳都已逐渐典卖干净，连这座空房子也已经抵押了超过卖价的债项。这里面七八口之家怎样撑持他们的槁木死灰的生命是谁也猜不出来的疑案。在三十年以前他们是声威煊赫的“黄带子”，杀人不用偿命的。我和他们整年无交涉，除非是他们的“大爷”偶尔拿一部宋拓《圣教序》或是一块端砚来向我换一点烟资，他们的小姐们每年照例到我的园子里来两次，春天来摘一次丁香花，秋天来打一次枣子。

煤栈、车房、破落户的旗人，北平的本地风光算是应有尽有了。我所住持的“庙”原来和这几家共一个大门出入，和他们公用“慈慧殿三号”的门牌，不过在事实上是和他们隔开来的。进二道门之后向右转，当头就是一道隔墙。进这隔墙的门才是我所特指的“慈慧殿三号”。本来这园子的几十丈左右长的围墙随处可以打一个孔，开一个独立的门户。有些朋友们嫌大门口太不像样子，常劝我这样办，但是我始终没有听从，因为我舍不得煤栈车房所给我的那一点劳动生活的景象，舍不得进门时那一点曲折和跨进园子时那一点突然惊讶。如果自营一个独立门户，这几个美点就全毁了。

从煤栈车房转弯走进隔墙的门，你不能不感到一种突然惊讶。如果是早晨的话，你会立刻想到“清晨入古寺，初日照高林。曲径通幽处，禅房花木深”几句诗恰好配用在这里的。百年以上的老树到处都可爱，尤其是在城市里成林；什么种类都可爱，尤其是松柏和楸。这里没有一棵松树，我有时不免埋怨百年以前经营这个园子的主人太疏忽。柏树也只有一棵大的，但是它确实是大，而且一走进隔墙门就是它，它的浓阴布满了一个小院子，还分润到三间厢房。柏树以外，最多的是枣树，最稀奇的是楸树。北平城里人家有三棵两棵楸树的便视为珍宝。这里的楸树一数就可以数上十来棵，沿后院东墙脚的一排七棵俨然形成一段天然的墙。我到北平以后才见识楸树，一见就欢喜它。它在树木中间是神仙中间的铁拐李，《庄子》所说的“大本臃肿而不中绳墨，小枝卷曲而不中规矩”，拿来形容楸似乎比形容樗更恰当。最奇怪的是这臃肿卷曲的老树到春天来会开类似牵牛的白花，到夏天来会放类似桑榆的碧绿的嫩叶。这园子里树木本来就很杂乱，大的小的，高的低的，不伦不类地混在一起；但是这十来棵楸树在杂乱中辟出一个头绪来，替园子注定一个很明显的个性。

我不是能雇用园丁的阶级中人，要说自己动手拿锄头喷壶吧，一时兴到，容或暂以此为消遣，但是“一日曝之，十日寒之”，究竟无济于事，所以园子终年是荒着的。一到夏天来，狗尾草、蒿子，前几年枣核落下地所长生的小树，以及许多只有植物学家才能辨别的草都长得有腰深。偶尔栽几棵丝瓜、玉蜀黍，以及西红柿之类的蔬菜，到后来都没在草里看不见。我自己特别挖过一片地，种了几棵芍药，两年没有开过一朵花。所以园子里所有的草木花都是自生自长用不着人经营的。秋天栽菊花比较成功，因为那时节没有多少乱草和它作剧烈的"生存竞争"。这一年以来，厨子稍分余暇来做"开荒"的工作，但是乱草总是比他勤快，随拔随长，日夜不息。如果任我自己的脾胃，我觉得对于园子还是取绝对的放任主义较好。我的理由并不像浪漫时代诗人们所怀想的，并不是要找一个荒凉凄惨的境界来配合一种可笑的伤感。我欢喜一切生物和无生物尽量地维持它们的本来面目，我欢喜自然的粗率和芜乱，所以我始终不能真正地欣赏一个很整齐有秩序，路像棋盘，常青树剪成几何形体的园子，这正如我不喜欢赵子昂的字，仇英的画，或是一个中年妇女的油头粉面。我不要求房东把后院三间有顶无墙的破屋拆去或修理好，也是因为这个缘故。它要倒塌，就随它自己倒塌去；它一日不倒塌，我一日尊重它的生存权。

园子里没有什么家畜动物。三年前宗岱和我合住的时节，他在北海里捉得一只刺猬回来放在园子里养着。后来它在夜里常作怪声气，惹得老妈见神见鬼。近来它穿墙迁到邻家去了，朋友送了一只小猫来，算是补了它的缺。鸟雀儿北方本来就不多，但是因为几十棵老树的招邀，北方所有的鸟雀儿这里也算应有尽有。长年的顾客要算老鸹。它大概是鸦的别名，不过我没有下过考证。在南方它是不祥之鸟，在北方听说它有什么神话传说保护，所以它虽然那样地“语言无谓，面目可憎”，却没有人肯剿灭它。它在鸟类中大概是最爱叫苦爱吵嘴的。你整年都听它在叫，但是永远听不出一点叫声是表现它对于生命的欣悦。在天要亮未亮的时候，它叫得特别起劲，它仿佛拼命地不让你享受香甜的晨睡，你不醒，它也引你做惊惧梦。我初来时曾买了弓弹去射它，后来弓坏了，弹完了，也就只得向它投降。反正披衣冒冷风起来驱逐它，你也还是不能睡早觉。老鸹之外，麻雀甚多，无可记载。秋冬之季常有一种颜色极漂亮的鸟雀成群飞来，形状很类似画眉，不过不会歌唱。宗岱在此时硬说它来有喜兆，相信它和他请铁板神算家所批的八字都预兆他的婚姻恋爱的成功，但是他的讼事终于是败诉，他所追求的人终于是高飞远扬。他搬走以后，这奇怪的鸟雀到了节令仍旧成群飞来。鉴于往事，我也就不肯多存奢望了。

有一位朋友的太太说慈慧殿三号颇类似《聊斋志异》中所常见的故家第宅，“旷废无居人，久之蓬蒿渐满，双扉常闭，白昼亦无敢入者……”但是如果有一位好奇的书生在月夜里探头进去一看，会瞟见一位散花天女，嫣然微笑，叫他“不觉神摇意夺”，如此等情……我本凡胎，无此缘分，但是有一件“异”事也颇堪一“志”。有一天晚上，我躺在沙发上看书，凌坐在对面的沙发上共着一盏灯做针线，一切都沉在寂静里，猛然间听见一位穿革履的女人滴滴答答地从外面走廊的砖地上一步一步地走进来。我听见了，她也听见了，都猜着这是沉樱来了——她有时踏这种步声走进来。我走到门前掀帘子去迎她，声音却没有了，什么也没有看见。后来再四推测所得的解释是街上行人的步声，因为夜静，虽然是很远，听起来就好像近在咫尺。这究竟很奇怪，因为我们坐的地方是在一个很空旷的园子里，离街很远，平时在房子里绝对听不见街上行人的步声，而且那次听见步声分明是在走廊的砖地上。这件事常存在我的心里，我仿佛得到一种启示，觉得我在这城市中所听到的一切声音都像那一夜所听到的步声，听起来那么近，而实在却又那么远。

后门大街

人生第一乐趣是朋友的契合。假如你有一个情趣相投的朋友居在邻近，风晨雨夕，彼此用不着走许多路就可以见面，一见面就可以毫无拘束地闲谈，而且一谈就可以谈出心事来，你不嫌他有一点怪脾气，他也不嫌你迟钝迂腐，像约翰逊和鲍斯韦尔在一块儿似的，那你就没有理由埋怨你的星宿。这种幸福永远使我可望而不可攀。第一，我生性不会谈话，和一个朋友在一块儿坐不到半点钟，就有些心虚胆怯，刻刻意识到我的呆板干枯叫对方感到乏味。谁高兴向一个只会说“是的”“那也未见得”之类无谓语的人溜嗓子呢？其次，真正亲切的朋友都要结在幼年，人过三十，都不免不由自主地染上一些世故气，很难结交真正情趣相投的朋友。“相识满天下，知心能几人？”虽是两句平凡语，却是慨乎言之。因此，我唯一的解闷的方法就只有逛后门大街。

居过北平的人都知道北平的街道像棋盘线似的依照对称原则排列。有东四牌楼就有西四牌楼，有天安门大街就有地安门大街。北平的精华可以说全在天安门大街。它的宽大，整洁，辉煌，立刻就会使你觉到它象征一个古国古城的伟大雍容的气象。地安门（后门）大街恰好给它做一个强烈的反衬。它偏僻，阴暗，湫隘，局促，没有一点可以叫一个初来的游人留恋。我住在地安门里的慈慧殿，要出去闲逛，就只有这条街最就便。我无论是阴晴冷热，无日不出门闲逛，一出门就很机械地走到后门大街。它对于我好比一个朋友，虽是平凡无奇，因为天天见面，很熟悉，也就变成很亲切了。

从慈慧殿到北海后门比到后门大街也只远几百步路。出后门，一直向北走就是后门大街，向西转稍走几百步路就是北海。后门大街我无日不走，北海则从老友徐中舒随中央研究院南迁以后（他原先住在北海），我每周至多只去一次。这并非北海对于我没有意味，我相信北海比我所见过的一切园子都好，但是北海对于我终于是一种奢侈，好比乡下姑娘的唯一的一件漂亮衣，不轻易从箱底翻出来穿一穿的。有时我本预备去北海，但是一走到后门，就变了心眼，一直朝北去走大街，不向西转那一个弯。到北海要买门票，花二十枚铜子是小事，免不着那一层手续，究竟是一种麻烦；走后门大街可以长驱直入，没有站岗的向你伸手索票，打断你的幻想。这是第一个分别。在北海逛的是时髦人物，个个是衣裳楚楚，油头滑面的。你头发没有梳，胡子没有光，鞋子也没有换一双干净的，“囚首垢面而谈诗书”，已经是大不韪，何况逛公园？后门大街上走的尽是贩夫走卒，没有人嫌你怪相，你可以彻底地“随便”。这是第二个分别。逛北海，走到“仿膳”或是“漪澜堂”的门前，你不免想抬头看看那些喝茶的中间有你的熟人没有，但是你又怕打招呼，怕那里有你的熟人，故意地低着头匆匆地走过去，像做了什么坏事似的。在后门大街上你准碰不见一个熟人，虽然常见到彼此未通过姓名的熟面孔，也各行其便，用不着打无味的招呼。你可以尽量地饱尝着“匿名者”（incognito）的心中一点自由而诡秘的意味。这是第三个分别。因为这些缘故，我老是牺牲北海的朱梁画栋和香荷绿柳而独行踽踽于后门大街。

到后门大街我很少空手回来。它虽然是破烂，虽然没有半里路长，却有十几家古玩铺，一家旧书店。这一点点缀可以见出后门大街也曾经过一个繁华时代，阅历过一些沧桑岁月，后门旧为旗人区域，旗人破落了，后门也就随之破落。但是那些破落户的破铜破铁还不断地送到后门的古玩铺和荒货摊。这些东西本来没有多少值得收藏的，但是偶尔遇到一两件，实在比隆福寺和厂甸的便宜。我花过四块钱买了一部明初拓本《史晨碑》，六块钱买了二十几锭乾隆御墨，两块钱买了两把七星双刀，有时候花几毛钱买一个磁瓶，一张旧纸，或是一个香炉。这些小东西本无足贵，但是到手时那一阵高兴实在是很值得追求。我从前在乡下时学过钓鱼，常蹬半天看不见浮标晃影子，偶然钓起来一个寸长的小鱼，虽明知其不满一咽，心里却非常愉快，我究竟是钓得了，没有落空。我在后门大街逛古董铺和荒货摊，心情正如钓鱼，鱼是小事，钓着和期待着有趣，钓得到什么，自然更是有趣。许多古玩铺和旧书店的老板都和我由熟识而成好朋友。过他们的门前，我的脚不由自主地踏进去。进去了，看了半天，件件东西都还是昨天所见过的。我自己觉得翻了半天还是空手走，有些对不起主人；主人也觉得没有什么新东西可以卖给我，心里有些歉然。但是这一点不尴尬，并不能妨碍我和主人的好感，到明天，我的脚还是照旧地不由自主地踏进他的门，他也依旧打起那副笑面孔接待我。

后门大街龌龊，是毋庸讳言的。就目前说，它虽不是贫民窟，一切却是十足的平民化。平民的最基本的需要是吃，后门大街上许多活动都是根据这个基本需要而在那里川流不息地进行。假如你是一个外来人在后门大街走过一趟之后，坐下来搜求你的心影，除着破铜破铁破衣破鞋之外，就只有青葱大蒜，油条烧饼和卤肉肥肠，一些油腻腻灰灰土土的七三八四和苍蝇、骆驼混在一堆在你的昏眩的眼帘前晃影子。如果你回想你所见到的行人，他不是站在锅炉旁嚼烧饼的洋车夫，就是坐在扁担上看守大蒜、咸鱼的小贩。那里所有的颜色和气味都是很强烈的。这些混乱而又秽浊的景象有如陈年牛酪和臭豆腐乳，在初次接触时自然不免惹起你的嫌恶；但是如果你尝惯了它的滋味，它对于你却有一种不可抵御的引诱。

别说后门大街平凡，它有的是生命和变化！只要你有好奇心，肯乱窜，在这不满半里路长的街上和附近，你准可以不断地发现新世界。我逛过一年以上，才发现路西一个夹道里有一家茶馆。花三大枚的水钱，你可以在那儿坐一晚，听一部《济公传》或是《长坂坡》。至于火神庙里那位老拳师变成我的师傅，还是最近的事。你如果有幽默的癖性，你随时可以在那里寻到有趣的消遣。有一天晚上我坐在一家旧书铺里，从外面进来一个跛子，向店主人说了关于他的生平一篇可怜的故事，讨了一个铜子出去。我觉得这人奇怪，就起来跟在他后面走，看他跛进了十几家店铺之后，腿子猛然直起来，踏着很平稳安闲的大步，唱“我好比南来雁”，沉没到一个阴暗的夹道里去了。在这个世界里的人们，无论他们的生活是复杂或简单，关于谁你能够说，“我真正明白他的底细”呢？

一到了上灯时候，尤其在夏天，后门大街就在它的古老躯干之上尽量地炫耀近代文明。理发馆和航空奖券经理所的门前悬着一排又一排的百支烛光的电灯，照相馆的玻璃窗里所陈设的时装少女和京戏名角的照片也越发显得光彩夺目。家家洋货铺门上都张着无线电的大口喇叭，放送京戏、鼓书、相声和说不尽的许多其他热闹玩意儿。这时候后门大街就变成人山人海，左也是人，右也是人，各种各样的人。少奶奶牵着她的花簇簇的小儿女，羊肉店的老板扑着他的芭蕉叶，白衫黑裙和翻领卷袖的学生们抱着膀子或是靠着电线杆，泥瓦匠坐在阶石上敲去旱烟筒里的灰，大家都一齐心领神会似的在听，在看，在发呆。在这种时候，后门大街上准有我；在这种时候，我丢开几十年教育和几千年文化在我身上所加的重压，自自在在地沉没在贤愚一体，皂白不分的人群中，尽量地满足牛要跟牛在一块儿，蚂蚁要跟蚂蚁在一块儿那一种原始的要求。我觉得自己是这一大群人中的一个人，我在我自己的心腔血管中感觉到这一大群人的脉搏的跳动。

后门大街，对于一个怕周旋而又不甘寂寞的人，你是多么亲切的一个朋友！

看戏与演戏

莎士比亚说过，世界只是一个戏台。这话如果不错，人生当然也只是一部戏剧。戏要有人演，也要有人看：没有人演，就没有戏看；没有人看，也就没有人肯演。演戏人在台上走台步、作姿势、拉嗓子、嬉笑怒骂、悲欢离合，演得酣畅淋漓、尽态极妍；看戏人在台下呆目瞪视、得意忘形、拍案叫好，两方皆大欢喜，欢喜的是人生煞是热闹，至少是这片刻光阴不曾空过。

世间人有生来是演戏的，也有生来是看戏的。这演与看的分别主要地在如何安顿自我上面见出。演戏要置身局中，时时把“我”抬出来，使我成为推动机器的枢纽，在这世界中产生变化，就在这产生变化上实现自我；看戏要置身局外，时时把“我”搁在旁边，始终维持一个观照者的地位，吸纳这世界中的一切变化，使它们在眼中成为可欣赏的图画，就在这变化图画的欣赏上面实现自我。因为有这个分别，演戏要热要动，看戏要冷要静。打起算盘来，双方各有盈亏：演戏人为着饱尝生命的跳动而失去流连玩味，看戏人为着玩味生命的形象而失去“身历其境”的热闹。能入与能出，“得其圜中”与“超以象外”，是势难兼顾的。

这分别像是极平凡而琐屑，其实却含着人生理想这个大问题的大道理在里面。古今中外许多大哲学家、大宗教家和大艺术家对于人生理想费过许多摸索、许多争辩，他们所得到的不过是三个不同的简单的结论：一个是人生理想在看戏，一个是它在演戏，一个是它同时在看戏和演戏。

先从哲学说起。

中国主要的固有的哲学思潮是儒道两家。就大体说，儒家能看戏而却偏重演戏，道家根本藐视演戏，会看戏而却也不明白地把看戏当作人生理想。看戏与演戏的分别就是《中庸》一再提起的知与行的分别。知是道问学，是格物穷理，是注视事物变化的真相；行是尊德行，是修身、齐家、治国、平天下，是在事物中起变化而改善人生。前者是看，后者是演。儒家在表面上同时讲究这两套功夫，他们的祖师孔子是一个实行家，也是一个艺术家。放下他着重礼乐诗的艺术教育不说，就只看下面几段话：

子在川上曰：逝者如斯夫，不舍昼夜！

鸢飞戾天，鱼跃于渊，言其上下察也。

天何言哉？四时行焉，百物生焉，天何言哉？

今夫天，斯昭昭之多，及其无穷也，日月星辰系焉，万物覆焉；今夫地，一撮土之多，及其广厚，载华岳而不重，振河海而不泄，万物载焉。

对于自然奥妙的赞叹，我们就可以看出儒家很能作阿波罗式的观照，不过儒家究竟不以此为人生的最终目的，人生的最终目的在行，知不过是行的准备。他们说得很明白，“物格而后知至，知至而后意诚，意诚而后心正，心正而后身修”，以至于家齐、国治、天下平。“自明诚，谓之教”，由知而行，就是儒家所着重的“教”。孔子终身周游奔走，“三月无君，则皇皇如也”，我们可以想见他急于要扮演一个角色。

道家老庄并称。老子抱朴守一，法自然，尚无为，持清虚寂寞，观“众妙之门”，玩“无物之象”，五千言大半是一个老于世故者静观人生物理所得到的直觉妙谛。他对于宇宙始终持着一个看戏人的态度。庄子尤其是如此。他齐是非，一生死，逍遥于万物之表，大鹏与鯈鱼，姑射仙人与庖丁，物无大小，都触目成象，触心成理，他自己却“凄然似秋，暖然似春”，哀乐毫无动于衷。他得力于他所说的“心斋”；“心斋”的方法是“若一志，无听之以耳，而听之以心”，它的效验是“虚室生白，吉祥止止”。他在别处用了一个极好的譬喻说：“至人之用心若镜，不将不迎，应而不藏。”从这些话看，我们可以看出老子所谓“抱朴守一”，庄子所谓“心斋”，都恰是西方哲学家与宗教家所谓“观照”(contemplation)与佛家所谓“定”或“止观”。不过老庄自己虽在这上面做功夫，却并不像以此立教，或是因为立教仍是有为，或是因为深奥的道理可亲证而不可言传。

在西方，古代及中世纪的哲学家大半以为人生最高目的在观照，就是我们所说的以看戏人的态度体验事物的真相与真理。头一个明白地作这个主张的人是柏拉图。在《会饮》那篇熔哲学与艺术于一炉的对话里，他假托一位女哲人传心灵修养递进的秘诀。那全是一种分期历程的审美教育，一种知解上的冒险长征。心灵开始玩索一朵花、一个美人、一种美德、一门学问、一种社会文物制度的殊相的美，逐渐发现万事万物的共相的美。到了最后阶段，“表里精粗无不到”，就“一旦豁然贯通”，长征者以一霎时的直觉突然看到普涵普盖，无始无终的绝对美——如佛家所谓“真如”或“一真法界”——他就安息在这绝对美的观照里，就没有入这绝对美里而与它合德同流，就借分享它的永恒的生命而达到不朽。这样，心灵就算达到它的长征的归宿，一滴水归原到大海。一个灵魂归原到上帝，柏拉图的这个思想支配了古代哲学，也支配了中世纪耶稣教的神学。

柏拉图的高足弟子亚里士多德在《伦理学》里想矫正师说，却终于达到同样的结论。人生的最高目的是至善，而至善就是幸福。幸福是“生活得好，做得好”。它不只是一种道德的状态，而是一种活动；如果只是一种状态，它可以不产生什么好结果，比如说一个人在睡眠中；唯其是活动，所以它必见于行为。“犹如在奥林匹克运动会中，夺锦标的不是最美最强悍的人，而是实在参加竞争的选手。”从这番话看，亚里士多德似主张人生目的在实际行动。但是在绕了一个大弯子以后，到最后终于说，幸福是“理解的活动”，就是“取观照的形式的那种活动”，因为人之所以为人在他的理解方面，理解是人类最高的活动，也是最持久、最愉快、最无待外求的活动。上帝在假设上是最幸福的，上帝的幸福只能表现于知解，不能表现于行动。所以在观照的幸福中，人类几与神明比肩。说来说去，亚里士多德仍然回到柏拉图的看法：人生的最高目的在看而不在演。

在近代德国哲学中，这看与演的两种人生观也占了很显著的地位。整个的宇宙，自大地山河以至于草木鸟兽，在唯心派哲学家看，只是吾人知识的创造品。知识了解了一切，同时就已创造了一切，人的行动当然也包含在内。这就无异于说，世间一切演出的戏都是在看戏人的一看之中成就的，看的重要可不言而喻。叔本华在这一“看”之中找到悲惨人生的解脱。据他说，人生一切苦恼的源泉就在意志、行动的原动力。意志起于需要或缺乏，一个缺乏填起来了，另一个缺乏就又随之而来，所以意志永无厌足的时候。欲望的满足只“像是扔给乞丐的赈济，让他今天赖以过活，使他的苦可以延长到明天”。这意志虽是苦因，却与生俱来，不易消除，唯一的解脱在把它放射为意象，化成看的对象。意志既化成意象，人就可以由受苦的地位移到艺术观照的地位，于是罪孽苦恼变成庄严幽美。“生命和它的形象于是成为飘忽的幻相掠过他的眼前，犹如轻梦掠过朝睡中半醒的眼，真实世界已由它里面照耀出来，它就不再能蒙昧他。”换句话说，人生苦恼起于演，人生解脱在看。尼采把叔本华的这个意思发挥成一个更较具体的形式。他认为人类生来有两种不同的精神，一是日神阿波罗的，一是酒神狄俄尼索斯的。日神高踞奥林匹斯峰顶，一切事物借他的光辉而得形象，他凭高静观，世界投影于他的眼帘如同投影于一面镜，他如实吸纳，却恬然不起忧喜。酒神则趁生命最繁盛的时节，酣饮高歌狂舞，在不断的生命跳动中忘去生命的本来注定的苦恼。从此可知日神是观照的象征，酒神是行动的象征。依尼采看，希腊人的最大成就在悲剧，而悲剧就是使酒神的苦痛挣扎投影于日神的慧眼，使灾祸罪孽成为惊心动魄的图画。从希腊悲剧，尼采悟出“从形象得解脱”（redemption through appearance）的道理。世界如果当作行动的场合，就全是罪孽苦恼；如果当作观照的对象，就成为一件庄严的艺术品。

如果我们比较叔本华、尼采的看法和柏拉图、亚里士多德的看法，就可看出古希腊人与近代德国人的结论相同，就是人生最高目的在观照；不过着重点微有移动，希腊人的是哲学家的观照，而近代德国人的是艺术家的观照。哲学家的观照以真为对象，艺术家的观照以美为对象。不过这也是粗略的区分。观照到了极境，真也就是美，美也就是真，如诗人济慈所说的，所以柏拉图的心灵精进在最后阶段所见到的“绝对美”就是他所谓“理式”（idea）或真实界（reality）。

宗教本重修行，理应把人生究竟摆在演而不摆在看，但是事实上世界几个大宗教没有一个不把观照看成修行的不二法门。最显著的当然是佛教。在佛教看，人生根本孽是贪、嗔、痴。痴又叫作“无明”。这三孽之中，无明是最根本的，因为无明，才执着法与我，把幻相看成真实，把根尘当作我有，于是有贪有嗔，陷于生死永劫。所以人生究竟解脱在破除无明以及它连带的法我执。破除无明的方法是六波罗蜜（意谓“度”“到彼岸”，就是“度到涅槃的岸”），其中初四——布施、持戒、忍辱、精进——在表面上似侧重行，其实不过是最后两个阶段——禅定、智慧——的预备，到了禅定的境界，“止观双运”，于是就起智慧，看清万事万物的真相，断除一切孽障执着，到涅槃(圆寂)，证真如，功德就圆满了。佛家把这种智慧叫作“大圆镜智”，《佛地经论》作这样解释：

> 如圆镜极善摩莹，鉴净无垢，光明遍照；如是如来大圆镜智，于佛智上一切烦恼所知障垢，永出离故，极善摩莹；为依止定所摄持故，鉴净无垢；作诸众生利乐事故，光明遍照。
>
> 如圆镜上非一众多诸影象起，而圆镜上无诸影象，而此圆镜无动无作；如是如来圆镜智上非一众多诸智影起，圆镜智上无诸智影，而此智镜无动无作。

这譬喻很可以和尼采所说的阿波罗精神对照，也很可以见出大乘佛家的人生理想与柏拉图的学说不谋而合。人要把心磨成一片大圆镜，光明普照，而自身却无动无作。

佛教在中国，成就最大的一宗是天台，最流行的一宗是净土。天台宗的要义在止观，净土宗的要义在念佛往生，都是在观照上做修持的功夫。所谓“止观”就是静坐摄心入定，默观佛法与佛相，净土则偏重念佛名、观佛相，以为如此即可往生西方极乐世界（所谓“净土”）。依《文殊般若经》说：

> 若善男子善女子，应在空间处，舍诸乱意，随佛方所，端身正向，不取相貌，系心一佛，专称名字，念无休息，即是念中，能见过现未来三世诸佛。

这种凝神观照往往产生中世纪耶教徒所谓“灵见”（visions），对象或为佛相，或为庄严宝塔，或为极乐世界。佛家往往用文字把他们的“灵见”表现成想象丰富的艺术作品，像《无量寿经》《阿弥陀经》之类作品大抵都是这样产生出来的。往生净土是他们的最后目的，其实这净土仍是心中幻影，所谓往生仍是在观照中成就，不一定在地理上有一种搬迁。

这一切在耶稣教中都可以找到它的类似。耶稣自己，像释迦一样，是经过一个长期静坐默想而后证道的。“天国就在你自己心里”，这句话也有唤醒人返求诸心的倾向。不过早期的神父要和极艰窘的环境奋斗，精力大半耗于奔走布道和避免残杀。到了3世纪以后，耶稣教的神学逐渐与希腊哲学合流，形成所谓“新柏拉图派”的神秘主义，于是观照成为修行的要诀。

依这派的学说，人的灵魂原与上帝一体，没有肉体感官的障碍，所以能观照永恒真理。投生以后，它就依附了肉体，就有欲也就有障。人在灵方面仍近于神，在肉方面则近于兽，肉是一切罪孽的根源，灵才是人的真性。所以修行在以灵制欲，在离开感官的生活而凝神于思想与观照，由是脱尽尘障，在一种极乐的魂游（ecstasy）中回到上帝的怀里，重新和他成为一体。中世纪神学家把“知”看成心灵的特殊功能、唯一的人神沟通的桥梁。“知”有三个等级：感觉（cognition）、思考（meditation）和观照（contemplation）。观照是最高的阶段，它不但不要假道于感觉，也无须用概念的思考，它是感觉和思考所不能跻攀的知的胜境、一种直觉、一种神佑的大彻大悟。只有借这观照，人才能得到所谓“神福的灵见”（beatific vision），见到上帝，回到上帝，永远安息在上帝里面。达到这种“神福的灵见”，一个耶教徒就算达到人生的最高理想。

这种哲学或神学的基础，加上中世纪的社会扰乱，酿成寺院的虔修制度。现世既然恶浊，要避免它的熏染，僧侣于是隐到与人世隔绝的寺院里，苦行持戒，默想现世的罪孽、来世的希望和上帝的博大仁慈。他们的经验恰和佛教徒的一样，由于高度的自催眠作用，默想果然产生了许多“灵见”；地狱的厉鬼、净界的烈焰、天堂的神仙的福境，都活灵活现地现在他们的凝神默索的眼前。这些“灵见”写成书、绘成画、刻成雕像，就成中世纪的灿烂辉煌的文学与艺术。在意大利，成就尤其烜赫。但丁的《神曲》就是无数“灵见”之一，它可以看成耶稣教的《阿弥陀经》。

我们只举佛耶两教做代表就够了。道教本着长生久视的主旨，后来又沿袭了许多佛教的虔修秘诀；回教本由耶教演变成的，特别流连于极乐世界的感官的享乐。总之，在较显著的宗教中，或是因为特重心灵的知的活动，或是寄希望于比现世远较完美的另一世界，人生的最高理想都不摆在现世的行动而摆在另一世界的观照。宗教的基本精神在看而不在演。

最后，谈到文艺，它是人生世相的返照，离开观照，就不能有它的生存。文艺说来很简单，它是情趣与意象的融会，作者寓情于景，读者因景生情。比如说，“昔我往矣，杨柳依依，今我来思，雨雪霏霏”一章诗写出一串意象、一幅景致、一幕戏剧动态，有形可见者只此，但是作者本心要说的却不只此，他主要地是要表现一种时序变迁的感慨。这感慨在这章诗里虽未明白说出而却胜于明白说出，它没有现身而却无可否认地是在那里。这事细想起来，真是一个奇迹。情感是内在的、属我的、主观的、热烈的，变动不居，可体验而不可直接描绘的；意象是外在的、属物的、客观的、冷静的，成形即常住，可直接描绘而却不必使任何人都可借以有所体验的。如果借用尼采的譬喻来说，情感是狄俄尼索斯的活动，意象是阿波罗的观照；所以不仅在悲剧里（如尼采所说的），在一切文艺作品里，我们都可以见出狄俄尼索斯的活动投影于阿波罗的观照，见出两极端冲突的调和，相反者的同一。但是在这种调和与同一中，占有优势与决定性的倒不是狄俄尼索斯而是阿波罗，是狄俄尼索斯沉没到阿波罗里面，而不是阿波罗沉没到狄俄尼索斯里面。所以我们尽管有丰富的人生经验，有深刻的情感，若是止于此，我们还是站在艺术的门外，要升堂入室，这些经验与情感必须经过阿波罗的光辉照耀，必须成为观照的对象。由于这个道理，观照（这其实就是想象，也就是直觉）是文艺的灵魂；也由于这个道理，诗人和艺术家们也往往以观照为人生的归宿。我们试想一想：

目送飞鸿，手挥五弦。
俯仰自得，游心太玄。

——嵇　康

仰视碧天际，俯瞰渌水滨。
寥阒无涯观，寓目理自陈。

大矣造化工，万殊莫不均。

群籁虽参差，适我无非新。

——王羲之

采菊东篱下，悠然见南山。

山气日夕佳，飞鸟相与还。

此中有真意，欲辨已忘言。

——陶　潜

侧身天地长怀古，独立苍茫自咏诗。

——杜　甫

从诸诗所表现的胸襟气度与理想，就可以明白诗人与艺术家如何在静观默玩中得到人生的最高乐趣。

就西方文艺来说，有三部名著可以代表西方人生观的演变：在古代是柏拉图的《会饮》，在中世纪是但丁的《神曲》，在近代是歌德的《浮士德》。《会饮》如上文已经说过的，是心灵的审美教育方案；这教育的历程是由感觉经理智到慧解，由殊相到共相，由现象到本体，由时空限制到超时空限制；它的终结是在沉静的观照中得到豁然大悟，以及个体心灵与弥漫宇宙的整一的纯粹的大心灵合德同流。由古希腊到中世纪，这个人生理想没有经过重大的变迁，只是加上耶教神学的渲染。《神曲》在表面上只是一部游记，但丁叙述自己游历地狱、净界与天堂的所见所闻；但是骨子里它是一部寓言，叙述心灵由罪孽经忏悔到解脱的经过，但丁自己就象征心灵，三界只是心灵的三种状态，地狱是罪孽状态，净界是忏悔洗刷状态，天堂是得解脱蒙神福状态。心灵逐步前进，就是逐步超升，到了最高天，它看见玫瑰宝座中坐的诸圣诸仙，看见圣母，最后看见了上帝自己。在这“神福的灵见”里，但丁（或者说心灵）得到最后的归宿，他“超脱”了，归到上帝怀里了，《神曲》于是终止。这种理想大体上仍是柏拉图的，所不同者柏拉图的上帝是“理式”，绝对真实界本体，无形无体的超时超空的普运周流的大灵魂；而但丁则与中世纪神学家们一样，多少把上帝当作一个人去想：他糅合神性与人性于一体，有如耶稣。

从但丁糅合柏拉图哲学与耶教神学，把人生的归宿定为“神福的灵见”以后，过了五百年到近代，人生究竟问题又成为思辨的中心，而大诗人歌德代表近代人给了一个彻底不同的答案。就人生理想来说，《浮士德》代表西方思潮的一个极大的转变。但丁所要解脱的是象征情欲的三猛兽和象征愚昧的黑树林。到浮士德，情境就变了，他所要解脱的不是愚昧而是使他觉得腻味的丰富的知识。理智的观照引起他的心灵的烦躁不安。“物极思返”，浮士德于是由一位闭户埋头的书生变成一位与厉鬼定卖魂约的冒险者，由沉静的观照跳到热烈而近于荒唐的行动。在《神曲》里，象征信仰与天恩的贝雅特里齐，在《浮士德》里于是变成天真而却蒙昧无知的玛嘉丽特。在《神曲》里是“神福的灵见”，在《浮士德》里于是变成“狂飙突进”。阿波罗退隐了，狄俄尼索斯于是横行无忌。经过许多放纵不羁的冒险行动以后，浮士德的顽强的意志也终于得到净化，而净化的原动力却不是观照而是一种有道德意义的行动。他的最后的成就也就是他的最高的理想的实现，从大海争来一片陆地，把它垦成沃壤，使它效用于人类社会。这理想可以叫作“自然的征服”。

这浮士德的精神真正是近代的精神，它表现于一些睥睨一世的雄才怪杰，表现于一些掀天动地的历史事变。各时代都有它的哲学辩护它的活动，在近代，尼采的超人主义唤起许多癫狂者的野心，扬谛理（Gentile）的“为行动而行动”的哲学替法西斯的横行奠定了理论的基础。

这真是一个大旋转。从前人恭维一个人，说“他是一个肯用心的人”（a thoughtful man），现在却说“他是一个活动分子”（an active man）。这旋转是向好还是向坏呢？爱下道德判断的人们不免起这个疑问。答案似难一致。自幸生在这个大时代的“活动分子”会赞叹现代生命力的旺盛，而“肯用心的人”或不免忧虑信任盲目冲动的危险。这种见解的分歧在骨子里与文艺方面古典与浪漫的争执是一致的。古典派要求意象的完美，浪漫派要求情感的丰富，还是冷静与热烈动荡的分别。文艺批评家们说，这分别是粗浅而村俗的，第一流文艺作品必定同时是古典的与浪漫的，必定是丰富的情感表现于完美的意象。把这见解应用到人生方面，显然的结论是：理想的人生是由知而行，由看而演，由观照而行动。这其实是一个老结论。苏格拉底的“知识即德行”，孔子的“自明诚”，王阳明的“知行合一”，意义原来都是如此。但是这还是侧重行动的看法。止于知犹未足，要本所知去行，才算功德圆满。这正犹如尼采在表面上说明了日神与酒神两种精神的融合，实际上仍是以酒神精神沉没于日神精神，以行动投影于观照。所以说来说去，人生理想还只有两个，不是看，就是演；知行合一说仍以演为归宿，日神酒神融合说仍以看为归宿。

近代意大利哲学家克罗齐另有一个看法，他把人类心灵活动分为知解（艺术的直觉与科学的思考）与实行（经济的活动与道德的活动）两大阶段，以为实行必据知解，而知解却可独立自足。一个人可以终止于艺术家，实现美的价值；可以终止于思想家，实现真的价值；可以终止于经济政治家，实现用的价值；也可以终止于道德家，实现善的价值。这四种人的活动在心灵进展次第上虽是一层高似一层，却各有千秋，各能实现人生价值的某一面。这就是说，看与演都可以成为人生的归宿。

这看法容许各人依自己的性之所近而抉择自己的人生理想，我以为是一个极合理的看法。人生理想往往决定于各个人的性格。最聪明的办法是让生来善看戏的人们去看戏，生来善演戏的人们来演戏。上帝造人，原来就不只是用一个模型。近代心理学家对于人类原型的分别已经得到许多有意义的发现，很可以作解决本问题的参考。最显著的是荣格（Jung）的“内倾”与“外倾”的分别。内倾者（introvert）倾心力向内，重视自我的价值，好孤寂，喜默想，无意在外物界发动变化；外倾者（extrovert）倾心力向外，重视外界事物的价值，好社交，喜活动，常要在外物界起变化而无暇返观默省。简括地说，内倾者生来爱看戏，外倾者生来爱演戏。

人生来既有这种类型的分别，人生理想既大半受性格决定，生来爱看戏的以看为人生归宿，生来爱演戏的以演为人生归宿，就是理所当然的事了。双方各有乐趣，各是人生的实现，我们各不妨阿其所好，正不必强分高下，或是勉强一切人都走一条路。人性不只是一样，理想不只是一个，才见得这世界的恢阔和人生的丰富。犬儒派哲学家第欧根尼（Diogenes）静坐在一个木桶里默想，勋名盖世的亚历山大帝慕名去访他，他在桶里坐着不动。客人介绍自己说："我是亚历山大帝。"他回答说："我是犬儒第欧根尼。"客人问："我有什么可以帮你的忙吗？"他回答："只请你站开些，不要挡着太阳光。"这样就匆匆了结一个有名的会晤。亚历山大帝觉得这犬儒甚可羡慕，向人说过一句心里话："如果我不是亚历山大，我很愿做第欧根尼。"无如他是亚历山大，这是一件前生注定丝毫不能改动的事，他不能做第欧根尼。这是他的悲剧，也是一切人所同有的悲剧。但是这亚历山大究竟是一个了不起的人物，是亚历山大而能见到做第欧根尼的好处。比起他来，第欧根尼要低一层。"不要挡着太阳光！"那句话含着几多自满与骄傲，也含着几多偏见与狭量啊！

要较量看戏与演戏的长短，我们如果专请教于书本，就很难得公平。我们要记得：柏拉图、庄子、释迦、耶稣、但丁……这一长串人都是看戏人，所以留下一些话来都是袒护看戏的人生观。此外还有更多的人，像秦始皇、大流士、亚历山大、忽必烈、拿破仑……以及无数开山凿河、垦地航海的无名英雄毕生都在忙演戏，他们的人生哲学表现在他们的生活，所以不曾留下话来辩护演戏的人生观。他们是忠实于自己的性格，如果留下话来，他们也就势必变成看戏人了。据说罗兰夫人上了断头台，才想望有一支笔可以写出她的临终的感想。我们固然希望能读到这位女革命家的自供，可是其实这是多余的。整部历史，这一部轰轰烈烈的戏，不就是演戏人们的最雄辩的供状吗？

英国散文家斯蒂文森（R. L. Stevenson）在一篇叫作《步行》的小品文里有一段话说得很美，可惜我的译笔不能传出那话的风味，它的大意是：

> 我们这样匆匆忙忙地做事，写东西，挣财产，想在永恒时间的嘲笑的静默中有一刹那使我们的声音让人可以听见，我们竟忘掉一件大事，在这件大事之中这些事只是细目，那就是生活。我们钟情、痛饮，在地面来去匆匆，像一群受惊的羊。可是你得问问你自己：在一切完了之后，你原来如果坐在家里炉旁快快活活地想着，是否比较更好些。静坐着默想——记起女子们的面孔而不起欲念，想到人们的丰功伟业，快意而不羡慕，对一切事物和一切地方有同情的了解，而却安心留在你所在的地方和身份——这不是同时懂得智慧和德行，不是和幸福住在一起吗？说到究竟，能拿出会游行来开心的并不是那些扛旗子游行的人们，而是那些坐在房子里眺望的人们。

这也是一番袒护看戏的话。我们很能了解斯蒂文森的聪明的打算，而且心悦诚服地随他站在一条线上——我们这批袖手旁观的人们。但是我们看了那出会游行而开心之后，也要深心感激那些扛旗子的人们。假如他们也都坐在房子里眺望，世间还有什么戏可看呢？并且，他们不也在开心吗？你难道能否认？

二辑 人生八笺

这个世界之所以美满，就在有缺陷，
就在有希望的机会，有想象的田地。

谈　动

朋友：

从屡次来信看，你的心境近来似乎很不宁静。烦恼究竟是一种暮气，是一种病态，你还是一个十八九岁的青年，就这样颓唐沮丧，我实在替你担忧。

一般人欢喜谈玄，你说烦恼，他便从“哲学辞典”里拖出“厌世主义”“悲观哲学”等等堂哉皇哉的字样来叙你的病由。我不知道你感觉如何？我自己从前仿佛也尝过烦恼的况味，我只觉得忧来无方，不但人莫之知，连我自己也莫名其妙，哪里有所谓哲学与人生观！我也些微领过哲学家的教训：在心气和平时，我景仰希腊廊下派哲学者，相信人生当皈依自然，不当存有嗔喜贪恋；我景仰托尔斯泰，相信人生之美在宥与爱；我景仰布朗宁，相信世间有丑才能有美，不完全乃真完全；然而外感偶来，心波立涌，拿天大的哲学，也抵挡不住。这固然是由于缺乏修养，但是青年们有几个修养到“不动心”的地步呢？从前长辈们往往拿“应该不应该”的大道理向我说法。他们说，像我这样一个青年应该活泼泼的，不应该暮气沉沉的，应该努力做学问，不应该把自己的忧乐放在心头。谢谢吧，请留着这服“应该”的方剂，将来患烦恼的人还多呢！

朋友，我们都不过是自然的奴隶，要征服自然，只得服从自然。违反自然，烦恼才乘虚而入，要排解烦闷，也须得使你的自然冲动有机会发泄。人生来好动，好发展，好创造。能动，能发展，能创造，便是顺从自然，便能享受快乐；不动，不发展，不创造，便是摧残生机，便不免感觉烦恼。这种事实在流行语中就可以见出，我们感觉快乐时说“舒畅”，感觉不快乐时说“抑郁”。这两个字样可以用作形容词，也可以用作动词。用作形容词时，它们描写快或不快的状态；用作动词时，我们可以说它们说明快或不快的原因。你感觉烦恼，因为你的生机被抑郁；你要想快乐，须得使你的生机能舒畅，能宣泄。流行语中又有“闲愁”的字样，闲人大半易于发愁，就因为闲时生机静止而不舒畅。青年人比老年人易于发愁些，因为青年人的生机比较强旺。小孩子们的生机也很强旺，然而不知道愁苦，因为他们时时刻刻地游戏，所以他们的生机不至于被抑郁。小孩子们偶尔不很乐意，便放声大哭，哭过了气就消去。成人们感觉烦恼时也还要拘礼节，哪能由你放声大哭呢？黄连苦在心头，所以愈觉其苦。歌德少时因失恋而想自杀，幸而他的文机动了，埋头两礼拜著成一部《少年维特之烦恼》，书成了，他的气也泄了，自杀的念头也打消了。你发愁时并不一定要著书，你就读几篇哀歌，听一幕悲剧，借酒浇愁，也可以大畅胸怀。从前我很疑惑何以剧情愈悲而读之愈觉其快意，近来才悟得这个泄与郁的道理。

总之，愁生于郁，解愁的方法在泄；郁由于静止，求泄的方法在动。从前儒家讲心性的话，从近代心理学眼光看，都很粗疏，只有孟子的"尽性"一个主张，含义非常深广。一切道德学说都不免肤浅，如果不从"尽性"的基点出发。如果把"尽性"两字懂得透彻，我以为生活目的在此，生活方法也就在此。人性固然是复杂的，可是人是动物，基本性不外乎动。从动的中间我们可以寻出无限快感。这个道理我可以拿两种小事来印证：从前我住在家里，自己的书房总欢喜自己打扫。每看到书籍零乱，灰尘满地，你亲自去洒扫一过，霎时间混浊的世界变成明窗净几，此时悠然就坐，游目骋怀，乃觉有不可言喻的快慰；再比方你自己是欢喜打网球的，当你起劲打球时，你还记得天地间有所谓烦恼吗？

你大约记得晋人陶侃的故事。他老来罢官闲居，找不得事做，便去搬砖。晨间把一百块砖由斋里搬到斋外，暮间把一百块砖由斋外搬到斋里。人问其故，他说：“吾方致力中原，过尔优逸，恐不堪事。”他又尝对人说：“大禹圣人，乃惜寸阴，至于众人，当惜分阴。”其实惜阴何必定要搬砖，不过他老先生还很茁壮，借这个玩艺儿多活动活动，免得抑郁无聊罢了。

朋友，闲愁最苦！愁来愁去，人生还是那么样一个人生，世界也还是那么样一个世界。假如把自己看得伟大，你对于烦恼，当有“不屑”的看待；假如把自己看得渺小，你对于烦恼当有“不值得”的看待。我劝你多打网球，多弹钢琴，多栽花木，多搬砖弄瓦。假如你不喜欢这些玩艺儿，你就谈谈笑笑，跑跑跳跳，也是好的。就在此祝你

谈谈笑笑，

跑跑跳跳！

你的朋友 光潜

谈　静

朋友：

前信谈动，只说出一面真理。人生乐趣一半得之于活动，也还有一半得之于感受。所谓“感受”是被动的，是容许自然界事物感动我的感官和心灵。这两个字涵义极广。眼见颜色，耳闻声音，是感受；见颜色而知其美，闻声音而知其和，也是感受。同一美颜，同一和声，而各个人所见到的美与和的程度又随天资境遇而不同。比方路边有一棵苍松，你看见它只觉得可以砍来造船；我见到它可以让人纳凉；旁人也许说它很宜于入画，或者说它是高风亮节的象征。再比方街上有一个乞丐，我只能见到他的蓬头垢面，觉得他很讨厌；你见他便发慈悲心，给他一个铜子；旁人见到他也许立刻发下宏愿，要打翻社会制度。这几个人反应不同，都由于感受力有强有弱。

世间天才之所以为天才，固然由于具有伟大的创造力，而他的感受力也分外比一般人强烈。比方诗人和美术家，你见不到的东西他能见到，你闻不到的东西他能闻到。麻木不仁的人就不然，你就请伯牙向他弹琴，他也只联想到棉匠弹棉花。感受也可以说是“领略”，不过领略只是感受的一方面。世界上最快活的人不仅是最活动的人，也是最能领略的人。所谓领略，就是能在生活中寻出趣味。好比喝茶，渴汉只管满口吞咽，会喝茶的人却一口一口地细啜，能领略其中风味。

能处处领略到趣味的人决不至于岑寂，也决不至于烦闷。朱子有一首诗说：“半亩方塘一鉴开，天光云影共徘徊，问渠那得清如许？为有源头活水来。”这是一种绝美的境界。你姑且闭目一思索，把这幅图画印在脑里，然后假想这半亩方塘便是你自己的心，你看这首诗比拟人生苦乐多么惬当！一般人的生活干燥，只是因为他们的“半亩方塘”中没有天光云影，没有源头活水来，这源头活水便是领略得的趣味。

领略趣味的能力固然一半由于天资，一半也由于修养。大约静中比较容易见出趣味。物理上有一条定律说：两物不能同时并存于同一空间。这个定律在心理方面也可以说得通。一般人不能感受趣味，大半因为心地太忙，不空所以不灵。我所谓“静”，便是指心界的空灵，不是指物界的沉寂，物界永远不沉寂的。你的心境愈空灵，你愈不觉得物界沉寂，或者我还可以进一步说，你的心界愈空灵，你也愈不觉得物界喧嘈。所以习静并不必定要逃空谷，也不必定学佛家静坐参禅。静与闲也不同。许多闲人不必都能领略静中趣味，而能领略静中趣味的人，也不必定要闲。在百忙中，在尘市喧嚷中，你偶然丢开一切，悠然遐想，你心中便蓦然似有一道灵光闪烁，无穷妙悟便源源而来。这就是忙中静趣。

我这番话都是替两句人人知道的诗下注脚。这两句诗就是："万物静观皆自得，四时佳兴与人同。"大约诗人的领略力比一般人都要大。近来看周启孟的《雨天的书》引日本人小林一茶的一首徘句："不要打哪，苍蝇搓他的手，搓他的脚呢。"觉得这种情境真是幽美。你懂得这一句诗就懂得我所谓静趣。中国诗人到这种境界的也很多。现在姑且就一时所想到的写几句给你看：

> 鱼戏莲叶东，鱼戏莲叶西，鱼戏莲叶南，鱼戏莲叶北。
>
> ——古诗，佚名

> 山涤余霭，宇暧微霄。
>
> 有风自南，翼彼新苗。
>
> ——陶渊明《时运》

采菊东篱下，悠然见南山。
山气日夕佳，飞鸟相与还。

——陶渊明《饮酒》

目送飘鸿，手挥五弦。
俯仰自得，游心太玄。

——嵇叔夜《送秀才从军》

倚杖柴门外，临风听暮蝉。
渡头余落日，墟里上孤烟。

——王摩诘《赠裴迪》

像这一类描写静趣的诗，唐人五言绝句中最多。你只要仔细玩味，你便可以见到这个宇宙又有一种景象，为你平时所未见到的。梁任公的《饮冰室文集》里有一篇谈“烟士披里纯”，詹姆斯的《与教员学生谈话》（*James：Talks To Teachers and Students*）里面有三篇谈人生观，关于静趣都说得很透辟。可惜此时这两部书都不在手边，不能录几段出来给你看。你最好自己到图书馆里去查阅。詹姆斯的《与教员学生谈话》那三篇文章（最后三篇）尤其值得一读，记得我从前读这三篇文章，很受他感动。

静的修养不仅是可以使你领略趣味，对于求学处事都有极大帮助。释迦牟尼在菩提树阴静坐而证道的故事，你是知道的。古今许多伟大人物常能在仓皇扰乱中雍容应付事变，丝毫不觉张皇，就因为能镇静。现代生活忙碌，而青年人又多浮躁。你站在这潮流里，自然也难免跟着旁人乱嚷。不过忙里偶然偷闲，闹中偶然觅静，于身于心，都有极大裨益。你多在静中领略些趣味，不特你自己受用，就是你的朋友们看着你也快慰些。我生平不怕呆人，也不怕聪明过度的人，只是对着没有趣味的人，要勉强同他说应酬话，真是觉得苦也。你对着有趣味的人，你并不必多谈话，只是默然相对，心领神会，便可觉得朋友中间的无上至乐。你有时大概也发生同样感想吧？

眠食诸希珍重！

你的朋友 光潜

谈十字街头

朋友：

岁暮天寒，得暇便围炉嘘烟遐想。今日偶然想到日本厨川白村的《出了象牙之塔》和《走向十字街头》两部书，觉得命名大可玩味。玩味之余，不觉发生一种反感。

所谓《走向十字街头》有两种解释。从前学士大夫好以清高名贵相尚，所以力求与世绝缘，冥心孤往。但是闭户读书的成就总难免空疏虚伪。近代哲学与文艺都逐渐趋向写实，于是大家都极力提倡与现实生活接触。世传苏格拉底把哲学从天上搬到地下，这是“走向十字街头”的一种意义。

学术思想是天下公物，须得流布人间，以求雅俗共赏。威廉·莫里斯和托尔斯泰所主张的艺术民众化，叔琴先生在《一般》诞生号中所主张的特殊的一般化，爱迪生所谓把哲学从课室图书馆搬到茶寮客座，这是“走向十字街头”的另一意义。

这两种意义都含有极大的真理。可是在这“德谟克拉西”呼声极高的时代，大家总不免忘记关于十字街头的另一面真理。

十字街头的空气中究竟含有许多腐败剂，学术思想出了象牙之塔到了十字街头以后，一般化的结果常不免流为俗化（vulgarized）。昨日的殉道者，今日或成为市场偶像，而真纯面目便不免因之污损了。到了市场而不成为偶像，成偶像而不至于破落，都是很难的事。老庄经过流俗化以后，其结果乃为白云观以静坐骗铜子的道士。易学经过流俗化以后，其结果乃为街头摆摊卖卜的江湖客。佛学经过流俗化以后，其结果乃为祈财求子的三姑六婆和秃头肥脑的蠢和尚。这都是世人所共见周知的。不必远说，且看西方科学、哲学和文学落到时下一般打学者冒牌的人手里，弄得成何体统！

寂居文艺之宫，固然会像不流通的清水，终久要变成污浊恶臭的。可是十字街头的叫嚣，十字街头的尘粪，十字街头的挤眉弄眼，都处处引诱你汩没自我。臣门如市，臣心就决不能如水。名利、声势、虚伪、刻薄、肤浅、欺侮等等字样，听起来多么刺耳朵，实际上谁能摆脱得净尽？所以站在十字街头的人们——尤其是我们青年——要时时戒备十字街头的危险，要时时回首瞻顾象牙之塔。

十字街头上握有最大权威的是习俗。习俗有两种，一为传说（tradition），一为时尚（fashion）。儒家的礼教，五芳斋的馄饨，是传说；新文化运动，四马路的新装，是时尚。传说尊旧，时尚趋新，新旧虽不同，而盲从附和，不假思索，则根本无二致。社会是专制的，是压迫的，是不容自我伸张的。比方九十九个人守贞节，你一个人偏要不贞，你固然是伤风败俗，大逆不道；可是如果九十九个人都是娼妓，你一个人偏要守贞节，你也会成为社会公敌，被人唾弃的。因此，苏格拉底所以饮鸩，伽利略所以被教会加罪，罗曼·罗兰、罗素所以在欧战期中被人谩骂。

本来风化习俗这件东西，孽虽造得不少，而为维持社会安宁计，却亦不能尽废。人与人相接触，问题就会发生。如果世界只有我，法律固为虚文，而道德也便无意义。人类须有法律道德维持，固足证其顽劣；然而人类既顽劣，道德法律也就不能勾销。所以老庄上德不德、绝圣弃智的主张，理想虽高，而究不适于顽劣的人类社会。

习俗对于维持社会安宁，自有相当价值，我们是不能否认的。可是以维持安宁为社会唯一目的，则未免大错特错。习俗是守旧的，而社会则须时时翻新，才能增长滋大，所以习俗有时时打破的必要。人是一种贱动物，只好模仿因袭，不乐改革创造。所以维持固有的风化，用不着你费力。你让它去，世间自有一班庸人懒人去担心。可是要打破一种习俗，却不是一件易事。物理学上仿佛有一条定律说，凡物既静，不加力不动。而所加的力必比静物的惰力大，才能使它动。打破习俗，你须以一二人之力，抵抗千万人之惰力，所以非有雷霆万钧的力量不可。因此，习俗的背叛者比习俗的顺从者较为难能可贵，从历史看社会进化，都是靠着几个站在十字街头而能向十字街头宣战的人。这般人的报酬往往不是十字架，就是断头台。可是世间只有他们才是不朽，倘若世界没有他们这些殉道者，人类早已为乌烟瘴气闷死了。

一种社会所最可怕的不是民众浮浅顽劣，因为民众通常都是浮浅顽劣的；它所最可怕的是没有在肤浅卑劣的环境中而能不肤浅不卑劣的人。比方英国民众就是很沉滞顽劣的，然而在这种沉滞顽劣的社会中，偶尔跳出一二个性坚强的人，如雪莱、卡莱尔、罗素等，其特立独行的胆与识，却非其他民族所可多得。这是英国人力量所在的地方。路易·狄更生尝批评日本，说她是一个没有柏拉图和亚里士多德的希腊，所以不能造伟大的境界。据生物学家说，物竞天择的结果不能产生新种，须经突变（sports）。所谓突变，是指不像同种的新裔。社会也是如此，它能否生长滋大，就看它有无突变式的分子；换句话说，就看十字街头的矮人群中有没有几个大汉。

说到这点，我不能不替我们中国人汗颜了。处人胯下的印度还有一位泰戈尔和一位甘地，而中国满街只是一些打冒牌的学者和打冒牌的社会运动家。强者皇然叫嚣，弱者随声附和；旧者盲从传说，新者盲从时尚。相习成风，每况愈下，而社会之浮浅顽劣虚伪酷毒，乃日不可收拾。在这个当儿，站在十字街头的我们青年怎能免彷徨失措？朋友，昔人临歧而哭，假如你看清你面前的险径，你会心寒胆裂哟！围着你的全是浮浅顽劣虚伪酷毒，你只有两种应付方法：你只有和它冲突，要不然，就和它妥洽。在现时这种状况之下，冲突就是烦恼，妥洽就是堕落。无论走哪一条路，结果都是悲剧。

但是，朋友，你我正不必因此颓丧！假如我们的力量够，冲突的结果，也许是战胜。让我们相信世界达真理之路只有自由思想，让我们时时记着十字街头浮浅虚伪的传说和时尚都是真理路上的障碍，让我们本着少年的勇气把一切市场偶像打得粉碎！

最后，打破偶像，也并非鲁莽叫嚣所可了事。鲁莽叫嚣还是十字街头的特色，是浮浅卑劣的表征。我们要能于叫嚣扰攘中：以冷静态度，灼见世弊；以深沉思考，规划方略；以坚强意志，征服障碍。总而言之，我们要自由伸张自我，不要汩没在十字街头的影响里去。

朋友，让我们一齐努力吧！

你的同志 光潜

谈多元宇宙

朋友：

你看到“多元宇宙”这个名词，也许联想到詹姆斯的哲学名著。但是你不用骇怕我谈玄，你知道我是一个不懂哲学而且厌听哲学的人。今天也只是吃家常便饭似的，随便谈谈，与詹姆斯毫无关系。

年假中朋友们来闲谈，“言不及义”的时候，动辄牵涉到恋爱问题。各人见解不同，而我所援以辩护恋爱的便是我所谓“多元宇宙”。

什么叫作“多元宇宙”呢？

人生是多方面的，每方面如果发展到极点，都自有其特殊宇宙和特殊价值标准。我们不能以甲宇宙中的标准，测量乙宇宙中的价值。如果勉强以甲宇宙中的标准，测量乙宇宙中的价值，则乙宇宙便失其独立性，而只在乙宇宙中可尽量发展的那一部分性格便不免退处于无形。

各人资禀经验不同，而所见到的宇宙，其种类多寡，量积大小，也不一致。一般人所以为最切己而最推重的是“道德的宇宙”。“道德的宇宙”是与社会俱生的。如果世间只有我，“道德的宇宙”便不能成立。比方没有父母，便无孝慈可言，没有亲友，便无信义可言。人与人相接触以后，然后道德的需要便因之而起。人是社会的动物，而同时又秉有反社会的天性。想调剂社会的需要与利己的欲望，人与人之间的关系不能不有法律道德为之维护。因有法律存在，我不能以利己欲望妨害他人，他人也不能以利己欲望妨害我，于是彼此乃宴然相安。因有道德存在，我尽心竭力以使他人享受幸福，他人也尽心竭力以使我享受幸福，于是彼此乃欢然同乐，社会中种种成文的礼法和默认的信条都是根据这个基本原理。服从这种礼法和信条便是善，破坏这种礼法和信条便是恶。善恶便是“道德的宇宙”中的价值标准。

我们既为社会中人，享受社会所赋予的权利，便不能不对于社会负有相当义务，不能不趋善避恶，以求达到“道德的宇宙”的价值标准的最高点。在“道德的宇宙”中，如果能登峰造极，也自能实现伟大的自我，孔子、苏格拉底和耶稣诸人的风范所以照耀千古。

但是“道德的宇宙”决不是人生唯一的宇宙，而善恶也决不能算是一切价值的标准，这是我们中国人往往忽略的道理。

比方在“科学的宇宙”中，善恶便不是合适的价值标准。“科学的宇宙”中的适当价值标准只是真伪。科学家只问：我的定律是否合于事实？这个结论是否没有讹错？他们决问不到：“物体向地心下坠”合乎道德吗？“勾方加股方等于弦方”有些不仁不义吧？固然“科学的宇宙”也有时和“道德的宇宙”相抵触，但是科学家只当心真理而不顾社会信条。伽利略宣传哥白尼地动说，达尔文主张生物是进化而不是神造的，就教会眼光看，他们都是不道德的，因为他们直接地辩驳《圣经》，间接地摇动宗教和它的道德信条。可是伽利略和达尔文是“科学的宇宙”中的人物，从“道德的宇宙”所发出来的命令，他们则不敢奉命唯谨。科学家的这种独立自由的态度到现代更渐趋明显。比方伦理学从前是指导行为的规范科学，而近来却都逐渐向纯粹科学的路上走，它们的问题也逐渐由“应该或不应该如此”变为“实在是如此或不如此”了。

其次，“美术的宇宙”也是自由独立的。美术的价值标准既不是是非，也不是善恶，只是美丑。从希腊以来，学者对于美术有三种不同的见解。一派以为美术含有道德的教训，可以陶冶性情。一派以为美术的最大功用只在供人享乐。第三派则折衷两说，以为美术既是教人道德的，又是供人享乐的。好比药丸加上糖衣，吃下去又甜又受用。这三种学说在近代都已被人推翻了。现代美术家只是“为美术而言美术”（art for art's sake）。意大利美学泰斗克罗齐并且说美和善是绝对不能混为一谈的。因为道德行为都是起于意志，而美术品只是直觉得来的意象，无关意志，所以无关道德。这并非说美术是不道德的，美术既非“道德的”，也非“不道德的”，它只是“超道德的”。说一个幻想是道德的，或者说一幅画是不道德的，是无异于说一个方形是道德的，或者说一个三角形是不道德的，同为毫无意义。美术家最大的使命求创造一种意境，而意境必须超脱现实。我们可以说，在美术方面，不能“脱实”便是不能“脱俗”。因此，从“道德的宇宙”中的标准看，曹操、阮大铖、李波·李披（Fra Lippo Lippi）和拜伦一班人都不是圣贤，而从“美术的宇宙”中的标准看，这些人都不失其为大诗家或大画家。

再其次，我以为恋爱也是自成一个宇宙；在“恋爱的宇宙”里，我们只能问某人之爱某人是否真纯，不能问某人之爱某人是否应该。其实就是只“应该不应该”的问题，恋爱也是不能打消的。从生物学观点看，生殖对于种族为重大的利益，而对于个体则为重大的牺牲。带有重大的牺牲，不能不兼有重大的引诱，所以性欲本能在诸本能中最为强烈。我们可以说，人应该生存，应该绵延种族，所以应该恋爱。但是这番话仍然是站在“道德的宇宙”中说的，在“恋爱的宇宙”中，恋爱不是这样机械的东西，它是至上的，神圣的，含有无穷奥秘的。在恋爱的状态中，两人脉搏的一起一落，两人心灵一往一复，都恰能䜣合无间。在这种境界，如果身家、财产、学业、名誉、道德等等观念渗入一分，则恋爱真纯的程度便须减少一分。真能恋爱的人只是为恋爱而恋爱，恋爱以外，不复另有宇宙。

“恋爱的宇宙”和“道德的宇宙”虽不必定要不能相容，而在实际上往往互相冲突。恋爱和道德相冲突时，我们既不能两全，应该牺牲恋爱呢，还是牺牲道德呢？道德家说，道德至上，应牺牲恋爱。爱伦凯一班人说，恋爱至上，应牺牲道德。就我看，这所谓“道德至上”与“恋爱至上”都未免笼统。我们应该加上形容句子说，在“道德的宇宙”中道德至上，在“恋爱的宇宙”中恋爱至上。所以遇着恋爱和道德相冲突时，社会本其“道德的宇宙”的标准，对于恋爱者大肆其攻击诋毁，是分所应有的事，因为不如此则社会赖以维持的道德难免隳丧；而恋爱者整个的酣醉于“恋爱的宇宙”里，毅然不顾一切，也是分所应有的事，因为不如此则恋爱不真纯。

“恋爱的宇宙”中，往往也可以表现出最伟大的人格。我时常想，能够恨人极点的人和能够爱人极点的人都不是庸人。

日本民族是一个有生气的民族，因他们中间有人能够以嫌怨杀人，有人能够为恋爱自杀。我们中国人随在都讲“中庸”，恋爱也只能达到温汤热。所以为恋爱而受社会攻击的人，立刻就登报自辩。这不能不算是根性浅薄的表征。

朋友，我每次写信给你都写到第六张信笺为止。今天已写完第六张信笺了，可是如果就在此搁笔，恐怕不免叫人误解，让我在收尾时郑重声明一句吧。恋爱是至上的，是神圣的，所以也是最难遭遇的。“道德的宇宙”里真正的圣贤少，“科学的宇宙”里绝对真理不易得，“美术的宇宙”里完美的作家寥寥，“恋爱的宇宙”里真正的恋爱人更是凤毛麟角。恋爱是人格的交感共鸣，所以恋爱真纯的程度以人格高下为准。一般人误解恋爱，动于一时飘忽的性欲冲动而发生婚姻关系，境过则情迁，色衰则爱弛，这虽是冒名恋爱，实则只是纵欲。我为真正恋爱辩护，我却不愿为纵欲辩护，我愿青年应该懂得恋爱神圣，我却不愿青年在血气未定的时候，去盲目地假恋爱之名寻求泄欲。

意长纸短，你大概已经懂得我的主张了吧？

你的朋友 光潜

谈情与理

朋友：

去年张东荪先生在《东方杂志》发表过两篇论文，讨论兽性问题，并提出理智救国的主张。今年李石岑先生和杜亚泉先生也为着同样问题，在《一般》上起过一番辩论。一言以蔽之，他们的争点是：我们的生活应该受理智支配呢？还是应该受感情支配呢？张、杜两先生都是理智的辩护者，而李先生则私淑尼采，对于理智颇肆抨击。我自己在生活方面，尝感着情与理的冲突。近来稍涉猎文学、哲学，又发现现代思潮的激变，也由这个冲突发轫。屡次手痒，想作一篇长文，推论情与理在生活与文化上的位置，因为牵涉过广，终于搁笔。在私人通信中，大题不妨小做，而且这个问题也是青年急宜了解的，所以趁这次机会，粗陈鄙见。

科学家讨论事理，对于规范与事实，辨别极严。规范是应然，是以人的意志定出一种法则来支配人类生活的。事实是实然的，是受自然法则支配的。比方伦理、教育、政治、法律、经济各种学问都侧重规范，数、理、化各种学问都侧重事实。规范虽和事实不同，而却不能不根据事实。比方在教育学中，“自由发展个性”是一种规范，而根据的是儿童心理学中的事实；在马克思派经济学中，“阶级斗争”和“劳工专政”都是规范，而“剩余价值”律和“人口过剩”律是他所根据的事实。但是一般人制定规范，往往不根据事实而根据自己的希望。不知人的希望和自然界的事实常不相侔，而规范是应该限于事实的。规范倘若不根据事实，则不特不能实现，而且漫无意义。比方在事实上二加二等于四，而人的希望往往超过事实，硬想二加二等于五。既以为二加二等于五是很好的，便硬定“二加二应该等于五”的规范，这岂不是梦语？

我所以不满意张东荪、杜亚泉诸先生的学说者，就因为他们既没有把规范和事实分别清楚，而又想离开事实，只凭自家理想去定规范。他们想把理智抬举到万能的地位，而不问在事实上理智是否万能；他们只主张理智应该支配一切生活，而不考究生活是否完全可以理智支配。我很奇怪张先生以柏格森的翻译者而抬举理智，我尤其奇怪杜先生想从哲学和心理学的观点去抨击李先生，而不知李先生的学说得自尼采，又不知他自己所根据的心理学早已陈死。

只论事实，世界文化和个人生活果能顺着理智所指的路径前进吗？现代哲学和心理学对于这个问题所给的答案是否定的。

哲学家怎么说呢？现代哲学的主要潮流可以说主要是18世纪理智主义的反动。自尼采、叔本华以至于柏格森，没有人不看透理智的威权是不实在的。依现代哲学家看，宇宙的生命，社会的生命和个体的生命都只有目的而无先见（purposive without foresight）。所谓有目的，是说生命是有归宿的，是向某固定方向前进的；所谓无先见，是说在某归宿之先，生命不能自己预知归宿何所。比方母鸡孵卵，其目的在产小鸡，而这个目的却不必预存于母鸡的意识中。理智就是先见，生命不受先见支配，所以不受理智支配。这是现代哲学上一种主要思潮，而这个思潮在政治思想上演出两个相反的结论。其一为英国保守派政治哲学。他们说，理智既不能左右社会生命，所以我们应该让一切现行制度依旧存在，它们自己会变好，不用人费力去筹划改革。其一为法国行会主义（syndicalism）。这派激烈分子说，现行制度已经够坏了，把它们打破以后，任它们自己变去，纵然没有理智产生的建设方略，也决不会有比现在更坏的制度发现出来。无论你相信哪一说，理智都不是万能的。

在心理学方面，理智主义的反动尤其剧烈。这种反动有两个大的倾向。第一个倾向是由边沁的享乐主义（hedonism）转到麦独孤的动原主义（homic theory）。享乐派心理学者以为一切行为都不外寻求快感与避免痛感。快感与痛感就是行为的动机。吾人心中预存何者发生快感、何者发生痛感的计算，而后才有寻求与避免的行为。换句话说，行为是理智的产品，而理智所去取，则以感觉之快与不快为标准。这种学说在 18、19 两世纪颇盛行，到了现代，因为受麦独孤心理学者的攻击，已成体无完肤。依麦独孤派学者看，享乐主义误在倒果为因。快感与痛感是行为的结果，不是行为的动机，动作顺利，于是生快感，动作受阻碍，于是生痛感；在动作未发生之前，吾人心中实未曾运用理智，预期快感如何寻求，痛感如何避免。行为的原动力是本能与情绪，不是理智。这个道理麦独孤在他的《社会心理学》里说得很精辟。

心理学上第二个反理智的倾向是弗洛伊德派的隐意识心理学。依这派学者看，心好比大海，意识好比海面浮着的冰山，其余汪洋深湛的统是隐意识。意识在心理中所占位置甚小，而理智在意识中所占位置又甚小，所以理智的能力是极微末的。通常所谓理智，大半是理性化（rationalisation）的结果，理智之来，常不在行为未发生之前，而在行为已发生之后。行为之发生，大半由隐意识中的情意综（complexes）主持。吾人于事后须得解释辩护，于是才找出种种理由来。这便是理性化。比方一个人钟爱一个女子，天天不由自主地走到她的寓所左右。而他自己所能举出的理由只不外“去看报纸”“去访她哥哥”“去看那棵柳树今天开了几片新叶”一类的话。照这样说，不特理智不易驾驭感情，而理智自身也不过是感情的变相。维护理智的人喜用弗洛伊德的升华说（sublimation）做护身符，不知所谓升华大半还是隐意识作用，其中情的成分比理的成分更加重要。

总观以上各点，我们可以知道在事实上理智支配生活的能力是极微末、极薄弱的，尊理智抑感情的人在思想上是开倒车，是想由现世纪回到18世纪。开倒车固然不一定就是坏，可是要开倒车的人应该先证明现代哲学和心理学是错误的。不然，我们决难悦服。

更进一步，我们姑且丢开理智是否确能支配情感的问题，而衡量理智的生活是否确比情感的生活价值来得高。迷信理智的人不特假定理智能支配生活，而且假定理智的生活是尽善尽美的。第一个假定，我们已经知道，是与现代哲学和心理学相矛盾的。现在我们来研究第二个假定。

第一，我们应该知道理智的生活是很狭隘的。如果纯任理智，则美术对于生活无意义，因为离开情感，音乐只是空气的震动，图画只是涂着颜色的纸，文学只是联串起来的字。如果纯任理智，则宗教对于生活无意义，因为离开情感，自然没有神奇，而冥感灵通全是迷信。如果纯任理智，则爱对于人生也无意义，因为离开情感，男女的结合只是为着生殖。我们试想生活中无美术、无宗教（我是指宗教的狂热的情感与坚决信仰）、无爱情，还有什么意义？记得几年前有一位学生物学的朋友在《学灯》上发表一篇文章，说穷到究竟，人生只不过是吃饭与交媾。他的题目我一时记不起，仿佛是“悲”“哀”一类的字。专从理智着想，他的话是千真万确的。但是他忘记了人是有感情的动物。有了感情，这个世界便另是一个世界，而这个人生便另是一个人生，决不是吃饭交媾就可以了事的。

第二，我们应该知道理智的生活是很冷酷的，很刻薄寡恩的。理智指示我们应该做的事甚多，而我们实在做到的还不及百分之一。所做到的那百分之一大半全是由于有情感在后面驱遣。比方我天天看见很可怜的乞丐，理智也天天提醒我赈济困穷的道理，可是除非我心中怜悯的情感触动时，我百回就有九十九回不肯掏腰包。前几天听见一位国学家投河的消息，和朋友们谈，大家都觉得他太傻。他固然是傻，可是世间有许多事项得有几分傻气的人才能去做。纯信理智的人天天都打计算，有许多不利于己的事他决不肯去做的。历史上许多侠烈的事迹都是情感的而不是理智的。

人类如要完全信任理智，则不特人生趣味剥削无余，而道德亦必流为下品。严密说起，纯任理智的世界中只能有法律而不能有道德。纯任理智的人纵然也说道德，可是他们的道德是问理的道德（morality according to principle），而不是问心的道德（morality according to heart）。问理的道德迫于外力，问心的道德激于衷情，问理而不问心的道德，只能给人类以束缚而不能给人类以幸福。

比方中国人所认为百善之首的“孝”，就可以当作问理的道德，也可以当作问心的道德。如果单讲理智，父母对于子女不能居功，而子女对于父母便不必言孝。这个道理胡适之先生在《答汪长禄书》里说得很透辟。他说：

> “父母于子无恩”的话，从王充、孔融以来，也很久了。……今年我自己生了一个儿子，我才想到这个问题上去。我想这个孩子自己并不曾自由主张要生在我家，我们做父母的也不曾得他的同意，就糊里糊涂地给他一条生命，况且我们也并不曾有意送给他这条生命。我们既无意，如何能居功？……我们生一个儿子，就好比替他种了祸根，

又替社会种了祸根。……所以我们教他养他，只是我们减轻罪过的法子。……这可以说是恩典吗？

因此，胡先生不赞成把“儿子孝顺父母”列为一种“信条”。

胡先生所以得此结论，是假定孝只是一种报酬，只是一种问理的道德。把孝当作这样解释，我也不赞成把它“列为一种信条”。但是我们要知道真孝并不是一种报酬，并不是借债还息。孝只是一种爱，而凡爱都是以心感心，以情动情，决不像做生意买卖，时时抓住算盘子，计算你给我二五，我应该报酬你一十。换句话说，孝是情感的，不是理智的。世间有许多慈母，不惜牺牲一切，以养护她的婴儿；世间也有许多婴儿，无论到了怎样困穷忧戚的境遇，总可以把头埋在母亲的怀里，得那不能在别处得到的保护与安慰。这就是孝的起源，这也就是一切爱的起源。这种孝全是激于至诚的，是我所谓问心的道德。

孝不是一种报酬，所以不是一种义务，把孝看成一种义务，于是“孝”就由问心的道德降而为问理的道德了。许多人“孝顺”父母，并不是因为激于情感，只因为他想凡是儿子都须得孝顺父母，才成体统。礼至而情不至，孝的意义本已丧失。儒家想因存礼以存情，于是孝变成一种虚文。像胡先生所说，“无论怎样不孝的人，一穿上麻衣，带上高梁冠，拿着哭丧棒，人家就赞他做‘孝子’了”。近人非孝，也是从理智着眼，把孝看作一种债息。其实与儒家末流犯同一毛病。问理的孝可非，而问心的孝是不可非的。

孝不过是许多事例中之一种。其他一切道德也都可以有问心的和问理的分别。问理的道德虽亦不可少，而衡其价值，则在问心的道德之下。孔子讲道德注重“仁”字，孟子讲道德注重“义”字，“仁”比“义”更有价值，是孔门学者所公认的。“仁”就是问心的道德，“义”就是问理的道德。宋儒注“仁义”两个字说：“仁者心之德，义者事之宜。”这是很精确的。

我说了这许多话，可以一言以蔽之，“仁”胜于“义”，问心的道德胜于问理的道德，所以情感的生活胜于理智的生活。生活是多方面的，我们不但要能够知（know），我们更要能够感（feel）。理智的生活只是片面的生活。理智没有多大能力去支配情感，纵使理智能支配情感，而理胜于情的生活和文化都不是理想的。

我对于这个问题还有许多的话，在这封信里只能言不尽意，待将来再说。

你的朋友 光潜

附注：

此文发表后曾蒙杜亚泉先生给了一个批评（见《一般》三卷三号），当时课忙，所以没有奉复。我此文结论中明明说过，“问理的道德虽亦不可少，而衡其价值，则在问心的道德之下。”我并没有说把理智完全勾销。杜先生也说：“我也主张主情的道德。”然则我们的意见根本并无二致。我不能不羡慕杜先生真有闲工夫。

杜先生一方面既然承认“朱先生说，‘真孝并不是一种报酬’，这句话很精到的”，而另一方面又加上一句“但是‘孝不是一种义务’这句话却错了”。我以为他可以说出一番大道理来，而下文不过是如此：“至于父母就是社会上担负教育子女义务的人……这种人在衰老的时候，社会也应该赡养他。”说明白一点咧，在子女幼时，父母曾为社会抚养子女；所以到父母老时，子女也应该为社会赡养父母。

请问杜先生，这是不是所谓报酬？承认我的“孝不是一种报酬”一语为“精到”，而说明“孝是一种义务”时，又回到报酬的原理，这似犯了维护理智的人们所谓“矛盾律”。

“今之孝者，是谓能养”，杜先生大约还记得下文吧？我承认“养老”“养小”都确是一种义务，我否认能尽这种义务就是孝慈。因为我主张于能尽养老的义务之外，还要有出于衷诚的敬爱，才能谓孝，所以我主张孝不是一种报酬。因为我主张孝不是一种报酬，所以我否认孝只是一种义务。杜先生同意于“孝不是一种报酬”，而致疑于“孝不是一种义务”，这也是矛盾。

维护理智的人，推理一再陷于矛盾，世间还有更好的凭据证明理智不可尽信吗？

谈摆脱

朋友:

近来研究黑格尔（Hegel）讨论悲剧的文章，有时拿他的学说来印证实际生活，颇觉欣然有会意。许久没有写信给你，现在就拿这点道理作谈料。

黑格尔对于古今悲剧，最推尊希腊索福克勒斯（Sophocles）的《安提戈涅》（*Antigone*）。安提戈涅的哥哥因为争王位，借重敌国的兵攻击他自己的祖国忒拜，在战场上被打死了。忒拜新王克瑞翁（Creon）悬令，如有人敢收葬他，便处死罪，因为他是一个国贼。安提戈涅很像中国的聂嫈，毅然不避死刑，把她哥哥的尸骨收葬了。安提戈涅又是和克瑞翁的儿子海蒙（Haemon）订过婚的，她被绞以后，海蒙痛恨她，也自杀了。

黑格尔以为凡悲剧都生于两理想的冲突，而《安提戈涅》是最好的实例。就克瑞翁说，做国王的职责和做父亲的职责相冲突。就安提戈涅说，做国民的职责和做妹妹的职责相冲突。就海蒙说，做儿子的职责和做情人的职责相冲突。因此冲突，故三方面结果都是悲剧。

黑格尔只是论文学，其实推广一点说，人生又何尝不是一种理想的冲突场？不过实在界和舞台有一点不同，舞台上的悲剧生于冲突之得解决，而人生的悲剧则多生于冲突之不得解决。生命途程上的歧路尽管千差万别，而实际上只有一条路可走，有所取必有所舍，这是自然的道理。世间有许多人站在歧路上只徘徊顾虑，既不肯有所舍，便不能有所取。世间也有许多人既走上这一条路，又念念不忘那一条路。结果也不免差误时光。“鱼我所欲，熊掌亦我所欲，二者不可得兼，舍鱼而取熊掌可也。”有这样果决，悲剧决不会发生。悲剧之发生就在既不肯舍鱼，又不肯舍熊掌，只在那儿垂涎打算盘。这个道理我可以举几个实例来说明：

“禾”是一个大学生，很好文学，而他那一班的功课有簿记、有法律，都是他所厌恶的。他每见到我便愁眉蹙额地说：“真是无聊！天天只是预备考试！天天只是读这些没有意味的课本！”我告诉他：“你既不欢喜那些东西，便把它们丢开就是了。”他说：“既然花了家里的钱进学堂，总得要勉强敷衍考试才是。”我说：“你要敷衍考试，就敷衍考试就是了。”

然而他天天嫌恶考试，天天又还在那儿预备考试。

我有一个幼时的同学恋爱了一个女子。他的家庭极力阻止他。他每次来信都向我诉苦。我去信告诉他说：“你既然爱她，便毅然不顾一切去爱她就是了。”他又说：“家庭骨肉的恩爱就能够这样恝然置之吗？”我回复他说：“事既不能两全，你便应该趁早疏绝她。”但是他到现在还是犹豫不知所可，还是照旧叫苦。

“禹”也是一个旧相识。他在衙门里充当一个小差事。他很能作文章，家里虽不丰裕，也还不至于没有饭吃。衙门里案牍和他的脾胃不很合，而且妨碍他著述。他时常觉得他的生活没有意味，和我谈心时，不是说：“嗳，如果我不要就这个事，这本稿子久已写成了。”就是说：“这事简直不是人干的，我回家陪妻子吃糙米饭去了！”像这样的话我也不知道听他说过多少回数，但是他还是依旧风雨无阻地去应卯。

这些朋友的毛病都不在“见不到”而在“摆脱不开”。“摆脱不开”便是人生悲剧的起源。畏首畏尾，徘徊歧路，心境既多苦痛，而事业也不能成就。许多人的生命都是这样模模糊糊地过去的。要免除这种人生悲剧，第一须要“摆脱得开”。消极说是“摆脱得开”，积极说便是“提得起”，便是“抓得住”。认定一个目标，便专心致志地向那里走，其余一切都置之度外，这是成功的秘诀，也是免除烦恼的秘诀。现在姑且举几个实例来说明我所谓“摆脱得开”。

释迦牟尼当太子时，乘车出游，看到生老病死的苦状，便恍然解悟人生虚幻，把慈父、娇妻、爱子和王位一齐抛开，深夜遁入深山，静坐菩提树下，冥心默想解脱人类罪苦的方法。这是古今第一个知道摆脱的人。其次如苏格拉底，如耶稣，如屈原，如文天祥，为保持人格而从容就死，能摆脱开一般人所摆脱不开的生活欲，也很可以廉顽立懦。再其次如希腊第欧根尼提倡克欲哲学，除一个饮水的杯子和一个盘坐的桶子以外，身旁别无长物，一日见童子用手捧水喝，他便把饮水的杯子也掷碎。犹太斯宾诺莎学说与犹太教义不合，犹太教徒行贿不遂，把他驱逐出籍，他以后便专靠磨镜过活。他在当时是欧洲第一个大哲学家，海得尔堡大学请他去当哲学教授，他说：“我还是磨我的镜子比较自由。”所以谢绝教授的位置。这是能为真理为学问摆脱一切的。卓文君逃开富家的安适，去陪司马相如当垆卖酒，是能为恋爱摆脱一切的。张翰在齐做大司马东曹掾，一天看见秋风乍起，想起吴中菰菜莼羹鲈鱼脍，立刻就弃官归里。陶渊明做彭泽令，不愿束带见督邮，向县吏说：“我岂能为五斗米折腰向乡里小儿！”立即解绶辞官。这是能摆脱禄位以行吾心所安的。英国小说家司各特早年颇致力于诗，后读拜伦著作，知道自己在诗的方面不能有大成就，便丢开音律专去做他的小说。这是能为某一种学问而摆脱开其他学问之引诱的。孟敏堕甑，不顾而去。郭林宗问他的缘故，他回答说："甑已碎，顾之何益？"这是能摆脱过去失败的。

斯蒂文森论文，说文章之术在知遗漏（the art of omitting），其实不独文章如是，生活也要知所遗漏。我幼时，有一位最敬爱的国文教师看出我不知摆脱的毛病，尝在我的课卷后面加这样的批语："长枪短戟，用各不同，但精其一，已足致胜，汝才有偏向，姑发展其所长，不必广心博骛也。"十年以来，说了许多废话，看了许多废书，做了许多不中用的事，走了许多没有目标的路，多尝试，少成功，回忆师训，殊觉赧然，冷眼观察，世间像我这样暗中摸索的人正亦不少。大节固不用说，请问街头那纷纷群众忙的为什么？为什么天天做明知其无聊的工作，说明知其无聊的话，和明知其无聊的朋友假意周旋？在我看来，这都由于"摆脱不开"。因为人人都"摆脱不开"，所以生命便成了一幕最大的悲剧。

朋友，我写到这里，已超过寻常篇幅，把上面所写的翻看一过，觉得还没有把"摆脱"的道理说得透。我只谈到粗浅处，细微处让你自己暇时细心体会。

你的朋友 光潜

谈在卢浮宫所得的一个感想

朋友：

去夏访巴黎卢浮宫，得摩挲《蒙娜丽莎》肖像的原迹，这是我生平一件最快意的事。凡是第一流美术作品都能使人在微尘中见出大千，在刹那中见出终古。列奥纳多·达·芬奇（Leonardo da Vinci）的这幅半身美人肖像纵横都不过十几寸，可是她的意蕴多么深广！佩特（Walter Pater）在《文艺复兴论》里说希腊、罗马和中世纪的特殊精神都在这一幅画里表现无遗。我虽然不知道佩特所谓希腊的生气、罗马的淫欲和中世纪的神秘是什么一回事，可是从那轻盈笑靥里我仿佛窥透人世的欢爱和人世的罪孽。虽则见欢爱而无留恋，虽则见罪孽而无畏惧。一切希冀和畏避的念头在霎时间都涣然冰释，只游心于和谐静穆的意境。这种境界我在贝多芬乐曲里，在《米洛斯爱神》雕像里，在《浮士德》诗剧里，也常隐约领略过，可是都不如《蒙娜丽莎》所表现的深刻明显。

我穆然深思，我悠然遐想，我想象到中世纪人们的热情，想象到达·芬奇作此画时费四个寒暑的精心结构，想象到丽莎夫人临画时听到四周的缓歌慢舞，如何发出那神秘的微笑。

正想得发呆时，这中世纪的甜梦忽然被现世纪的足音惊醒，一个法国向导领着一群四五十个男的女的美国人蜂拥而来了。向导操很拙劣的英语指着说："这就是著名的《蒙娜丽莎》。"那班肥颈项胖乳房的人们照例露出几种惊奇的面孔，说出几个处处用得着的赞美的形容词，不到三分钟又蜂拥而去了。一年四季，人们尽管川流不息地这样蜂拥而来蜂拥而去，丽莎夫人却时时刻刻在那儿露出你不知道是怀善意还是怀恶意的微笑。

从观赏《蒙娜丽莎》的群众回想到《蒙娜丽莎》的作者，我登时发生一种不调和的感触，从中世纪到现世纪，这中间有多么深多么广的一条鸿沟！中世纪的旅行家一天走上二百里已算飞快，现在坐飞艇不用几十分钟就可走几百里了。中世纪的著作家要发行书籍须得请僧侣或抄胥用手抄写，一个人朝于斯夕于斯的，一年还不定能抄完一部书；现在大书坊每日可出书万卷，任何人都可以出文集诗集了。中世纪许多书籍是新奇的，连在近代，以培根、笛卡尔那样渊博，都没有机会窥亚里士多德的全豹，近如包慎伯到三四十岁时才有一次机会借阅《十三经注疏》；现在图书馆林立，贩夫走卒也能博通上下古今了。中世纪画《蒙娜丽莎》的人须自己制画具自己配颜料，作一幅画往往须三年五载才可成功；现在美术家每日可以成几幅乃至于十几幅"创作"了。中世纪人想看《蒙娜丽莎》须和作者或他的弟子有交谊，真能欣赏他，才能侥幸一饱眼福；现在卢浮宫好比十字街，任人来任人去了。

这是多么深多么广的一条鸿沟！据历史家说，我们已跨过了这鸿沟，所以我们现代文化比中世纪进步得多了。话虽如此说，而我对着《蒙娜丽莎》和观赏《蒙娜丽莎》的群众，终不免有所怀疑，有所惊惜。

在这个现世纪忙碌的生活中，哪里还能找出三年不窥园、十年成一赋的人？哪里还能找出深通哲学的磨镜匠，或者行乞读书的苦学生？现代科学和道德信条都比从前进步了，哪里还能迷信宗教崇尚侠义？我们固然没有从前人的呆气，可是我们也没有从前人的苦心与热情了。别的不说，就是看《蒙娜丽莎》也只像看破烂朝报了。

科学愈进步，人类征服环境的能力也愈大。征服环境的能力愈大，的确是人生一大幸福。但是它同时也易生流弊。困难日益少，而人类也愈把事情看得太容易，做一件事不免愈轻浮粗率，而艰苦卓绝的成就也便日益稀罕。比方从纽约到巴黎还像从前乘帆船时要经许多时日，冒许多危险，美国人穿过卢浮宫决不会像他们穿过巴黎香榭丽舍街一样匆促。我很坚决地相信，如果美国人所谓“效率”（efficiency）以外，还有其他标准可估定人生价值，现代文化至少是含有若干危机的。

“效率”以外究竟还有其他估定人生价值的标准吗？要回答这个问题，我们最好拿法国兰斯（Reims）、亚眠（Amiens）各处几个中世纪的大教寺和纽约一座世界最高的钢铁房屋相比较。或者拿一幅湘绣和杭州织锦相比较，便易明白。如只论“效率”，杭州织锦和美国钢铁房屋都是一样机械的作品，较之湘绣和兰斯大教寺，费力少而效率差不多，总算没有可指摘之点。但是刺湘绣的闺女和建筑中世纪大教寺的工程师在工作时，刺一针线或叠一块砖，都要费若干心血，都有若干热情在后面驱遣，他们的心眼都钉在他们的作品上，这是近代只讲“效率”的工匠们所诧为呆拙的。织锦和钢铁房屋用意只在适用，而湘绣和中世纪建筑于适用以外还要能慰情，还要能为作者力量气魄的结晶，还要能表现理想与希望。假如这几点在人生和文化上自有意义与价值，“效率”决不是唯一的估定价值的标准，尤其不是最高品的估定价值的标准。最高品估定价值的标准一定要着重人的成分（human element），遇见一种工作不仅估量它的成功如何，还有问它是否由努力得来的，是否为高尚理想与伟大人格之表现。如果它是经过努力而能表现理想与人格的工作，虽然结果失败了，我们也得承认它是有价值的。这个道理布朗宁（Browning）在 *Rabbi Ben Ezra* 那篇诗里说得最精透，我不会翻译，只择几段出来让你自己去玩味：

Not on the vulgar mass
Called"work", must sentence pass,
Things done,that took the eye and had the price;
O'er which, from level stand,
The low world laid its hand,
Found straight way to its mind, could value in a trice:

But all,the world's coarse thumb
And finger failed to thumb,
So passed in making up the main account;
All instincts immature,
All purposes unsure,
That weighed not as his work,yet swelled the man's
amount:

Thoughts hardly to be packed

Into a narrow act,

Fancies that broke through language and escaped:

All I could never be

All,men ignored in me.

This I was worth to God, whose wheel the pitcher shaped.

这几段诗在我生平所给的益处最大。我记得这几句话，所以能惊赞热烈的失败，能欣赏一般人所嗤笑的呆气和空想，能景仰不计成败的艰苦卓绝的努力。

假如我的这些信对于现代青年能发生毫末的影响，我尤其虔心默祝这封信所宣传的超“效率”的估定价值的标准能印入个个读者的心孔里去；因为我所知道的学生们、学者们和革命家们都太贪容易，太浮浅粗疏，太不能深入，太不能耐苦，太类似美国旅行家看《蒙娜丽莎》了。

你的朋友 光潜

谈人生与我

朋友：

我写了许多信，还没有郑重其事地谈到人生问题，这是一则因为这个问题实在谈滥了，一则也因为我看这个问题并不如一般人看得那样重要。在这最后一封信里我所以提出这个滥题来讨论者，并不是要说出什么一番大道理，不过把我自己平时几种对于人生的态度随便拿来做一次谈料。

我有两种看待人生的方法。在第一种方法里，我把我自己摆在前台，和世界一切人和物在一块玩把戏；在第二种方法里，我把我自己摆在后台，袖手看旁人在那儿装腔作势。

站在前台时，我把我自己看得和旁人一样，不但和旁人一样，并且和鸟兽虫鱼诸物也都一样。人类比其他物类痛苦，就因为人类把自己看得比其他物类重要。人类中有一部分人比其余的人苦痛，就因为这一部分人把自己比其余的人看得重要。

比方穿衣吃饭是多么简单的事，然而在这个世界里居然成为一个极重要的问题，就因为有一部分人要亏人自肥。再比方生死，这又是多么简单的事，无量数人和无量数物都已生过来死过去了。一个小虫让车轮压死了，或者一朵鲜花让狂风吹落了，在虫和花自己都决不值得计较或留恋，而在人类则生老病死以后偏要加上一个苦字。这无非是因为人们希望造物主宰待他们自己应该比草木虫鱼特别优厚。

因为如此着想，我把自己看作草木虫鱼的侪辈，草木虫鱼在和风甘露中是那样活着，在炎暑寒冬中也还是那样活着。像庄子所说，它们“诱然皆生，而不知其所以生；同焉皆得，而不知其所以得”。它们时而戾天跃渊，欣欣向荣；时而含葩敛翅，晏然蛰处，都顺着自然所赋予的那一副本性。它们决不计较生活应该是如何，决不追究生活是为着什么，也决不埋怨上天待它们特薄，把它们供人类宰割凌虐。在它们说，生活自身就是方法，生活自身也就是目的。

从草木虫鱼的生活，我觉得一个经验。我不在生活以外别求生活方法，不在生活以外别求生活目的。世间少我一个，多我一个，或者我时而幸运，时而受灾祸侵逼，我以为这都无伤天地之和。你如果问我，人们应该如何生活才好呢？我说，就顺着自然所给的本性生活着，像草木虫鱼一样。你如果问我，人们生活在这幻变无常的世相中究竟为着什么？我说，生活就是为着生活，别无其他目的。你如果向我埋怨天公说，人生是多么苦恼呵！我说，人们并非生在这个世界来享幸福的，所以那并不算奇怪。

这并不是一种颓废的人生观。你如果说我的话带有颓废的色彩，我请你在春天到百花齐放的园子里去，看看蝴蝶飞，听听鸟儿鸣，然后再回到十字街头，仔细瞧瞧人们的面孔，你看谁是活泼，谁是颓废？请你在冬天积雪凝寒的时候，看看雪压的松树，看看站在冰上的鸥和游在水中的鱼，然后再回头看看遇苦便叫的那“万物之灵”，你以为谁比较能耐苦持恒呢？

我拿人比禽兽，有人也许目为异端邪说。其实我如果要援引“经典”，称道孔孟以辩护我的见解，也并不是难事。孔子所谓“知命”，孟子所谓“尽性”，庄子所谓“齐物”，宋儒所谓“廓然大公，物来顺应”和希腊廊下派哲学，我都可以引申成一篇经义文，做我的护身符。然而我觉得这大可不必。我虽不把自己比旁人看得重要，我也不把自己看得比旁人分外低能，如果我的理由是理由，就不用仗先圣先贤的声威。

以上是我站在前台对于人生的态度。但是我平时很欢喜站在后台看人生。许多人把人生看作只有善恶分别的，所以他们的态度不是留恋，就是厌恶。我站在后台时把人和物也一律看待，我看西施、嫫母、秦桧、岳飞也和我看八哥、鹦鹉、甘草、黄连一样，我看匠人盖屋也和我看鸟鹊营巢、蚂蚁打洞一样，我看战争也和我看斗鸡一样，我看恋爱也和我看雄蜻蜓追雌蜻蜓一样。因此，是非善恶对我都无意义，我只觉得对着这些纷纭扰攘的人和物，好比看图画，好比看小说，件件都很有趣味。

这些有趣味的人和物之中自然也有一个分别；有些有趣味，是因为它们带有很浓厚的喜剧成分；有些有趣味，是因为它们带有很深刻的悲剧成分。

我有时看到人生的喜剧。前天遇见一个小外交官，他的上下巴都光光如也，和人说话时却常常用大拇指和食指在腮旁捻一捻，像有胡须似的。他们说这是官气，我看到这种举动比看诙谐画还更有趣味。许多年前一位同事常常很气忿地向人说："如果我是一个女子，我至少已接得一尺厚的求婚书了！"偏偏他不是女子，这已经是喜剧；何况他又麻又丑，纵然他幸而为女子，也决不会有求婚书的麻烦，而他却以此沾沾自喜，这总算得喜剧之喜剧了。这件事和英国文学家哥尔德斯密斯的一段逸事一样有趣。他有一次陪几个女子在荷兰某一个桥上散步，看见桥上行人个个都注意他同行的女子，而没有一个睬他自己，便板起面孔很气忿地说："哼，在别地方也有人这样看我咧！"如此等类的事，我天天都见得着。在闲静寂寞的时候，我把这一类的小小事件从记忆中召回来，寻思玩味，觉得比抽烟饮茶还更有味。老实说，假如这个世界中没有曹雪芹所描写的刘姥姥，没有吴敬梓所描写的严贡生，没有莫里哀所描写的达尔杜弗和阿尔巴贡，生命更不值得留恋了。我感谢刘姥姥、严贡生一流人物，更甚于我感谢钱塘的潮和匡庐的瀑。

其次，人生的悲剧尤其能使我惊心动魄；许多人因为人生多悲剧而悲观厌世，我却以为人生有价值正因其有悲剧。我在几年前作的《无言之美》里曾说明这个道理，现在引一段来：

> 我们所居的世界是最完美的，就因为它是最不完美的。这话表面看去，不通已极，但是实含有至理。假如世界是完美的，人类所过的生活——比好一点，是神仙的生活，比坏一点，就是猪的生活——便呆板单调已极，因为倘若件件事都尽美尽善了，自然没有希望发生，更没有努力奋斗的必要。人生最可乐的就是活动所生的感觉，就是奋斗成功而得的快慰。世界既完美，我们如何能尝创造成功的快慰？这个世界之所以美满，就在有缺陷，就在有希望的机会，有想象的田地。换句话说，世界有缺陷，可能性才大。

这个道理李石岑先生在《一般》三卷三号所发表的《缺陷论》

里也说得很透辟。悲剧也就是人生一种缺陷。它好比洪涛巨浪，令人在平凡中见出庄严，在黑暗中见出光彩。假如荆轲真正刺中秦始皇，林黛玉真正嫁了贾宝玉，也不过闹个平凡收场，哪得叫千载以后的人唏嘘赞叹？以李太白那样天才，偏要和江淹戏弄笔墨，作了一篇《拟恨赋》，和《上韩荆州书》一样庸俗无味。毛声山评《琵琶记》，说他有意要做“补天石”传奇十种，把古今几件悲剧都改个快活收场，他没有实行，总算是一件幸事。人生本来要有悲剧才能算人生，你偏想把它一笔勾销，不说你勾销不去，就是勾销去了，人生反更索然寡趣。所以我无论站在前台或站在后台时，对于失败，对于罪孽，对于殃咎，都是一副冷眼看待，都是用一个热心惊赞。

朋友，我感谢你费去宝贵的时光读我的这些信，如果你不厌倦，将来我也许常常和你通信闲谈，现在让我暂时告别吧！

你的朋友 光潜

第三辑 美学八讲

美和实际人生有一个距离，要见出事物本身的美，须把它摆在适当的距离之外去看。

我们对于一棵古松的三种态度
——实用的、科学的、美感的

一切事物都有几种看法。你说一件事物是美的或是丑的，这也只是一种看法。换一个看法，你说它是真的或是假的；再换一种看法，你说它是善的或是恶的。同是一件事物，看法有多种，所看出来的现象也就有多种。

比如园里那一棵古松，无论是你是我或是任何人一看到它，都说它是古松。但是你从正面看，我从侧面看，你以幼年人的心境去看，我以中年人的心境去看，这些情境和性格的差异都能影响到所看到的古松的面目。古松虽只是一件事物，你所看到的和我所看到的古松却是两件事。假如你和我各把所得的古松的印象画成一幅画或是写成一首诗，我们俩艺术手腕尽管不分上下，你的诗和画与我的诗和画相比较，却有许多重要的异点。这是什么缘故呢？这就由于知觉不完全是客观的，各人所见到的物的形象都带有几分主观的色彩。

假如你是一位木商，我是一位植物学家，另外一位朋友是画家，三人同时来看这棵古松。我们三人可以说同时都“知觉”到这一棵树，可是三人所“知觉”到的却是三种不同的东西。你脱离不了你的木商的心习，你所知觉到的只是一棵做某事用值几多钱的木料。我也脱离不了我的植物学家的心习，我所知觉到的只是一棵叶为针状、果为球状、四季常青的显花植物。我们的朋友——画家——什么事都不管，只管审美，他所知觉到的只是一棵苍翠劲拔的古树。我们三人的反应态度也不一致。你心里盘算它是宜于架屋或是制器，思量怎样去买它，砍它，运它。我把它归到某类某科里去，注意它和其他松树的异点，思量它何以活得这样老。我们的朋友却不这样东想西想，他只在聚精会神地观赏它的苍翠的颜色，它的盘屈如龙蛇的线纹以及它的昂然高举、不受屈挠的气概。

从此可知这棵古松并不是一件固定的东西，它的形象随观者的性格和情趣而变化。各人所见到的古松的形象都是各人自己性格和情趣的返照。古松的形象一半是天生的，一半也是人为的。极平常的知觉都带有几分创造性；极客观的东西之中都有几分主观的成分。

美也是如此。有审美的眼睛才能见到美。这棵古松对于我们的画画的朋友是美的，因为他去看它时就抱了美感的态度。你和我如果也想见到它的美，你须得把你那种木商的实用的态度丢开，我须得把植物学家的科学的态度丢开，专持美感的态度去看它。

这三种态度有什么分别呢？

先说实用的态度。做人的第一件大事就是维持生活。既要生活，就要讲究如何利用环境。“环境”包含我自己以外的一切人和物在内，这些人和物有些对于我的生活有益，有些对于我的生活有害，有些对于我不关痛痒。我对于他们于是有爱恶的情感，有趋就或逃避的意志和活动。这就是实用的态度。实用的态度起于实用的知觉，实用的知觉起于经验。小孩子初出世，第一次遇见火就伸手去抓，被它烧痛了，以后他再遇见火，便认识它是什么东西，便明了它是烧痛手指的，火对于他于是有意义。事物本来都是很混乱的，人为便利实用起见，才像被火烧过的小孩子根据经验把四围事物分类立名，说天天吃的东西叫作“饭”，天天穿的东西叫作“衣”，某种人是朋友，某种人是仇敌，于是事物才有所谓“意义”。意义大半都起于实用。在许多人看，衣除了是穿的，饭除了是吃的，女人除了是生小孩的一类意义之外，便寻不出其他意义。所谓“知觉”，就是感官接触某种人或物时心里明了他的意义。明了他的意义起初都只是明了他的实用。明了实用之后，才可以对他起反应动作，或是爱他，或是恶他，或是求他，或是拒他，木商看古松的态度便是如此。

科学的态度则不然。它纯粹是客观的、理论的。所谓客观的态度就是把自己的成见和情感完全丢开，专以“无所为而为”的精神去探求真理。理论是和实用相对的。理论本来可以见诸实用，但是科学家的直接目的却不在于实用。科学家见到一个美人，不说我要去向她求婚，她可以替我生儿子，只说我看她这人很有趣味，我要来研究她的生理构造，分析她的心理组织。科学家见到一堆粪，不说它的气味太坏，我要掩鼻走开，只说这堆粪是一个病人排泄的，我要分析它的化学成分，看看有没有病菌在里面。科学家自然也有见到美人就求婚，见到粪就掩鼻走开的时候，但是那时候他已经由科学家还到实际人的地位了。科学的态度之中很少有情感和意志，它的最重要的心理活动是抽象的思考。科学家要在这个混乱的世界中寻出事物的关系和条理，纳个物于概念，从原理演个例，分出某者为因，某者为果，某者为特征，某者为偶然性。植物学家看古松的态度便是如此。

木商由古松而想到架屋、制器、赚钱等等，植物学家由古松而想到根茎花叶、日光水分等等，他们的意识都不能停止在古松本身上面。不过把古松当作一块踏脚石，由它跳到和它有关系的种种事物上面去。所以在实用的态度中和科学的态度中，所得到的事物的意象都不是独立的、绝缘的，观者的注意力都不是专注在所观事物本身上面的。注意力的集中，意象的孤立绝缘，便是美感的态度的最大特点。比如我们的画画的朋友看古松，他把全副精神都注在松的本身上面，古松对于他便成了一个独立自足的世界。他忘记他的妻子在家里等柴烧饭，他忘记松树在植物教科书里叫作显花植物，总而言之，古松完全占领住他的意识，古松以外的世界他都视而不见、听而不闻了。他只把古松摆在心眼面前当作一幅画去玩味。他不计较实用，所以心中没有意志和欲念；他不推求关系、条理、因果等等，所以不用抽象的思考。这种脱净了意志和抽象思考的心理活动叫作“直觉”，直觉所见到的孤立绝缘的意象叫作“形象”。美感经验就是形象的直觉，美就是事物呈现形象于直觉时的特质。

实用的态度以善为最高目的，科学的态度以真为最高目的，美感的态度以美为最高目的。在实用态度中，我们的注意力偏在事物对于人的利害，心理活动偏重意志；在科学的态度中，我们的注意力偏在事物间的互相关系，心理活动偏重抽象的思考；在美感的态度中，我们的注意力专在事物本身的形象，心理活动偏重直觉。真善美都是人所定的价值，不是事物所本有的特质。离开人的观点而言，事物都浑然无别，善恶、真伪、美丑就漫无意义。真善美都含有若干主观的成分。

就“用”字的狭义说，美是最没有用处的。科学家的目的虽只在辨别真伪，他所得的结果却可效用于人类社会。美的事物如诗文、图画、雕刻、音乐等等都是寒不可以为衣，饥不可以为食的。从实用的观点看，许多艺术家都是太不切实用的人物。然则我们又何必来讲美呢？人性本来是多方的，需要也是多方的。真善美三者俱备才可以算是完全的人。人性中本有饮食欲，渴而无所饮，饥而无所食，固然是一种缺乏；人性中本有求知欲而没有科学的活动，本有美的嗜好而没有美感的活动，也未始不是一种缺乏。真和美的需要也是人生中的一种饥渴——精神上的饥渴。疾病衰老的身体才没有口腹的饥渴。同理，你遇到一个没有精神上的饥渴的人或民族，你可以断定他的心灵已到了疾病衰老的状态。

人所以异于其他动物的就是于饮食男女之外还有更高尚的企求，美就是其中之一。是壶就可以贮茶，何必又求它形式、花样、颜色都要好看呢？吃饱了饭就可以睡觉，何必又呕心血去作诗、画画、奏乐呢？“生命”是与“活动”同义的，活动愈自由，生命也就愈有意义。人的实用的活动全是有所为而为，是受环境需要限制的；人的美感的活动全是无所为而为，是环境不需要他活动而他自己愿意去活动的。在有所为而为的活动中，人是环境需要的奴隶；在无所为而为的活动中，人是自己心灵的主宰。这是单就人说，就物说呢，在实用的和科学的世界中，事物都借着和其他事物发生关系而得到意义，到了孤立绝缘时就都没有意义；但是在美感世界中它却能孤立绝缘，却能在本身现出价值。照这样看，我们可以说，美是事物的最有价值的一面，美感的经验是人生中最有价值的一面。

许多轰轰烈烈的英雄和美人都过去了，许多轰轰烈烈的成功和失败也都过去了，只有艺术作品真正是不朽的。数千年前的《采采卷耳》和《孔雀东南飞》的作者还能在我们心里点燃很强烈的火焰，虽然在当时他们不过是大皇帝脚下的不知名的小百姓。秦始皇并吞六国，统一车书；曹孟德带八十万人马下江东，舳舻千里，旌旗蔽空，这些惊心动魄的成败对于你有什么意义？对于我有什么意义？但是长城和《短歌行》对于我们还是很亲切的，还可以使我们心领神会这些骸骨不存的精神气魄。这几段墙在，这几句诗在，他们永远对于人是亲切的。由此类推，在几千年或是几万年以后看，现在纷纷扰扰的“帝国主义”“反帝国主义”“主席”“代表”“电影明星”之类对于人有什么意义？我们这个时代是否也有类似长城和《短歌行》

的纪念坊留给后人，让他们觉得我们也还是很亲切的吗？悠悠的过去只是一片漆黑的天空，我们所以还能认识出来这漆黑的天空者，全赖思想家和艺术家所散布的几点星光。朋友，让我们珍重这几点星光！让我们也努力散布几点星光去照耀那和过去一般漆黑的未来！

“当局者迷，旁观者清”
——艺术和实际人生的距离

有几件事实我觉得很有趣，不知道你有同感没有？

我的寓所后面有一条小河通莱茵河。我在晚间常到那里散步一次，走成了习惯，总是沿东岸去，过桥沿西岸回来。走东岸时我觉得西岸的景物比东岸的美；走西岸时适得其反，东岸的景物又比西岸的美。对岸的草木房屋固然比这边的美，但是它们又不如河里的倒影。同是一棵树，看它的正身本极平凡，看它的倒影却带有几分另一世界的色彩。我平时又欢喜看烟雾朦胧的远树、大雪笼盖的世界和更深夜静的月景。本来是习见不以为奇的东西，让雾、雪、月盖上一层白纱，便见得很美丽。

北方人初看到西湖，平原人初看到峨眉，虽然审美力薄弱的村夫，也惊讶它们的奇景；但生长在西湖或峨眉的人除了以居近名胜自豪以外，心里往往觉得西湖和峨眉实在不过如此。

新奇的地方都比熟悉的地方美。东方人初到西方，或是西方人初到东方，都往往觉得面前景物件件值得玩味。本地人自以为不合时尚的服装和举动，在外方人看，却往往有一种美的意味。

古董癖也是很奇怪的。一个周朝的铜鼎或是一个汉朝的瓦瓶在当时也不过是盛酒盛肉的日常用具，在现在却变成很稀有的艺术品。固然有些好古董的人是贪它值钱，但是觉得古董实在可玩味的人却不少。我到外国人家去时，主人常欢喜拿一点中国东西给我看。这总不外瓷罗汉、蟒袍、渔樵耕读图之类的装饰品，我看到每每觉得羞涩，而主人却诚心诚意地夸奖它们好看。

种田人常羡慕读书人，读书人也常羡慕种田人。竹篱瓜架旁的黄粱浊酒和朱门大厦中的山珍海鲜，在旁观者所看出来的滋味都比当局者亲口尝出来的好。读陶渊明的诗，我们常觉得农人的生活真是理想的生活，可是农人自己在烈日寒风之中耕作时所尝到的况味，绝不似陶渊明所描写的那样闲逸。

人常是不满意自己的境遇而羡慕他人的境遇，所以俗话说："家花不比野花香。"人对于现在和过去的态度也有同样的分别。本来是很酸辛的遭遇，到后来往往变成很甜美的回忆。我小时在乡下住，早晨看到的是那几座茅屋、几畦田、几排青山，晚上看到的也还是那几座茅屋、几畦田、几排青山，觉得它们真是单调无味，现在回忆起来，却不免有些留恋。

这些经验你一定也注意到的。它们是什么缘故呢？

这全是观点和态度的差别。看倒影，看过去，看旁人的境遇，看稀奇的景物，都好比站在陆地上远看海雾，不受实际的切身的利害牵绊，能安闲自在地玩味目前美妙的景致。看正身，看现在，看自己的境遇，看习见的景物，都好比乘海船遇着海雾，只知它妨碍呼吸，只嫌它耽误程期，预兆危险，没有心思去玩味它的美妙。持实用的态度看事物，它们都只是实际生活的工具或障碍物，都只能引起欲念或嫌恶。要见出事物本身的美，我们一定要从实用世界跳开，以“无所为而为”的精神欣赏它们本身的形象。总而言之，美和实际人生有一个距离，要见出事物本身的美，须把它摆在适当的距离之外去看。

再就上面的实例说，树的倒影何以比正身美呢？它的正身是实用世界中的一片段，它和人发生过许多实用的关系。人一看见它，不免想到它在实用上的意义，发生许多实际生活的联想。它是避风息凉的或是架屋烧火的东西。在散步时我们没有这些需要，所以就觉得它没有趣味。倒影是隔着一个世界的，是幻境的，是与实际人生无直接关联的。我们一看到它，就立刻注意到它的轮廓、线纹和颜色，好比看一幅图画一样。这是形象的直觉，所以是美感的经验。总而言之，正身和实际人生没有距离，倒影和实际人生有距离，美的差别即起于此。

同理，游历新境时最容易见出事物的美。习见的环境都已变成实用的工具。比如我久住在一个城市里面，出门看见一条街就想到朝某方向走是某家酒店，朝某方向走是某家银行；看见了一座房子就想到它是某个朋友的住宅，或是某个总长的衙门。这样的“由盘而之钟”，我的注意力就迁到旁的事物上去，不能专心致志地看这条街或是这座房子究竟像个什么样子。在崭新的环境中，我还没有认识事物的实用的意义，事物还没有变成实用的工具，一条街还只是一条街而不是到某银行或某酒店的指路标，一座房子还只是某颜色某线形的组合而不是私家住宅或是总长衙门，所以我能见出它们本身的美。

一件本来惹人嫌恶的事情，如果你把它推远一点看，往往可以成为很美的意象。卓文君不守寡，私奔司马相如，陪他当垆卖酒。我们现在把这段情史传为佳话。我们读李长吉的“长卿怀茂陵，绿草垂石井。弹琴看文君，春风吹鬓影”几句诗，觉得它是多么幽美的一幅画！但是在当时人看，卓文君失节却是一件秽行丑迹。袁子才尝刻一方“钱塘苏小是乡亲”的印，看他的口吻是多么自豪！但是钱塘苏小究竟是怎样的一个伟人？她原来不过是南朝的一个妓女。和这个妓女同时的人谁肯攀她做“乡亲”呢？当时的人受实际问题的牵绊，不能把这些人物的行为从极繁复的社会信仰和利害观念的圈套中划出来，当作美丽的意象来观赏。我们在时过境迁之后，不受当时的实际问题的牵绊，所以能把它们当作有趣的故事来谈。它们在当时和实际人生的距离太近，到现在则和实际人生距离较远了，好比经过一些年代的老酒，已失去它的原来的辣性，只留下纯淡的滋味。

一般人迫于实际生活的需要，都把利害认得太真，不能站在适当的距离之外去看人生世相，于是这丰富华严的世界，除了可效用于饮食男女的营求之外，便无其他意义。他们一看到瓜就想它是可以摘来吃的，一看到漂亮的女子就起性欲的冲动。他们完全是占有欲的奴隶。花长在园里何尝不可以供欣赏？他们却欢喜把它摘下来挂在自己的襟上或是插在自己的瓶里。一个海边的农夫逢人称赞他的门前海景时，便很羞涩地回过头来指着屋后一园菜说："门前虽没有什么可看的，屋后这一园菜却还不差。"许多人如果不知道周鼎汉瓶是很值钱的古董，我相信他们宁愿要一个不易打烂的铁锅或瓷罐，不愿要那些不能煮饭藏菜的破铜破铁。这些人都是不能在艺术品或自然美和实际人生之中维持一种适当的距离。

艺术家和审美者的本领就在能不让屋后的一园菜压倒门前的海景，不拿盛酒盛菜的标准去估定周鼎汉瓶的价值，不把一条街当作到某酒店和某银行去的指路标。他们能跳开利害的圈套，只聚精会神地观赏事物本身的形象。他们知道在美的事物和实际人生之中维持一种适当的距离。

我说“距离”时总不忘冠上“适当的”三个字，这是要注意的。“距离”可以太过，可以不及。艺术一方面要能使人从实际生活牵绊中解放出来，一方面也要使人能了解、能欣赏，“距离”不及，容易使人回到实用世界，距离太远，又容易使人无法了解欣赏。这个道理可以拿一个浅例来说明。

王渔洋的《秋柳诗》中有两句说：“相逢南雁皆愁侣，好语西乌莫夜飞。”在不知这诗的历史的人看来，这两句诗是漫无意义的，这就是说，它的距离太远，读者不能了解它，所以无法欣赏它。《秋柳诗》原来是悼明亡的，“南雁”是指国亡无所依附的故旧大臣，“西乌”是指有意屈节降清的人物。假使读这两句诗的人自己也是一个“遗老”，他对于这两句诗的情感一定比旁人较能了解。但是他不一定能取欣赏的态度，因为他容易看这两句诗而自伤身世，想到种种实际人生问题上面去，不能把注意力专注在诗的意象上面，这就是说，《秋柳诗》对于他的实际生活距离太近了，容易把他由美感的世界引回到实用的世界。

许多人欢喜从道德的观点来谈文艺，从韩昌黎的“文以载道”说起，一直到现代“革命文学”以文学为宣传的工具止，都是把艺术硬拉回到实用的世界里去。一个乡下人看戏，看见演曹操的角色扮老奸巨猾的样子惟妙惟肖，不觉义愤填胸，提刀跳上舞台，把他杀了。从道德的观点评艺术的人们都有些类似这位杀曹操的乡下佬，义气虽然是义气，无奈是不得其时、不得其地。他们不知道道德是实际人生的规范，而艺术是与实际人生有距离的。

艺术须与实际人生有距离，所以与极端的写实主义不相容。写实主义的理想在妙肖人生和自然，但是艺术如果真正做到妙肖人生和自然的境界，总不免把观者引回到实际人生，使他的注意力旁迁于种种无关美感的问题，不能专心致志地欣赏形象本身的美，比如裸体女子的照片常不免容易刺激性欲，而裸体雕像如《米洛斯爱神》，裸体画像如法国安格尔的《泉》，都只能令人肃然起敬。这是什么缘故呢？这就是因为照片太逼肖自然，容易像实物一样引起人的实用的态度；雕刻和图画都带有若干形式化和理想化，都有几分不自然，所以不易被人误认为实际人生中的一片段。

艺术上有许多地方，乍看起来，似乎不近情理。古希腊和中国旧戏的角色往往戴面具，穿高底鞋，表演时用歌唱的声调，不像平常说话。埃及雕刻对于人体加以抽象化，往往千篇一律。波斯图案画把人物的肢体加以不自然的扭屈，中世纪“哥特式”诸大教寺的雕像把人物的肢体加以不自然的延长。中国和西方古代的画都不用远近阴影。这种艺术上的形式化往往遭浅人唾骂，它固然时有流弊，其实也含有至理。这些风格的创始者都未尝不知道它不自然，但是他们的目的正是使艺术和自然之中有一种距离。说话不押韵，不论平仄，作诗却要押韵，要论平仄，道理也是如此。艺术本来是弥补人生和自然缺陷的。如果艺术的最高目的仅在妙肖人生和自然，我们既已有人生和自然了，又何取乎艺术呢？

艺术都是主观的，都是作者情感的流露，但是它一定要经过几分客观化。艺术都要有情感，但是只有情感不一定就是艺术。许多人本来是笨伯而自信是可能的诗人或艺术家。他们常埋怨道：“可惜我不是一个文学家，否则我的生平可以写成一部很好的小说。”富于艺术材料的生活何以不能产生艺术呢？艺术所用的情感并不是生糙的而是经过反省的。蔡琰在丢开亲生子回国时决写不出《悲愤诗》，杜甫在“入门闻号咷，幼子饥已卒”时决写不出《自京赴奉先县咏怀五百字》。这两首诗都是“痛定思痛”的结果。艺术家在写切身的情感时，都不能同时在这种情感中过活，必定把它加以客观化，必定由站在主位的尝受者退为站在客位的观赏者。一般人不能把切身的经验放在一种距离以外去看，所以情感尽管深刻，经验尽管丰富，终不能创造艺术。

“子非鱼，安知鱼之乐”
——宇宙的人情化

庄子与惠子游于濠梁之上。

庄子曰：“鯈鱼出游从容，是鱼乐也！”

惠子曰：“子非鱼，安知鱼之乐？”

庄子曰：“子非我，安知我不知鱼之乐？”

这是《庄子·秋水》篇里的一段故事，是你平时所欢喜玩味的。我现在借这段故事来说明美感经验中的一个极有趣味的道理。

我们通常都有“以己度人”的脾气，因为有这个脾气，对于自己以外的人和物才能了解。严格地说，各个人都只能直接地了解他自己，都只能知道自己处某种境地，有某种知觉，生某种情感。至于知道旁人旁物处某种境地、有某种知觉、生某种情感时，则是凭自己的经验推测出来的。比如我知道自己在笑时心里欢喜，在哭时心里悲痛，看到旁人笑也就以为他心里欢喜，看见旁人哭也以为他心里悲痛。我知道旁人旁物的知觉和情感如何，都是拿自己的知觉和情感来比拟的。我只知道自己，我知道旁人旁物时是把旁人旁物看成自己，或是把自己推到旁人旁物的地位。庄子看到鲦鱼“出游从容”便觉得它乐，因为他自己对于“出游从容”的滋味是有经验的。人与人，人与物，都有共同之点，所以他们都有互相感通之点。假如庄子不是鱼就无从知鱼之乐，每个人就要各成孤立世界，和其他人物都隔着一层密不通风的墙壁，人与人以及人与物之中便无心灵交通的可能了。

这种“推己及物”“设身处地”的心理活动不尽是有意的、出于理智的，所以它往往发生幻觉。鱼没有反省的意识，是否能够像人一样“乐”，这种问题大概在庄子时代的动物心理学也还没有解决，而庄子硬拿“乐”字来形容鱼的心境，其实不过把他自己的“乐”的心境外射到鱼的身上罢了，他的话未必有科学的谨严与精确。我们知觉外物，常把自己所得的感觉外射到物的本身上去，把它误认为物所固有的属性，于是本来在我的就变成在物的了。比如我们说“花是红的”时，是把红看作花所固有的属性，好像是以为纵使没有人去知觉它，它也还是在那里。其实花本身只有使人觉到红的可能性，至于红却是视觉的结果。红是长度为若干的光波射到眼球网膜上所生的印象。如果光波长一点或是短一点，眼球网膜的构造换一个样子，红的色觉便不会发生。患色盲的人根本就不能辨别红色，就是眼睛健全的人在薄暮光线暗淡时也不能把红色和绿色分得清楚，从此可知，严格地说，我们只能说“我觉得花是红的”。我们通常都把“我觉得”三字略去而直说“花是红的”，于是在我的感觉遂被误认为在物的属性了。日常对于外物的知觉都可作如是观。“天气冷”其实只是“我觉得天气冷”，鱼也许和我不一致；“石头太沉重”其实只是“我觉得它太沉重”，大力士或许还嫌它太轻。

云何尝能飞？泉何尝能跃？我们却常说云飞泉跃；山何尝能鸣？谷何尝能应？我们却常说山鸣谷应。在说云飞泉跃、山鸣谷应时，我们比说花红、石头重，又更进一层了。原来我们只把在我的感觉误认为在物的属性，现在我们却把无生气的东西看成有生气的东西，把它们看作我们的侪辈，觉得它们也有性格，也有情感，也能活动。这两种说话的方法虽不同，道理却是一样，都是根据自己的经验来了解外物。这种心理活动通常叫作“移情作用”。

“移情作用”是把自己的情感移到外物身上去，仿佛觉得外物也有同样的情感。这是一个极普遍的经验。自己在欢喜时，大地山河都在扬眉带笑；自己在悲伤时，风云花鸟都在叹气凝愁。惜别时蜡烛可以垂泪，兴到时青山亦觉点头。柳絮有时“轻狂”，晚峰有时“清苦”。陶渊明何以爱菊呢？因为他在傲霜残枝中见出孤臣的劲节；林和靖何以爱梅呢？因为他在暗香疏影中见出隐者的高标。

从这几个实例看，我们可以看出移情作用是和美感经验有密切关系的。移情作用不一定就是美感经验，而美感经验却常含有移情作用。美感经验中的移情作用不单是由我及物的，同时也是由物及我的；它不仅把我的性格和情感移注于物，同时也把物的姿态吸收于我。所谓美感经验，其实不过是在聚精会神之中，我的情趣和物的情趣往复回流而已。

姑先说欣赏自然美。比如我在观赏一棵古松，我的心境是什么样状态呢？我的注意力完全集中在古松本身的形象上，我的意识之中除了古松的意象之外，一无所有。在这个时候，我的实用的意志和科学的思考都完全失其作用，我没有心思去分辨我是我而古松是古松。古松的形象引起清风亮节的类似联想，我心中便隐约觉到清风亮节所常伴着的情感。因为我忘记古松和我是两件事，我就于无意之中把这种清风亮节的气概移置到古松上面去，仿佛古松原来就有这种性格。同时我又不知不觉地受古松的这种性格影响，自己也振作起来，模仿它那一副苍老劲拔的姿态。所以古松俨然变成一个人，人也俨然变成一棵古松。真正的美感经验都是如此，都要达到物我同一的境界；在物我同一的境界中，移情作用最容易发生，因为我们根本就不分辨所生的情感到底是属于我还是属于物的。

再说欣赏艺术美，比如说听音乐。我们常觉得某种乐调快活，某种乐调悲伤。乐调自身本来只有高低、长短、急缓、宏纤的分别，而不能有快乐和悲伤的分别。换句话说，乐调只能有物理而不能有人情。我们何以觉得这本来只有物理的东西居然有人情呢？这也是由于移情作用。这里的移情作用是如何起来的呢？音乐的命脉在节奏。节奏就是长短、高低、急缓、宏纤相继承的关系。这些关系前后不同，听者所费的心力和所用的心的活动也不一致。因此听者心中自起一种节奏和音乐的节奏相平行。听一曲高而缓的调子，心力也随之作一种高而缓的活动；听一曲低而急的调子，心力也随之作一种低而急的活动。这种高而缓或是低而急的心力活动，常蔓延浸润到全部心境，使它变成和高而缓的活动或是低而急的活动相同调，于是听者心中遂感觉一种欢欣鼓舞或是抑郁凄恻的情调。这种情调本来属于听者，在聚精会神之中，他把这种情调外射出去，于是音乐也就有快乐和悲伤的分别了。

再比如说书法。书法在中国向来自成艺术，和图画有同等的身份，近来才有人怀疑它是否可以列于艺术，这般人大概是看到西方艺术史中向来不留位置给书法，所以觉得中国人看重书法有些离奇。其实书法可列于艺术，是无可置疑的。它可以表现性格和情趣。颜鲁公的字就像颜鲁公，赵孟頫的字就像赵孟頫。所以字也可以说是抒情的，不但是抒情的，而且是可以引起移情作用的。横直钩点等等笔划原来是墨涂的痕迹，它们不是高人雅士，原来没有什么“骨力”“姿态”“神韵”和“气魄”。但是在名家书法中我们常觉到“骨力”“姿态”“神韵”和“气魄”。我们说柳公权的字“劲拔”，赵孟頫的字“秀媚”，这都是把墨涂的痕迹看作有生气有性格的东西，都是把字在心中所引起的意象移到字的本身上面去。

移情作用往往带有无意的模仿。我在看颜鲁公的字时，仿佛对着巍峨的高峰，不知不觉地耸肩聚眉，全身的筋肉都紧张起来，模仿它的严肃；我在看赵孟頫的字时，仿佛对着临风荡漾的柳条，不知不觉地展颐摆腰，全身的筋肉都松懈起来，模仿它的秀媚。从心理学看，这本来不是奇事。凡是观念都有实现于运动的倾向。念到跳舞时脚往往不自主地跳动，念到“山”字时口舌往往不由自主地说出“山”字。通常观念往往不能实现于动作者，由于同时有反对的观念阻止它。同时念到打球又念到泅水，则既不能打球，又不能泅水。如果心中只有一个观念，没有旁的观念和它对敌，则它常自动地现于运动。聚精会神看赛跑时，自己也往往不知不觉地弯起胳膊动起脚来，便是一个好例。在美感经验之中，注意力都是集中在一个意象上面，所以极容易起模仿的运动。

移情的现象可以称之为“宇宙的人情化”，因为有移情作用然后本来只有物理的东西可具人情，本来无生气的东西可有生气。从理智观点看，移情作用是一种错觉，是一种迷信。但是如果把它勾销，不但艺术无由产生，即宗教也无由出现。艺术和宗教都是把宇宙加以生气化和人情化，把人和物的距离以及人和神的距离都缩小。它们都带有若干神秘主义的色彩。所谓神秘主义其实并没有什么神秘，不过是在寻常事物之中见出不寻常的意义。这仍然是移情作用。从一草一木之中见出生气和人情以至于极玄奥的泛神主义，深浅程度虽有不同，道理却是一样。

美感经验既是人的情趣和物的姿态的往复回流，我们可以从这个前提中抽出两个结论来：

一、物的形象是人的情趣的返照。物的意蕴深浅和人的性分密切相关。深人所见于物者亦深，浅人所见于物者亦浅。比如一朵含露的花，在这个人看来只是一朵平常的花，在那个人看或以为它含泪凝愁，在另一个人看或以为它能象征人生和宇宙的妙谛。一朵花如此，一切事物也是如此。因我把自己的意蕴和情趣移于物，物才能呈现我所见到的形象。我们可以说，各人的世界都由各人的自我伸张而成。欣赏中都含有几分创造性。

二、人不但移情于物，还要吸收物的姿态于自我，还要不知不觉地模仿物的形象。所以美感经验的直接目的虽不在陶冶性情，而却有陶冶性情的功效。心里印着美的意象，常受美的意象浸润，自然也可以少存些浊念。苏东坡诗说：

> 可使食无肉，不可使居无竹。
> 无肉令人瘦，无竹令人俗。

竹不过是美的形象之一种，一切美的事物都有不令人俗的功效。

希腊女神的雕像和血色鲜丽的英国姑娘

——美感与快感

我在以上三章所说的话都是回答“美感是什么”这个问题。我们说过，美感起于形象的直觉。它有两个要素：

一、目前意象和实际人生之中有一种适当的距离。我们只观赏这种孤立绝缘的意象，一不问它和其他事物的关系如何，二不问它对于人的效用如何。思考和欲念都暂时失其作用。

二、在观赏这种意象时，我们处于聚精会神以至于物我两忘的境界，所以于无意之中以我的情趣移注于物，以物的姿态移注于我。这是一种极自由的（因为是不受实用目的牵绊的）活动，说它是欣赏也可，说它是创造也可，美就是这种活动的产品，不是天生现成的。

这是我们的立脚点。在这个立脚点上站稳，我们可以打倒许多关于美感的误解。在以下两三章里我要说明美感不是许多人所想象的那么一回事。

我们第一步先打倒享乐主义的美学。

“美”字是不要本钱的，喝一杯滋味好的酒，你称赞它“美”，看见一朵颜色很鲜明的花，你称赞它“美”，碰见一位年轻姑娘，你称赞她“美”，读一首诗或是看一座雕像，你也还是称赞它“美”。这些经验显然不尽是一致的。究竟怎样才算“美”呢？一般人虽然不知道什么叫作“美”，但是都知道什么样就是愉快。拿一幅画给一个小孩子或是未受艺术教育的人看，征求他的意见，他总是说“很好看”。如果追问他“它何以好看？”他不外是回答说：“我欢喜看它，看了它就觉得很愉快。”通常人所谓“美”大半就是指“好看”，指“愉快”。

不仅是普通人如此，许多声名煊赫的文艺批评家也把美感和快感混为一件事。英国19世纪有一位学者叫作罗斯金，他著过几十册书谈建筑和图画，就曾经很坦白地告诉人说：“我从来没有看见过一座希腊女神雕像，有一位血色鲜丽的英国姑娘的一半美。”从愉快的标准看，血色鲜丽的姑娘引诱力自然是比女神雕像的大；但是你觉得一位姑娘“美”和你觉得一座女神雕像“美”时是否相同呢？《红楼梦》里的刘姥姥想来不一定有什么风韵，虽然不能邀罗斯金的青眼，在艺术上却仍不失其为美。一个很漂亮的姑娘同时做许多画家的“模特儿”，可是她的画像在一百张之中不一定有一张比得上伦勃朗（荷兰人物画家）的“老太婆”。英国姑娘的“美”和希腊女神雕像的“美”显然是两件事，一个是只能引起快感的，一个是只能引起美感的。罗斯金的错误在把英国姑娘的引诱性做“美”的标准，去测量艺术作品。艺术是另一世界里的东西，对于实际人生没有引诱性，所以他以为比不上血色鲜丽的英国姑娘。

美感和快感究竟有什么分别呢？有些人见到快感不尽是美感，替它们勉强定一个分别来，却又往往不符事实。英国有一派主张“享乐主义”的美学家就是如此。他们所见到的分别彼此又不一致。有人说耳、目是“高等感官”，其余鼻、舌、皮肤、筋肉等等都是“低等感官”，只有“高等感官”可以尝到美感而“低等感官”则只能尝到快感。有人说引起美感的东西可以同时引起许多人的美感，引起快感的东西则对于这个人引起快感，对于那个人或引起不快感。美感有普遍性，快感没有普遍性。这些学说在历史上都发生过影响，如果分析起来，都是一钱不值。拿什么标准说耳、目是“高等感官”？耳、目得来的有些是美感，有些也只是快感，我们如何去分别？“客去茶香余舌本”“冰肌玉骨，自清凉无汗”等名句是否与“低等感官”不能得美感之说相容？至于普遍不普遍的话更不足为凭。口腹有同嗜而艺术趣味却往往随人而异。陈年花雕是吃酒的人大半都称赞它美的，一般人却不能欣赏后期印象派的图画。我曾经听过一位很时髦的英国老太婆说道："我从来没有见过比金字塔再拙劣的东西。"

从我们的立脚点看，美感和快感是很容易分别的。美感与实用活动无关，而快感则起于实际要求的满足。口渴时要喝水，喝了水就得到快感；腹饥时要吃饭，吃了饭也就得到快感。喝美酒所得的快感由于味感得到所需要的刺激，和饱食暖衣的快感同为实用的，并不是起于"无所为而为"的形象的观赏。至于看血色鲜丽的姑娘，可以生美感也可以不生美感。如果你觉得她是可爱的，给你做妻子你还不讨厌她，你所谓"美"就只是指合于满足性欲需要的条件，"美人"就只是指对于异性有引诱力的女子。如果你见了她不起性欲的冲动，只把她当作线纹匀称的形象看，那就和欣赏雕像或画像一样了。美感的态度不带意志，所以不带占有欲。在实际上性欲本能是一种最强烈的本能，看见血色鲜丽的姑娘而能"心如古井"地不动，只一味欣赏曲线美，是一般人所难能的。所以就美感说，罗斯金所称赞的血色鲜丽的英国姑娘对于实际人生距离太近，不一定比希腊女神雕像的价值高。

谈到这里，我们可以顺便地说一说弗洛伊德派心理学在文艺上的应用。大家都知道，弗洛伊德把文艺认为是性欲的表现。

性欲是最原始最强烈的本能，在文明社会里，它受道德、法律种种社会因素的牵制，不能得充分的满足，于是被压抑到“隐意识”里去成为“情意综”。但是这种被压抑的欲望还是要偷空子化装求满足。文艺和梦一样，都是戴着假面具逃开意识检察的欲望。举一个例来说，男子通常都特别爱母亲，女子通常都特别爱父亲。依弗洛伊德看，这就是性爱。这种性爱是反乎道德、法律的，所以被压抑下去，在男子则成“俄狄浦斯情意综”，在女子则成“厄勒克特拉情意综”。这两个奇怪的名词是怎样讲呢？俄狄浦斯原来是古希腊的一个王子，曾于无意中弑父娶母，所以他可以象征子对于母的性爱。厄勒克特拉是古希腊的一个公主，她的母亲爱了一个男子，把丈夫杀了，她怂恿她的兄弟把母亲杀了，替父亲报仇，所以她可以象征女对于父的性爱。在许多民族的神话里面，伟大的人物都有母而无父，耶稣和孔子就是著例，耶稣是上帝授胎的，孔子之母祷于尼丘而生孔子。在弗洛伊德派学者看，这都是“俄狄浦斯情意综”的表现。许多文艺作品都可以用这种眼光来看，都是被压抑的性欲因化装而得满足。

依这番话看，弗洛伊德的文艺观还是要纳到享乐主义里去，他自己就常欢喜用“快感原则”一个名词。在我们看，他的毛病也在把快感和美感混淆，把艺术的需要和实际人生的需要混淆。美感经验的特点在“无所为而为”地观赏形象。在创造或欣赏的一刹那中，我们不能仍然在所表现的情感里过活，一定要站在客位把这种情感当一幅意象去观赏。如果作者写性爱小说，读者看性爱小说，都是为着满足自己的性欲，那就无异于为着饥而吃饭，为着冷而穿衣，只是实用的活动而不是美感的活动了。文艺的内容尽管有关性欲，可是我们在创造或欣赏时却不能同时受性欲冲动的驱遣，须站在客位把它当作形象看。世间自然也有许多人欢喜看淫秽的小说去刺激性欲或是满足性欲，但是他们所得的并不是美感。弗洛伊德派的学者的错处不在主张文艺常是满足性欲的工具，而在把这种满足认为美感。

美感经验是直觉的而不是反省的。在聚精会神之中我们既忘去自我，自然不能觉得我是否欢喜所观赏的形象，或是反省这形象所引起的是不是快感。我们对于一件艺术作品欣赏的浓度愈大，就愈不觉得自己是在欣赏它，愈不觉得所生的感觉是愉快的。如果自己觉到快感，我便是由直觉变而为反省，好比提灯寻影，灯到影灭，美感的态度便已失去了。美感所伴的快感，在当时都不觉得，到过后才回忆起来。比如读一首诗或是看一幕戏，当时我们只是心领神会，无暇他及，后来回想，才觉得这一番经验很愉快。

这个道理一经说破，本来很容易了解。但是许多人因为不明白这个很浅显的道理，遂走上迷路。近来德国和美国有许多研究“实验美学”的人就是如此。他们拿一些颜色、线形或是音调来请受验者比较，问他们欢喜哪一种，讨厌哪一种，然后做出统计来，说某种颜色是最美的，某种线形是最丑的。独立的颜色和画中的颜色本来不可相提并论。在艺术上部分之和并不等于全体，而且最易引起快感的东西也不一定就美。他们的错误是很显然的。

“记得绿罗裙，处处怜芳草”
——美感与联想

美感与快感之外，还有一个更易惹误解的纠纷问题，就是美感与联想。

什么叫作联想呢？联想就是见到甲而想到乙。甲唤起乙的联想通常不外起于两种原因：或是甲和乙在性质上相类似，例如看到春光想起少年，看到菊花想到节士；或是甲和乙在经验上曾相接近，例如看到扇子想起萤火虫，走到赤壁想起曹孟德或苏东坡。类似联想和接近联想有时混在一起，牛希济的“记得绿罗裙，处处怜芳草”两句词就是好例。词中主人何以“记得绿罗裙”呢？因为罗裙和他的欢爱者相接近；他何以“处处怜芳草”呢？因为芳草和罗裙的颜色相类似。

意识在活动时就是联想在进行，所以我们差不多时时刻刻都在起联想。听到声音知道说话的是谁，见到一个词知道它的意义，都是起于联想作用。联想是以旧经验诠释新经验，如果没有它，知觉、记忆和想象都不能发生，因为它们都得根据过去的经验。从此可知联想为用之广。

联想有时可用意志控制，作文构思时或追忆一时记不起的过去经验时，都是勉强把联想挤到一条路上去走。但是在大多数情境之中，联想是自由的、无意的、飘忽不定的。听课读书时本想专心，而打球、散步、吃饭、邻家的猫儿种种意象总是不由你自主地闯进脑里来，失眠时越怕胡思乱想，越禁止不住胡思乱想。这种自由联想好比水流湿、火就燥，稍有勾搭，即被牵绊，未登九天，已入黄泉。比如我现在从“火”字出发，就想到红、石榴、家里的天井、浮山、雷鲤的诗、鲤鱼、孔夫子的儿子等等，这个联想线索前后相承，虽有关系可寻，但是这些关系都是偶然的。我的“火”字的联想线索如此，换一个人或是我自己在另一时境，“火”字的联想线索却另是一样。从此可知联想的散漫飘忽。

联想的性质如此。多数人觉得一件事物美时，都是因为它能唤起甜美的联想。

在“记得绿罗裙，处处怜芳草”的人看，芳草是很美的。颜色心理学中有许多同类的事实。许多人对于颜色都有所偏好，有人偏好红色，有人偏好青色，有人偏好白色。据一派心理学家说，这都是由于联想作用。例如红是火的颜色，所以看到红色可以使人觉得温暖；青是田园草木的颜色，所以看到青色可以使人想到乡村生活的安闲。许多小孩子和乡下人看画，都只是欢喜它的花红柳绿的颜色。有些人看画，欢喜它里面的故事，乡下人欢喜把孟姜女、薛仁贵、桃园三结义的图糊在壁上做装饰，并不是因为那些木板雕刻的图好看，是因为它们可以提起许多有趣故事的联想。这种脾气并不只是乡下人才有。我每次陪朋友们到画馆里去看画，见到他们所特别注意的第一是几张有声名的画，第二是有历史性的作品如耶稣临刑图、拿破仑结婚图之类，像伦勃朗所画的老太公、老太婆，和后期印象派的山水风景之类的作品，他们却不屑一顾。此外又有些人看画（和看一切其他艺术作品一样），偏重它所含的道德教训。理学先生看到裸体雕像或画像，都不免起若干嫌恶。记得詹姆斯在他的某一部书里说过有一次见过一位老修道妇，站在一幅耶稣临刑图面前合掌仰视，悠然神往。旁边人问她那幅画何如，她回答说："美极了，你看上帝是多么仁慈，让自己的儿子去牺牲，来赎人类的罪孽！"

在音乐方面，联想的势力更大。多数人在听音乐时，除了联想到许多美丽的意象之外，便别无所得。他们欢喜这个调子，因为它使他们想起清风明月；不欢喜那个调子，因为它唤醒他们以往的悲痛的记忆。钟子期何以负知音的雅名？因他听伯牙弹琴时，惊叹说："善哉！峨峨兮若泰山，洋洋兮若江河。"李颀在胡笳声中听到什么？他听到的是"空山百鸟散还合，万里浮云阴且晴"。白乐天在琵琶声中听到什么？他听到的是"银瓶乍破水浆迸，铁骑突出刀枪鸣"。苏东坡怎样形容洞箫？他说："其声呜呜然，如怨如慕，如泣如诉。余音袅袅，不绝如缕。舞幽谷之潜蛟，泣孤舟之嫠妇。"这些数不尽的例子都可以证明多数人欣赏音乐，都是欣赏它所唤起的联想。

联想所伴的快感是不是美感呢？

历来学者对于这个问题可分两派，一派的答案是肯定的，一派的答案是否定的。这个争辩就是在文艺思潮史中闹得很凶的形式和内容的争辩。依内容派说，文艺是表现情思的，所以文艺的价值要看它的情思内容如何而决定。第一流文艺作品都必有高深的思想和真挚的情感。这句话本来是不可辩驳的。但是侧重内容的人往往从这个基本原理抽出两个其他的结论，第一个结论是题材的重要。所谓题材就是情节。他们以为有些情节能唤起美丽堂皇的联想，有些情节只能唤起丑陋凡庸的联想。比如作史诗和悲剧，只应采取英雄为主角，不应采取愚夫愚妇。第二个结论就是文艺应含有道德的教训。读者所生的联想既随作品内容为转移，则作者应设法把读者引到正经路上去，不要用淫秽卑鄙的情节摇动他的邪思。这些学说发源较早，它们的影响到现在还是很大。从前人所谓“思无邪”“言之有物”“文以载道”，现在人所谓“哲理诗”“宗教艺术”“革命文学”等等，都是侧重文艺的内容和文艺的无关美感的功效。

这种主张在近代颇受形式派的攻击，形式派的标语是“为艺术而艺术”。他们说，两个画家同用一个模特儿，所成的画价值有高低；两个文学家同用一个故事，所成的诗文意蕴有深浅。许多大学问家、大道德家都没有成为艺术家，许多艺术家并不是大学问家、大道德家。从此可知艺术之所以为艺术，不在内容而在形式。如果你不是艺术家，纵有极好的内容，也不能产生好作品出来；反之，如果你是艺术家，极平庸的东西经过灵心妙运点铁成金之后，也可以成为极好的作品。印象派大师如莫奈、凡·高诸人不是往往在一张椅子或是几间破屋之中表现一个情深意永的世界出来吗？这一派学说到近代才逐渐占势力。在文学方面的浪漫主义，在图画方面的印象主义，尤其是后期印象主义，在音乐方面的形式主义，都是看轻内容的。单拿图画来说，一般人看画，都先问里面画的是什么，是怎样的人物或是怎样的故事。这些东西在术语上叫作“表意的成分”。近代有许多画家就根本反对画中有任何“表意的成分”。看到一幅画，他们只注意它的颜色、线纹和阴影，不问它里面有什么意义或是什么故事。假如你看到这派的作品，你起初只望见许多颜色凑合在一起，须费过一番审视和猜度，才知道所画的是房子或是崖石。这一派人是最反对杂联想于美感的。

这两派的学说都持之有故，言之成理，我们究竟何去何从呢？我们否认艺术的内容和形式可以分开来讲（这个道理以后还要谈到），不过关于美感与联想这个问题，我们赞成形式派的主张。

就广义说，联想是知觉和想象的基础，艺术不能离开知觉和想象，就不能离开联想。但是我们通常所谓联想，是指由甲而乙，由乙而丙，辗转不止的乱想。就这个普通的意义说，联想是妨碍美感的。美感起于直觉，不带思考，联想却不免带有思考。在美感经验中我们聚精会神于一个孤立绝缘的意象上面，联想则最易使精神涣散，注意力不专一，使心思由美感的意象旁迁到许多无关美感的事物上面去。在审美时我看到芳草就一心一意地领略芳草的情趣；在联想时我看到芳草就想到罗裙，又想到穿罗裙的美人，既想到穿罗裙的美人，心思就已不复在芳草了。

联想大半是偶然的。比如说，一幅画的内容是“西湖秋月”，如果观者不聚精会神于画的本身而信任联想，则甲可以联想到雷峰塔，乙可以联想到往日同游西湖的美人，这些联想纵然有时能提高观者对于这幅画的好感，画本身的美却未必因此而增加，而画所引起的美感则反因精神涣散而减少。

知道这番道理，我们就可以知道许多通常被认为美感的经验其实并非美感了。假如你是武昌人，你也许特别欢喜崔颢的《黄鹤楼》诗；假如你是陶渊明的后裔，你也许特别欢喜《陶渊明集》；假如你是道德家，你也许特别欢喜《打鼓骂曹》的戏或是韩退之的《原道》；假如你是古董贩，你也许特别欢喜河南新出土的龟甲文或是敦煌石窟里面的壁画；假如你知道达·芬奇的声名大，你也许特别欢喜他的《蒙娜丽莎》。这都是自然的倾向，但是这都不是美感，都是持实际人的态度，在艺术本身以外求它的价值。

“情人眼底出西施”
——美与自然

我们关于美感的讨论，到这里可以告一段落了，现在最好把上文所说的话回顾一番，看我们已经占住了多少领土。美感是什么呢？从积极方面说，我们已经明白美感起于形象的直觉，而这种形象是孤立自足的，和实际人生有一种距离；我们已经见出美感经验中我和物的关系，知道我的情趣和物的姿态交感共鸣，才见出美的形象。从消极方面说，我们已经明白美感一不带意志欲念，有异于实用态度，二不带抽象思考，有异于科学态度；我们已经知道一般人把寻常快感、联想以及考据与批评认为美感的经验是一种大误解。

美生于美感经验，我们既然明白美感经验的性质，就可以进一步讨论美的本身了。

什么叫作美呢？

在一般人看，美是物所固有的。有些人物生来就美，有些人物生来就丑。比如称赞一个美人，你说她像一朵鲜花，像一颗明星，像一只轻燕，你决不说她像一个布袋，像一头犀牛或是像一只癞蛤蟆。这就分明承认鲜花、明星和轻燕一类事物原来是美的，布袋、犀牛和癞虾蟆一类事物原来是丑的。说美人是美的，也犹如说她是高是矮是肥是瘦一样，她的高矮肥瘦是她的星宿定的，是她从娘胎带来的，她的美也是如此，和你看者无关。这种见解并不限于一般人，许多哲学家和科学家也是如此想。所以他们费许多心力去实验最美的颜色是红色还是蓝色，最美的形体是曲线还是直线，最美的音调是G调还是F调。

但是这种普遍的见解显然有很大的难点，如果美本来是物的属性，则凡是长眼睛的人们应该都可以看到，应该都承认它美，好比一个人的高矮，有尺可量，是高大家就要都说高，是矮大家就要都说矮。但是美的估定就没有一个公认的标准。假如你说一个人美，我说她不美，你用什么方法可以说服我呢？有些人欢喜辛稼轩而讨厌温飞卿，有些人欢喜温飞卿而讨厌辛稼轩，这究竟谁是谁非呢？同是一个对象，有人说美，有人说丑，从此可知美本在物之说有些不妥了。

因此，有一派哲学家说美是心的产品。美如何是心的产品，他们的说法却不一致。康德以为美感判断是主观的而却有普遍性，因为人心的构造彼此相同。黑格尔以为美是在个别事物上见出“概念”或理想。比如你觉得峨眉山美，由于它表现“庄严”“厚重”的概念。你觉得《孔雀东南飞》美，由于它表现“爱”与“孝”两种理想的冲突。托尔斯泰以为美的事物都含有宗教和道德的教训。此外还有许多其他的说法。说法既不一致，就只有都是错误的可能而没有都是不错的可能，好比一个数学题生出许多不同的答数一样。大约哲学家们都犯过信理智的毛病，艺术的欣赏大半是情感的而不是理智的。在觉得一件事物美时，我们纯凭直觉，并不是在下判断，如康德所说的，也不是在从个别事物中见出普遍原理，如黑格尔、托尔斯泰一班人所说的；因为这些都是科学的或实用的活动，而美感并不是科学的或实用的活动。还不仅此，美虽不完全在物却亦非与物无关，你看到峨眉山才觉得庄严、厚重，看到一个小土墩却不能觉得庄严、厚重。从此可知物须先有使人觉到美的可能性，人不能完全凭心灵创造出美来。

依我们看，美不完全在外物，也不完全在人心，它是心物婚媾后所产生的婴儿。美感起于形象的直觉。形象属物而却不完全属于物，因为无我即无由见出形象；直觉属我却又不完全属于我，因为无物则直觉无从活动。美之中要有人情也要有物理，二者缺一都不能见出美。再拿欣赏古松的例子来说，松的苍翠劲直是物理，松的清风亮节是人情。从“我”的方面说，古松的形象并非天生自在的，同是一棵古松，千万人所见到的形象就有千万不同，所以每个形象都是每个人凭着人情创造出来的，每个人所见到的古松的形象就是每个人所创造的艺术品，它有艺术品通常所具的个性，它能表现各个人的性分和情趣。从“物”的方面说，创造都要有创造者和所创造物，所创造物并非从无中生有，也要有若干材料，这材料也要有创造成美的可能性。松所生的意象和柳所生的意象不同，和癞蛤蟆所生的意象更不同。所以松的形象这一个艺术品的成功，一半是我的贡献，一半是松的贡献。

这里我们要进一步研究我与物如何相关了。何以有些事物使我觉得美，有些事物使我觉得丑呢？我们最好用一个浅例来说明这个道理。比如我们看下列六条垂直线，往往把它们看成三个柱子，觉得这三个柱子所围的空间（即 A 与 B、C 与 D 和 E 与 F 所围的空间）离我们较近，而 B 与 C 以及 D 与 E 所围的空间则看成背景，离我们较远。还不仅此。我们把这六条垂直线摆在一块看，它们仿佛自成一个谐和的整体；至于 G 与 H 两条没有规律的线则仿佛是这整体以外的东西，如果勉强把它搭上前面的六条线一块看，就觉得它不和谐。

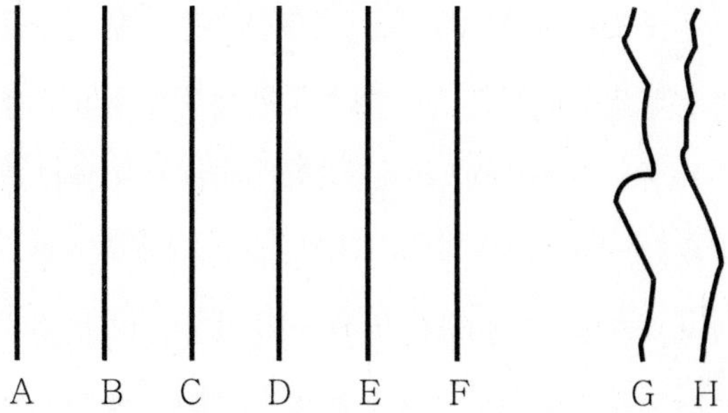

（1）A 与 B、C 与 D、E 与 F 距离都相等。

（2）B 与 C、D 与 E 距离相等，略大于 A 与 B 的距离。

（3）F 与 C 的距离较 B 与 C 的距离大。

（4）A、B、C、D、E、F 为六条平行垂直线，G 与 H 为两条没有规律的线。

从这个有趣的事实，我们可以看出两个很重要的道理：

一、最简单的形象的直觉都带有创造性。把六条垂直线看成三个柱子，就是直觉到一种形象。它们本来同是垂直线，我们把 A 和 B 选在一块看，却不把 B 和 C 选在一块看；同是直线所围的空间，本来没有远近的分别，我们却把 A、B 中空间看得近，把 B、C 中空间看得远。从此可知在外物者原来是散漫混乱，经过知觉的综合作用，才现出形象来。形象是心灵从混乱的自然中所创造成的整体。

二、心灵把混乱的事物综合成整体的倾向却有一个限制，事物也要本来就有可综合为整体的可能性。A 至 F 六条线可以看成一个整体，G 与 H 两条线何以不能纳入这个整体里面去呢？这里我们很可以见出在觉美觉丑时心和物的关系。我们从左看到右时，看出 CD 和 AB 相似，DE 又和 BC 相似。这两种相似的感觉便在心中形成一个有规律的节奏，使我们预料此后都可由此例推，右边所有的线都顺着左边诸线的节奏。视线移到 EF 两线时，所预料的果然出现，EF 果然与 CD 也相似。预料而中，自然发生一种快感。但是我们再向右看，看到 G 与 H 两线时，就猛觉与前不同，不但 G 和 F 的距离猛然变大，原来是像柱子的平行垂直线，现在却是两条毫无规律的线。这是预料不中，所以引起不快感。因此 G 与 H 两线不但在物理方面和其他六条线不同，在情感上也和它们不能谐和，所以被摈于整体之外。

这里所谓“预料”自然不是有意的，好比深夜下楼一样，步步都踏着一步梯，就无意中预料以下都是如此，倘若猛然遇到较大的距离，或是踏到平地，才觉得这是出乎意料。许多艺术都应用规律和节奏，而规律和节奏所生的心理影响都以这种无意的预料为基础。

懂得这两层道理，我们就可以进一步来研究美与自然的关系了。一般人常欢喜说“自然美”，好像以为自然中已有美，纵使没有人去领略它，美也还是在那里。这种见解就是我们在上文已经驳过的美本在物的说法。其实“自然美”三个字，从美学观点看，是自相矛盾的，是“美”就不“自然”，只是“自然”就还没有成为“美”。说“自然美”就好比说上文六条垂直线已有三个柱子的形象一样。如果你觉得自然美，自然就已经过艺术化，成为你的作品，不复是生糙的自然了。比如你欣赏一棵古松，一座高山，或是一湾清水，你所见到的形象已经不是松、山、水的本色，而是经过人情化的。各人的情趣不同，所以各人所得于松、山、水的也不一致。

流行语中有一句话说得极好：“情人眼底出西施。”美的欣赏极似“柏拉图式的恋爱”。你在初尝恋爱的滋味时，本来也是寻常血肉做的女子却变成你的仙子。你所理想的女子的美点她都应有尽有。在这个时候，你眼中的她也不复是她自己原身而是经你理想化过的变形。你在理想中先酝酿成一个尽美尽善的女子，然后把她外射到你的爱人身上去，所以你的爱人其实不过是寄托精灵的躯骸。你只见到精灵，所以觉得无瑕可指；旁人冷眼旁观，只见到躯骸，所以往往诧异道：“他爱上她，真是有些奇怪。”一言以蔽之，恋爱中的对象是已经艺术化过的自然。

美的欣赏也是如此，也是把自然加以艺术化。所谓艺术化，就是人情化和理想化。不过美的欣赏和寻常恋爱有一个重要的异点。寻常恋爱都带有很强烈的占有欲，你既恋爱一个女子，就有意无意地存有“欲得之而甘心”的态度。美感的态度则丝毫不带占有欲。一朵花无论是生在邻家的园子里或是插在你自己的瓶子里，你只要能欣赏，它都是一样美。老子所说的“生而不有，为而不恃，功成而不居”，可以说是美感态度的定义。古董商和书画金石收藏家大半都抱有“奇货可居”的态度，很少有能真正欣赏艺术的。我在上文说过，美的欣赏极似“柏拉图式的恋爱”，所谓“柏拉图式的恋爱”对于所爱者也只是无所为而为的欣赏，不带占有欲。这种恋爱是否可能，颇有人置疑，但是历史上有多少著例，凡是到极浓度的初恋者也往往可以达到胸无纤尘的境界。

“依样画葫芦”
——写实主义和理想主义的错误

从美学观点看，“自然美”虽是一个自相矛盾的名词，但是通常说“自然美”时所用的“美”字却另有一种意义，和说“艺术美”时所用的“美”字不应该混为一事，这个分别非常重要，我们须把它剖析清楚。

自然本来混整无别，许多分别都是从人的观点看出来的。离开人的观点而言，自然本无所谓真伪，真伪是科学家所分别出来以便利思想的；自然本无所谓善恶，善恶是伦理学家所分别出来以规范人类生活的。同理，离开人的观点而言，自然也本无所谓美丑，美丑是观赏者凭自己的性分和情趣见出来的。自然界唯一无二的固有的分别，只是常态与变态的分别。通常所谓“自然美”就是指事物的常态，所谓“自然丑”就是指事物的变态。

举个例来说，比如我们说某人的鼻子生得美，它大概应该像什么样子呢？太大的、太小的、太高的、太低的、太肥的、太瘦的鼻子都不能算得美。美的鼻子一定大小肥瘦高低件件都合式。我们说它不太高，说它件件都合式，这就是承认鼻子的大小高低等等原来有一个标准。这个标准是如何定出来的呢？你如果仔细研究，就可以发现它是取决多数，像选举投票一样。如果一百人之中有过半数的鼻子是一寸高，一寸就成了鼻高的标准。不及一寸高的鼻子就使人嫌它太低，超过一寸高的鼻子就使人嫌它太高。鼻子通常都是从上面逐渐高到下面来，所以称赞生得美的鼻子，我们往往说它“如悬胆”。如果鼻子上下都是一样粗细，像腊肠一样，或是鼻孔朝天露出，那就太稀奇古怪了，稀奇古怪便是变态。通常人说一件事丑，其实不过是因为它稀奇古怪。

照这样说，世间美鼻子应该多于丑鼻子，何以实际上不然呢？自然美的难，难在件件都合式。高低合式的大小或不合式，大小合式的肥瘦或不合式。所谓“式”就是标准，就是常态，就是最普遍的性质。自然美为许多最普遍的性质之总和。就每个独立的性质说，它是最普遍的；但是就总和说，它却不可多得，所以成为理想，为人称美。

一切自然事物的美丑都可以作如是观。宋玉形容一个美人说：

天下之佳人莫若楚国，楚国之丽者莫若臣里，臣里之美者莫若臣东家之子。东家之子增之一分则太长，减之一分则太短，著粉则太白，施朱则太赤。

照这样说，美人的美就在安不上“太”字，一安上“太”字就不免有些丑了。“太”就是超过常态，就是稀奇古怪。

人物都以常态为美。健全是人体的常态，耳聋、口吃、面麻、颈肿、背驼、足跛，都不是常态，所以都使人觉得丑。一般生物的常态是生气蓬勃，活泼灵巧。所以就自然美而论，猪不如狗，龟不如蛇，樗不如柳，老年人不如少年人。非生物也是如此。山的常态是巍峨，所以巍峨最易显出山的美；水的常态是浩荡明媚，所以浩荡明媚最易显出水的美。同理，花宜清香，月宜皎洁，春风宜温和，秋雨宜凄厉。

通常所谓“自然美”和“自然丑”，分析起来，意义不过如此。艺术上所谓美丑，意义是否相同呢?

一般人大半以为自然美和艺术美的对象和成因虽不同，而其为美则一。自然丑和艺术丑也是如此。这个普遍的误解酿成艺术史上两种表面相反而实在都是错误的主张，一是写实主义，一是理想主义。

写实主义是自然主义的后裔。自然主义起于法人卢梭。他以为上帝经手创造的东西，本来都是尽美尽善，人伸手进去搅扰，于是它们才被弄糟。人工造作，无论如何精巧，终比不上自然。自然既本来就美，艺术家最聪明的办法就是模仿它。在英人罗斯金看，艺术原来就是从模仿自然起来的。人类本来住在露天的树林中，后来他们建筑房屋，仍然是以树林和天空为模型。建筑如此，其他艺术亦然。人工不敌自然，所以用人工去模仿自然时，最忌讳凭己意选择去取。罗斯金说：

> 纯粹主义者拣选精粉，感官主义者杂取秕糠，至于自然主义则兼容并包，是粉就拿来制饼，是草就取来塞床。

这段话后来变成写实派的信条。写实主义最盛于十九世纪后半叶的法国，尤其是在小说方面。左拉是大家公认的代表。所谓写实主义就是完全照实在描写，愈像愈妙。比如描写一个酒店就要活像一个酒店，描写一个妓女就要活像一个妓女。既然是要像，就不能不详尽精确，所以写实派作者欢喜到实地搜集“凭据”，把它们很仔细地写在笔记簿上，然后把它们整理一番，就成了作品。他们写一间房屋时至少也要用三五页的篇幅，才肯放松它。

这种艺术观的难点甚多，最显著的有两端。第一，艺术的最高目的既然只在模仿自然，自然本身既已美了，又何必有艺术呢？如果妙肖自然，是艺术家的唯一能事，则寻常照相家的本领都比吴道子、唐六如高明了。第二，美丑是相对的名词，有丑然后才显得出美。如果你以为自然全体都是美，你看自然时便没有美丑的标准，便否认有美丑的比较，连“自然美”这个名词也没有意义了。

理想主义有见于此。依它说，自然中有美有丑，艺术只模仿自然的美，丑的东西应丢开。美的东西之中又有些性质是重要的，有些性质是琐屑的，艺术家只选择重要的，琐屑的应丢开。这种理想主义和古典主义通常携手并行。古典主义最重“类型”，所谓“类型”就是全类事物的模子。一件事物可以代表一切其他同类事物时就可以说是类型。比如说画马，你不应该画得只像这匹马或是只像那匹马，你该画得像一切马，使每个人见到你的画都觉得他所知道的马恰是像那种模样。要画得像一切马，就须把马的特征、马的普遍性画出来，至于这匹马或那匹马所特有的个性则“琐屑”不足道。假如你选择某一匹马来做模型，它一定也要富于代表性。这就是古典派的类型主义。从此可知类型就是我们在上文所说的事物的常态，就是一般人的“自然美”。

这种理想主义似乎很能邀信任常识者的同情，但是它和近代艺术思潮颇多冲突。艺术不像哲学，它的生命全在具体的形象，最忌讳的是抽象化。凡是一个模样能套上一切人物时就不能适合于任何人，好比衣帽一样。古典派的类型有如几何学中的公理，虽然应用范围很广泛，却不能引起观者的切身的情趣。许多人所公有的性质，在古典派看，虽是精深，而在近代人看，却极平凡、粗浅。近代艺术所搜求的不是类型而是个性，不是彰明较著的色彩而是毫厘之差的阴影。直鼻子、横眼睛是古典派所谓类型。如果画家只能够把鼻子画直，眼睛画横，结果就难免千篇一律，毫无趣味。他应该能够把这个直鼻子所以异于其他直鼻子的，这个横眼睛所以异于其他横眼睛的地方表现出来，才算是有独到的功夫。

在表面上看，理想主义和写实主义似乎相反，其实它们的基本主张是相同的，它们都承认自然中本来就有所谓美，它们都以为艺术的任务在模仿，艺术美就是从自然美模仿得来的。它们的艺术主张都可以称为“依样画葫芦”的主义。它们所不同者，写实派以为美在自然全体，只要是葫芦，都可以拿来作画的模型；理想派则以为美在类型，画家应该选择一个最富于代表性的葫芦。严格地说，理想主义只是一种精练的写实主义，以理想派攻击写实派，不过是以五十步笑百步罢了。

艺术对于自然，是否应该持“依样画葫芦”的态度呢？艺术美是否从模仿自然美得来的呢？要回答这个问题，我们应该注意到两件事实：

一、自然美可以化为艺术丑。长在藤子上的葫芦本来很好看，如果你的手艺不高明，画在纸上的葫芦就不很雅观。许多香烟牌和月份牌上面的美人画就是如此，以人而论，面孔倒还端正，眉目倒还清秀；以画而论，则往往恶劣不堪。毛延寿有心要害王昭君，才把她画丑。世间有多少王昭君都被有善意而无艺术手腕的毛延寿糟蹋了。

二、自然丑也可以化为艺术美。本来是一个很丑的葫芦，经过大画家点铁成金的手腕，往往可以成为杰作。大醉大饱之后睡在床上放屁的乡下老太婆未必有什么风韵，但是我们谁不高兴看醉卧怡红院的刘姥姥？从前艺术家大半都怕用丑材料，近来艺术家才知道熔自然丑于艺术美，可以使美者更见其美。荷兰画家伦勃朗欢喜画老朽人物，法国文学家波德莱尔欢喜拿死尸一类的事物做诗题，雕刻家罗丹和爱朴斯丹也常用在自然中为丑的人物，都是最显著的例子。

这两件事实所证明的是什么呢？

一、艺术的美丑和自然的美丑是两件事。

二、艺术的美不是从模仿自然美得来的。

从这两点看，写实主义和理想主义都是一样错误，它们的主张恰与这两层道理相反。要明白艺术的真性质，先要推翻它们的“依样画葫芦”的办法，无论这个葫芦是经过选择，或是没有经过选择。

我们说“艺术美”时，“美”字只有一个意义，就是事物现形象于直觉的一个特点。事物如果要能现形象于直觉，它的外形和实质必须融化成一气，它的姿态必可以和人的情趣交感共鸣。这种“美”都是创造出来的，不是天生自在俯拾即是的，它都是“抒情的表现”。我们说“自然美”时，“美”字有两种意义。第一种意义的“美”就是上文所说的常态，例如背通常是直的，直背美于驼背。第二种意义的“美”其实就是艺术美。我们在欣赏一片山水而觉其美时，就已经把自己的情趣外射到山水里去，就已把自然加以人情化和艺术化了。所以有人说：“一片自然风景就是一种心境。”一般人的错误在只知道第一种意义的自然美，以为艺术美和第二种意义的自然美原来也不过如此。

法国画家德拉克洛瓦说得好：“自然只是一部字典而不是一部书。”人人尽管都有一部字典在手边，可是用这部字典中的字来做出诗文，则全凭各人的情趣和才学。做得好诗文的人都不能说是模仿字典，说自然本来就美（“美”字用“艺术美”的意义）者也犹如说字典中原来就有《陶渊明集》和《红楼梦》一类作品在内。这显然是很荒谬的。

“慢慢走，欣赏啊！”
——人生的艺术化

一直到现在，我们都是讨论艺术的创造与欣赏。在收尾这一节中，我提议约略说明艺术和人生的关系。

我在开章明义时就着重美感态度和实用态度的分别，以及艺术和实际人生之中所应有的距离，如果话说到这里为止，你也许误解我把艺术和人生看成漠不相关的两件事。我的意思并不如此。

人生是多方面而却互相和谐的整体，把它分析开来看，我们说某部分是实用的活动，某部分是科学的活动，某部分是美感的活动，为正名析理起见，原应有此分别；但是我们不要忘记，完满的人生见于这三种活动的平均发展，它们虽是可分别的而却不是互相冲突的。“实际人生”比整个人生的意义较为窄狭。一般人的错误在把它们认为相等，以为艺术对于“实际人生”

既是隔着一层，它在整个人生中也就没有什么价值。有些人为维护艺术的地位，又想把它硬纳到“实际人生”的小范围里去。这班人不但是误解艺术，而且也没有认识人生。我们把实际生活看作整个人生之中的一片段，所以在肯定艺术与实际人生的距离时，并非肯定艺术与整个人生的隔阂。严格地说，离开人生便无所谓艺术，因为艺术是情趣的表现，而情趣的根源就在人生；反之，离开艺术也便无所谓人生，因为凡是创造和欣赏都是艺术的活动，无创造、无欣赏的人生是一个自相矛盾的名词。

人生本来就是一种较广义的艺术。每个人的生命史就是他自己的作品。这种作品可以是艺术的，也可以不是艺术的，正犹如同是一种顽石，这个人能把它雕成一座伟大的雕像，而另一个人却不能使它“成器”，分别全在性分与修养。知道生活的人就是艺术家，他的生活就是艺术作品。

过一世生活好比作一篇文章。完美的生活都有上品文章所应有的美点。

第一，一篇好文章一定是一个完整的有机体，其中全体与部分都息息相关，不能稍有移动或增减。一字一句之中都可以见出全篇精神的贯注。比如陶渊明的《饮酒》诗本来是“采菊东篱下，悠然见南山”，后人把“见”字误印为“望”字，原文的自然与物相遇相得的神情便完全丧失。这种艺术的完整性在生活中叫作“人格”。凡是完美的生活都是人格的表现。大而进退取与，小而声音笑貌，都没有一件和全人格相冲突。不肯为五斗米折腰向乡里小儿，是陶渊明的生命史中所应有的一段文章，如果他错过这一个小节，便失其为陶渊明。下狱不肯脱逃，临刑时还叮咛嘱咐还邻人一只鸡的债，是苏格拉底的生命史中所应有的一段文章，否则他便失其为苏格拉底。这种生命史才可以使人把它当作一幅图画去惊赞，它就是一种艺术的杰作。

其次，“修辞立其诚”是文章的要诀，一首诗或是一篇美文一定是至性深情的流露，存于中然后形于外，不容有丝毫假借。情趣本来是物我交感共鸣的结果。景物变动不居，情趣亦自生生不息。我有我的个性，物也有物的个性，这种个性又随时地变迁而生长发展。每人在某一时会所见到的景物，和每种景物在某一时会所引起的情趣，都有它的特殊性，断不容与另一人在另一时会所见到的景物，和另一景物在另一时会所引起的情趣完全相同。毫厘之差，微妙所在。在这种生生不息的情趣中，我们可以见出生命的造化。把这种生命流露于语言文字，就是好文章；把它流露于言行风采，就是美满的生命史。

文章忌俗滥，生活也忌俗滥。俗滥就是自己没有本色而蹈袭别人的陈规旧矩。西施患心病，常捧心颦眉，这是自然的流露，所以愈增其美。东施没有心病，强学捧心颦眉的姿态，只能引人嫌恶。在西施是创作，在东施便是滥调。滥调起于生命的干枯，也就是虚伪的表现。“虚伪的表现”就是“丑”，克罗齐已经说过。“风行水上，自然成纹”，文章的妙处如此，生活的妙处也是如此。在什么地位，是怎样的人，感到怎样情趣，便现出怎样言行风采，叫人一见就觉其谐和完整，这才是艺术的生活。

俗语说得好：“唯大英雄能本色。”所谓艺术的生活就是本色的生活。世间有两种人的生活最不艺术，一种是俗人，一种是伪君子。“俗人”根本就缺乏本色，“伪君子”则竭力遮盖本色。朱晦庵有一首诗说：

> 半亩方塘一鉴开，天光云影共徘徊。
> 问渠那得清如许？为有源头活水来。

艺术的生活就是有“源头活水”的生活。俗人迷于名利，与世浮沉，心里没有“天光云影”，就因为没有源头活水。他们的大病是生命的干枯。“伪君子”则于这种“俗人”的资格之上，又加上“沐猴而冠”的伎俩。他们的特点不仅见于道德上的虚伪，一言一笑、一举一动，都叫人起不美之感。谁知道风流名士的架子之中掩藏了几多行尸走肉？无论是“俗人”或是“伪君子”，他们都是生活中的“苟且者”，都缺乏艺术家在创造时所应有的良心。像柏格森所说的，他们都是“生命的机械化”，只能做喜剧中的角色。生活落到喜剧里去的人大半都是不艺术的。

艺术的创造之中都必寓有欣赏，生活也是如此。一般人对于一种言行常欢喜说它“好看”“不好看”，这已有几分是拿艺术欣赏的标准去估量它。但是一般人大半不能彻底，不能拿一言一笑、一举一动纳在全部生命史里去看，他们的“人格”观念太淡薄，所谓“好看”“不好看”往往只是“敷衍面子”。善于生活者则彻底认真，不让一尘一芥妨碍整个生命的和谐。一般人常以为艺术家是一班最随便的人，其实在艺术范围之内，艺术家是最严肃不过的。在锻炼作品时常呕心呕肝，一笔一画也不肯苟且。王荆公作“春风又绿江南岸”一句诗时，原来“绿”字是“到”字，后来由“到”字改为“过”字，由“过”字改为“入”字，由“入”字改为“满”字，改了十几次之后才定为“绿”字。即此一端可以想见艺术家的严肃了。善于生活者对于生活也是这样认真。曾子临死时记得床上的席子是季路的，一定叫门人把它换过才瞑目。吴季札心里已经暗许赠剑给徐君，没有实行徐君就已死去，他很郑重地把剑挂在徐君墓旁树上，以见“中心契合死生不渝”的风谊。像这一类的言行看来虽似小节，而善于生活者却不肯轻易放过，正犹如诗人不肯轻易放过一字一句一样。小节如此，大节更不消说。董狐宁愿断头不肯掩盖史实，夷齐饿死不愿降周，这种风度是道德的也是艺术的。我们主张人生的艺术化，就是主张对于人生的严肃主义。

艺术家估定事物的价值，全以它能否纳入和谐的整体为标准，往往出于一般人意料之外。他能看重一般人所看轻的，也能看轻一般人所看重的。在看重一件事物时，他知道执着；在看轻一件事物时，他也知道摆脱。艺术的能事不仅见于知所取，尤其见于知所舍。苏东坡论文，谓如水行山谷中，行于其所不得不行，止于其所不得不止。这就是取舍恰到好处，艺术化的人生也是如此。善于生活者对于世间一切，也拿艺术的口胃去评判它，合于艺术口胃者毫毛可以变成泰山，不合于艺术口胃者泰山也可以变成毫毛。他不但能认真，而且能摆脱。在认真时见出他的严肃，在摆脱时见出他的豁达。孟敏堕甑，不顾而去，郭林宗见到以为奇怪。他说：“甑已碎，顾之何益？”哲学家斯宾诺莎宁愿靠磨镜过活，不愿当大学教授，怕妨碍他的自由。王徽之居山阴，有一天夜雪初霁，月色清朗，忽然想起他的朋友戴逵，便乘小舟到剡溪去访他，刚到门口便把船划回去。他说："乘兴而来，兴尽而返。"这几件事彼此相差很远，却都可以见出艺术家的豁达。伟大的人生和伟大的艺术都要同时并有严肃与豁达之胜。晋代清流大半只知道豁达而不知道严肃，宋朝理学又大半只知道严肃而不知道豁达。陶渊明和杜子美庶几算得恰到好处。

一篇生命史就是一种作品，从伦理的观点看，它有善恶的分别，从艺术的观点看，它有美丑的分别。善恶与美丑的关系究竟如何呢？

就狭义说，伦理的价值是实用的，美感的价值是超实用的；伦理的活动都是有所为而为，美感的活动则是无所为而为。比如仁义忠信等等都是善，问它们何以为善，我们不能不着眼到人群的幸福。美之所以为美，则全在美的形象本身，不在它对于人群的效用（这并不是说它对于人群没有效用）。假如世界上只有一个人，他就不能有道德的活动，因为有父子才有慈孝可言，有朋友才有信义可言。但是这个想象的孤零零的人还可以有艺术的活动，他还可以欣赏他所居的世界，他还可以创造作品。善有所赖而美无所赖，善的价值是"外在的"，美的价值是"内在的"。

不过这种分别究竟是狭义的。就广义说，善就是一种美，恶就是一种丑。因为伦理的活动也可以引起美感上的欣赏与嫌恶。希腊大哲学家柏拉图和亚里士多德讨论伦理问题时都以为善有等级，一般的善虽只有外在的价值，而“至高的善”则有内在的价值。这所谓“至高的善”究竟是什么呢？柏拉图和亚里士多德本来是一走理想主义的极端，一走经验主义的极端，但是对于这个问题，意见却一致。他们都以为“至高的善”在“无所为而为的玩索”（disinterested contemplation）。这种见解在西方哲学思潮上影响极大，斯宾诺莎、黑格尔、叔本华的学说都可以参证。从此可知西方哲人心目中的“至高的善”还是一种美，最高的伦理的活动还是一种艺术的活动了。

“无所为而为的玩索”何以看成“至高的善”呢？这个问题涉及西方哲人对于神的观念。从耶稣教盛行之后，神才是一个大慈大悲的道德家。在希腊哲人以及近代莱布尼兹、尼采、叔本华诸人的心目中，神却是一个大艺术家，他创造这个宇宙出来，全是为着自己要创造，要欣赏。其实这种见解也并不减低神的身份。耶稣教的神只是一班穷叫化子中的一个肯施舍的财主佬，而一般哲人心中的神，则是以宇宙为乐曲而要在这种乐曲之中见出和谐的音乐家。这两种观念究竟是哪一个伟大呢？在西方哲人想，神只是一片精灵，他的活动绝对自由而不受限制，至于人则为肉体的需要所限制而不能绝对自由。人愈能脱肉体需求的限制而作自由活动，则离神亦愈近。“无所为而为的玩索”是唯一的自由活动，所以成为最上的理想。

这番话似乎有些玄渺，在这里本来不应说及。不过无论你相信不相信，有许多思想却值得当作一个意象悬在心眼前来玩味玩味。我自己在闲暇时也欢喜看看哲学书籍。老实说，我对于许多哲学家的话都很怀疑，但是我觉得他们有趣。我以为穷到究竟，一切哲学系统也都只能当作艺术作品去看。哲学和科学穷到极境，都是要满足求知的欲望。每个哲学家和科学家对于他自己所见到的一点真理（无论它究竟是不是真理）都觉得有趣味，都用一股热忱去欣赏它。真理在离开实用而成为情趣中心时就已经是美感的对象了。“地球绕日运行”，“勾方加股方等于弦方”一类的科学事实，和《米洛斯爱神》或《第九交响曲》一样可以摄魂震魄。科学家去寻求这一类的事实，穷到究竟，也正因为它们可以摄魂震魄。所以科学的活动也还是一种艺术的活动，不但善与美是一体，真与美也并没有隔阂。

艺术是情趣的活动，艺术的生活也就是情趣丰富的生活。人可以分为两种，一种是情趣丰富的，对于许多事物都觉得有趣味，而且到处寻求享受这种趣味。一种是情趣干枯的，对于许多事物都觉得没有趣味，也不去寻求趣味，只终日拼命和蝇蛆在一块争温饱。后者是俗人，前者就是艺术家。情趣愈丰富，生活也愈美满，所谓人生的艺术化就是人生的情趣化。

“觉得有趣味”就是欣赏。你是否知道生活，就看你对于许多事物能否欣赏。欣赏也就是“无所为而为的玩索”。在欣赏时人和神仙一样自由，一样有福。

阿尔卑斯山谷中有一条大汽车路，两旁景物极美，路上插着一个标语牌劝告游人说：“慢慢走，欣赏啊！”许多人在这车如流水马如龙的世界过活，恰如在阿尔卑斯山谷中乘汽车兜风，匆匆忙忙地急驰而过，无暇一回首流连风景，于是这丰富华丽的世界便成为一个了无生趣的囚牢。这是一件多么可惋惜的事啊！

朋友，在告别之前，我采用阿尔卑斯山路上的标语，在中国人告别习用语之下加上三个字奉赠：

“慢慢走，欣赏啊！”

附录

朱光潜自传

我把我的信条叫作三此主义，
就是此身、此时、此地。

我笔名孟实，1897 年 9 月 19 日出生于安徽桐城乡下一个破落的地主家庭。父亲是个乡村私塾教师。我从 6 岁到 14 岁，在父亲鞭挞之下受了封建私塾教育，读过而且大半背诵过四书五经、《古文观止》和《唐诗三百首》，看过《史记》和《通鉴辑览》，偷看过《西厢记》和《水浒》之类旧小说，学过写科举时代的策论时文。到 15 岁才入“洋学堂”（高小），当时已能写出大致通顺的文章。在小学只待半年，就升入桐城中学。这是桐城派古文家吴汝纶创办的，所以特重桐城派古文，主要课本是姚惜抱的《古文辞类纂》，按教师的传授，读时一定要朗诵和背诵，据说这样才能抓住文章的气势和神韵，便于自己学习作文。我从此就放弃时文，转而摸索古文。我得益最多的国文教师是潘季野，他是一个宋诗派的诗人，在他的熏陶之下，我对中国旧诗养成了浓厚的兴趣。1916 年中学毕业，在家乡当了半年小学教员。本想考北京大学，慕的是它的“国故”，但家贫拿不起路费和学费，只好就近考进了不收费的武昌高等师范学校中文系。我很失望，教师还不如桐城中学的。除了圈点一部段玉裁的《说文解字注》，略窥中国文字学门径之外，一无所获。读了一年之后，就碰上北洋军阀的教育部从全国几所高等师范学校里考选一批学生到香港大学去学教育。我考取了。从1918年到1922年，我就在这所英国人办的大学里学了一点教育学，但主要地还是学了英国语言和文学，以及生物学和心理学这两门自然科学的一点常识。这就奠定了我这一生教育活动和学术活动的方向。

我到香港大学后不久，就发生了五四运动，洋学堂和五四运动当然漠不相干。不过我在私塾里就酷爱梁启超的《饮冰室文集》，颇有认识新鲜事物的热望。在香港还接触到《新青年》。我看到胡适提倡白话文的文章，心里发生过很大的动荡。我始而反对，因为自己也在“桐城谬种”之列，可是不久也就转过弯来了，毅然决然地放弃了古文和文言，自己也学着写起白话来了。我在美学方面的处女作《无言之美》就是用白话文写的。写白话文时，我发现文言的修养也还有些用处，就连桐城派古文所要求的纯正简洁也还未可厚非。

香港毕业后，通过同班好友高觉敷的介绍，我结识了吴淞中国公学校长张东荪。应他的邀约，我于1922年夏，到吴淞中国公学中学部教英文，兼校刊《旬刊》的主编。当我的编辑助手的学生是当时还以进步面貌出现的姚梦生，即后来的姚蓬子。在吴淞时代我开始尝到复杂的阶级斗争的滋味。我听过李大钊和恽代英两先烈的讲话。由于我受到长期的封建教育和英帝国主义教育，同左派郑振铎和杨贤江，以及右派中国青年党陈启天、李璜等人都有些往来，我虽是心向进步青年却不热心于党派斗争，以为不问政治，就高人一等。江浙战争中吴淞中国公学被打垮了，我就由上海文艺界朋友夏丏尊介绍，到浙江上虞白马湖春晖中学教英文，在短短的几个月之中我结识了后来对我影响颇深的匡互生、朱自清和丰子恺几位好友。匡互生当时和无政府主义者有些往来，还和毛泽东同志同过学，因不满意春晖中学校长的专制作风，建议改革而没有被采纳，就愤而辞去教务主任职，掀起一场风潮。我同情他，跟他一起采取断然态度，离开春晖中学跑到上海去另谋生路。我和他到了上海之后，夏丏尊、章锡琛、丰子恺、周为群等，也陆续离开春晖中学赶到上海。上海方面又陆续加上叶圣陶、胡愈之、周予同、陈之佛、刘大白、夏衍几位朋友。我们成立了一个立达学会，在江湾筹办了一所立达学园。开办的宗旨是在匡互生的授意之下由我草拟后正式公布的。这个宣言提出了教育独立自由的口号，矛头直接针对着北洋军阀的专制教育。与立达学园紧密联系在一起的还有由我们筹办的开明书店和一种刊物（先叫《一般》，后改名《中学生》）。“开明”是“启蒙”的意思，争取的对象是以中学生为主的青年一代。这家书店就是解放后由叶圣陶在北京主持的青年书店，即中国青年出版社的前身。我把上海的这段经历说详细一点，因为这是我一生的一个主要转折点和后来一些活动的起点。我的大部分著述都是为青年写的，而且是由开明书店出版的。

立达学园办起来之后，我就考取安徽官费留英。1925年夏，我取道苏联赴英，正值苏联执行新经济政策时代，在火车上和苏联人攀谈过，在莫斯科住过豪华的欧罗巴饭店，也在烟雾弥漫、肮脏嘈杂的小酒店里喝过伏特加，啃过黑面包，留下了一些既兴奋而又不很愉快的印象。到了英国，我就进了由香港大学的苏格兰教师沈顺教授所介绍的爱丁堡大学。我选修的课程有英国文学、哲学、心理学、欧洲古代史和艺术史。令我至今怀念的导师有英国文学方面的谷里尔生教授，他是荡恩派“哲理诗”的宣扬者，对英国艾略特“近代诗派”和对理查兹派文学批评都起过显著的影响。哲学导师是侃普·斯密斯教授，研究康德哲学的权威，而教给我的却是怀疑派休谟的《自然宗教的对话》。列宁在《唯物主义和经验批判主义》里还赞许过他。

美术史导师布朗老教授用幻灯来就具体艺术杰作说明艺术发展史，课程结束那一天早晨照例请全班学生们吃一餐早点。1929年在爱丁堡毕业后，我就转入伦敦大学的大学学院，听浅保斯教授讲莎士比亚，对他的繁琐考证和所谓“版本批评”我感到厌烦，于是把大部分功夫花在大英博物馆的阅览室里。伦敦和巴黎只隔一个海峡，所以我同时在巴黎大学注册，偶尔过海去听课，听到该校文学院院长德拉库瓦教授讲《艺术心理学》，甚感兴趣，他的启发使我起念写《文艺心理学》。前此在爱丁堡大学时我在心理学研究班里宣读过一篇《悲剧的喜感》论文，颇受心理学导师竺来佛博士的嘉许，劝我以此为基础去进行较深入的研究，于是我起念要写一部《悲剧心理学》，作为博士论文。后来就离开了英国，转到莱茵河畔斯特拉斯堡大学。一则因为那是德国大诗人歌德的母校，地方比较僻静，生活较便宜；二则那地方法语和德语通用，可趁机学习对我的专科极为重要的德语。我的论文《悲剧心理学》是在该校心理学教授夏尔·布朗达尔指导之下写成和通过的。

在英法留学八年之中，听课、预备考试只是我的一小部分的工作，大部分的时间都花在大英博物馆和学校的图书馆里，一边阅读，一边写作。原因是我一直在闹穷，官费经常不发，不得不靠写作来挣稿费吃饭。同时，我也发现边阅读、边写作是一个很好的学习方法。这样学习比较容易消化，容易深入些。我的大部分解放前的主要著作都是在学生时代写出的。一到英国，我就替开明书店的刊物《一般》和后来的《中学生》写稿，曾搜辑成《给青年的十二封信》出版。这部处女作现在看来不免有些幼稚可笑，但当时却成了一种最畅销的书，原因在我反映了当时一般青年小知识分子的心理状况。我和广大青年建立了友好关系，就从这本小册子开始。此后我写出文章不愁找不到出版处。接着我就写出了《文艺心理学》和它的缩写本《谈美》；一直是我心中主题的《诗论》，也写出初稿；并译出了我的美学思想的最初来源——克罗齐的《美学原理》。此外，我还写了一部《变态心理学派别》（开明书店）和一部《变态心理学》（商务印书馆），总结了我对变态心理学的认识。在罗素的影响之下，我还写过一部叙述符号逻辑派别的书（稿交商务印书馆，抗日战争中遭火焚掉）。这些科目在现代美学中都还在产生影响。

回国前，由旧中央研究院历史所我的一位高师同班友好徐中舒把我介绍给北京大学文学院院长胡适，并且把我的《诗论》初稿交给胡适作为资历的证件。于是胡适就聘我任北大西语系教授。我除在北大西语系讲授西方名著选读和文学批评史之外，还拿《文艺心理学》和《诗论》在北大中文系和由朱自清任主任的清华大学中文系研究班开过课。后来我的留法老友徐悲鸿又约我到中央艺术学院讲了一年《文艺心理学》。

当时正逢“京派”和“海派”对垒。京派大半是文艺界旧知识分子，海派主要指“左联”。我由胡适约到北大，自然就成了京派人物，京派在“新月”时期最盛，自从诗人徐志摩死于飞机失事之后，就日渐衰落。胡适和杨振声等人想使京派再振作一下，就组织一个八人编委会，筹办一种《文学杂志》。编委会之中有杨振声、沈从文、周作人、俞平伯、朱自清、林徽因等人和我。他们看到我初出茅庐，不大为人所注目或容易成为靶子，就推我当主编。由胡适和王云五接洽，把新诞生的《文学杂志》交商务印书馆出版。在第一期我写了一篇发刊词，大意说在诞生中的中国新文化要走的路宜于广阔些，丰富多彩些，不宜过早地窄狭化到只准走一条路。这是我的文艺独立自由的老调。《文学杂志》尽管是京派刊物，发表的稿件并不限于京派，有不同程度左派色彩的作家们如朱自清、闻一多、冯至、李广田、何其芳、卞之琳等人，也经常出现在《文学杂志》上。杂志一出世，就成为最畅销的一种文艺刊物。尽管它只出了两期就因抗日战争爆发而停刊，至今文艺界还有不少的人记得它（不过抗战胜利后复刊，出了几期就日渐衰落了）。

抗日战争爆发后，我就应新任代理四川大学校长的张颐之约，到川大去当文学院院长。刚满一年，国民党二陈派就要撤换张颐而任用他们自己的“四大金刚”之一程天放。我立即挥动“教育自由”的旗帜，掀起轰动一时的“易长风潮”。在这场斗争中我得到了中国共产党的支持，沙汀和周文对我很关心，把消息传到延安，周扬立即通过他们两人交给我一封信，约我去延安参观，我也立即回信给周扬同志说我要去。但是当时我根本没有革命的意志，国民党通过我的一些留欧好友力加劝阻，又通过现代评论派王星拱和陈西滢几位旧友把我拉到武汉大学外文系去任教授。这对我是一次惨痛的教训。意志不坚定，不但谈不上革命，就连争学术自由或文艺自由，也还是空话。到了1942年，由于校内有湘皖两派之争，我是皖人而和湘派较友好，王星拱就拉我当教务长来调和内讧。国民党有个老规矩，学校“长字号”人物都必须参加国民党，因此我就由反对国民党转而靠拢了国民党，成了蒋介石的“御用文人”，曾为国民党的《中央周刊》写了两年稿子，后来集成两本册子，一是《谈文学》，一是《谈修养》。

1949年初，我拒绝乘蒋介石派到北京的飞机去台湾，仍留在北大。在建国初思想改造阶段，我是重点对象。我受到很多教育，特别是在参加了文联和全国政协之后，经常得到机会到全国各地参观访问，拿新中国和旧中国对比，我心悦诚服地认识到社会主义是中国所能走的唯一道路。这就决定了我对1957年到1962年的全国性的美学问题讨论的态度。

我在四川时期，以重庆为抗战中基地的全国文联曾选举我为理事。解放后不久我在北京恢复了文联理事的身份。在美学讨论开始前，胡乔木、邓拓、周扬和邵荃麟等同志就已分别向我打过招呼，说这次美学讨论是为澄清思想，不是要整人。我积极地投入了这场论争，不隐瞒或回避我过去的美学观点，也不轻易地接纳我认为并不正确的批判。这次美学大辩论是新中国文艺界的一件大事，就全国来说，它大大提高了文艺工作者和一般青年研究美学的兴趣和热情；就我个人来说，它帮助我认识自己过去宣扬的美学观点大半是片面唯心的。从此我开始认真钻研辩证唯物主义和历史唯物主义。为此，我在年近六十时，还抽暇把俄文学到能勉强阅读和翻译的程度。我曾精选几本马克思主义经典著作来摸索，译文看不懂的就对照四种文字的版本去琢磨原文的准确含义，对中译文的错误或欠妥处作了笔记。同时我也逐渐看到美学在我国的落后状况，参加美学论争的人往往并没有弄通马克思主义，至于资料的贫乏，对哲学史、心理学、人类学和社会学之类与美学密切相关的科学，有时甚至缺乏常识，尤其令人惊讶。因此我立志要多做一些翻译重要资料的工作。原已译过克罗齐的《美学原理》，解放后又陆续译出柏拉图的《文艺对话集》、莱辛的《拉奥孔》、爱克曼辑的《歌德谈话录》以及黑格尔的《美学》三卷。此外还有些译稿或在《文艺理论译丛》中发表过，或已在“四人帮”时代丧失了。

美学讨论从1957年进行到1962年，全部发表过的文章搜集成六册《美学问题讨论集》；我自己发表的文章还另搜集成一个选本，都由作家出版社出版。大约在1962年夏天，党中央一些领导同志在高级党校召集过一次会议，胡乔木同志就这次美学讨论作了总结性的发言，肯定了成绩，也指出了今后努力方向。会议还决定派我在高级党校讲了三个月的美学史。前此北大哲学系已成立了美学组，把我从西语系调到哲学系，替美学组训练一批美学教师，我讲的也是西方美学史。1962年召开的文科教材会议，决定大专院校文科逐步开设美学课，并指定我编一部《西方美学史》。于是我就在前此讲过的粗略讲义和资料译稿的基础上编出两卷《西方美学史》，1963年由人民文学出版社印行。“四人帮”把这部美学史打入冷宫十余年，直到1979年再版。在再版时，我曾把序论和结论部分作了一些修改。这就是解放后我在美学方面的主要著作，缺点仍甚多，特别是我当时思想还未解放，不敢评介我过去颇下过一些功夫的尼采和叔本华以及弗洛伊德派变态心理学，因为这几位在近代发生巨大影响的思想家在我国都戴过“反动”的帽子。“前修未密，后起转精”，这些遗漏只有待后起者来填补了。

最近几年我参加了关于形象思维的辩论，还应上海文艺出版社之约，写了一本《谈美书简》通俗小册子。不过我的中心工作还是对马克思主义经典著作的摸索。我重新试译了《费尔巴哈论纲》和《经济学－哲学手稿》中一些关键性的章节，并作了注释和评介，想借此澄清一下“异化”、实践观点、人性论和人道主义、美和美感、唯心与唯物的分别和关系等这些全世界学术界都在关心和热烈争论的问题。这些八十岁以后的译文、札记和论文都搜集在百花文艺出版社出版的《美学拾穗集》里。

今年我已开始抽暇试译维柯的《新科学》。这部著作讨论的是人类怎样从野蛮动物逐渐演变成为文明社会的人，涉及神话和宗教、家族和社会、阶级斗争观点、历史发展观点、美学与语言学的一致性以及形象思维先于抽象思维之类重要问题。全书约 40 万字，希望明年内可以译完。再下一步就走着看了。需要做的工作总是做不完的。

1980 年 9 月

宗白华卷

月落时我的心花谢了，
一瓣一瓣的清香，
化成她梦中的蝴蝶。

昼 / 法国 / 威廉－阿道夫·布格罗

花园里的女人 / 法国 / 克劳德·莫奈

啊!

她幽思深了。

浓重的绿阴,

将她笼在浓梦中了。

塞纳河畔的贵族少女 / 法国 / 古斯塔夫·库尔贝

太阳的光，

洗着我早起的灵魂。

天边的月，

犹似我昨夜的残梦。

荷马和他的向导 / 法国 / 威廉 - 阿道夫 · 布格罗

我一无所有——

我只有一颗心，

心里深藏着一个世界。

帕里斯和海伦之爱（局部） / 法国 / 雅克－路易·大卫

恋爱是无声的音乐么？

鸟在花间睡了，人在春间醉了，

恋爱是无声的音乐么！

吉维尼罂粟田 / 法国 / 克劳德 · 莫奈

秋思如红叶，
落向流水去了。
秋怀幽静，
冷于树杪的青天。

比芭莉丝 / 法国 / 威廉 – 阿道夫 · 布格罗

我立在光的泉上，
眼看那滟滟的波，
流到人间。
我随手掷下红花一朵，
人间添了一份春色。

一辑 美学散步

诗人艺术家在这人世间，
可具两种态度：醉和醒。

美从何处寻？

啊，诗从何处寻？
在细雨下，点碎落花声，
在微风里，飘来流水音，
在蓝空天末，摇摇欲坠的孤星！

——《流云·诗》

尽日寻春不见春，芒鞋踏遍陇头云。
归来笑拈梅花嗅，春在枝头已十分。

——宋·罗大经《鹤林玉露》中载某尼悟道诗

诗和春都是美的化身，一是艺术的美，一是自然的美。我们都是从目观耳听的世界里寻得她的踪迹。某尼悟道诗大有禅意，好像是说“道不远人”，不应该“道在迩而求诸远”。好像是说："如果你在自己的心中找不到美，那么，你就没有地方可以发现美的踪迹。"

然而梅花仍是一个外界事物呀，大自然的一部分呀！你的心不是"在"自己的心的过程里，在感情、情绪、思维里找到美；而只是"通过"感觉、情绪、思维找到美，发现梅花里的美。美对于你的心、你的"美感"是客观的对象和存在。你如果要进一步认识她，你可以分析她的结构、形象、组成的各部分，得出"谐和"的规律、"节奏"的规律、表现的内容、丰富的启示，而不必顾到你自己的心的活动。你越能忘掉自我，忘掉你自己的情绪波动、思维起伏，你就越能够"漱涤万物，牢笼百态"（柳宗元语），你就会像一面镜子，像托尔斯泰那样，照见了一个世界，丰富了自己，也丰富了文化。人们会感谢你的。

那么，你在自己的心里就找不到美了吗？我说，如果我们的心灵起伏万变，经常碰到情感的波涛，思想的矛盾，当我们身在其中时，恐怕尝到的是苦闷，而未必是美。只有莎士比亚或巴尔扎克把它形象化了，表现在文艺里，或是你自己手之舞之，足之蹈之，把你的欢乐表现在舞蹈的形象里，或把你的忧郁歌咏在有节奏的诗歌里，甚至于在你的平日的行动里、语言里。一句话，就是你的心要具体地表现在形象里，那时旁人会看见你的心灵的美，你自己也才真正地切实地具体地发现你的心里的美。除此以外，恐怕不容易吧！你的心可以发现美的对象（人生的，社会的，自然的），这“美”对于你是客观的存在，不以你的意志为转移。（你的意志只能指使你的眼睛去看她，或不去看她，而不能改变她。你能训练你的眼睛深一层地去认识她，却不能动摇她。希腊伟大的艺术不因中古时代而减少它的光辉。）

宋朝某尼虽然似乎悟道，然而她的觉悟不够深，不够高，她不能发现整个宇宙已经盎然有春意，假使梅花枝上已经春满十分了。她在踏遍陇头云时是苦闷的、失望的。她把自己关在狭窄的心的圈子里了。只在自己的心里去找寻美的踪迹是不够的，是大有问题的。王羲之在《兰亭序》里说：“仰观宇宙之大，俯察品类之盛，所以游目骋怀，足以极视听之娱，信可乐也。”这是东晋大书法家在寻找美的踪迹。他的书法传达了自然的美和精神的美。不仅是大宇宙，小小的事物也不可忽视。诗人华兹华斯曾经说过：“一朵微小的花对于我可以唤起不能用眼泪表达出的那样深的思想。”

达到这样的、深入的美感，发现这样深度的美，是要在主观心理方面具有条件和准备的。我们的感情是要经过一番洗涤，克服了小己的私欲和利害计较。矿石商人只看到矿石的货币价值，而看不见矿石的美的特性。我们要把整个情绪和思想改造一下，移动了方向，才能面对美的形象，把美如实地和深入地反映到心里来，再把它放射出去，凭借物质创造形象给表达出来，才成为艺术。中国古代曾有人把这个过程唤做“移人之情”或“移我情”。琴曲《伯牙水仙操》的序上说：

伯牙学琴于成连，三年而成。至于精神寂寞，情之专一，未能得也。成连曰：“吾之学不能移人之情，吾师有方子春在东海中。”乃赍粮从之，至蓬莱山，留伯牙曰：“吾将迎吾师！”划船而去，旬日不返。伯牙心悲，延颈四望，但闻海水汩波，山林窅冥，群鸟悲号。仰天叹曰：“先生将移我情！”乃援操而作歌云：“繄洞庭兮流斯护，舟楫逝兮仙不还，移形素兮蓬莱山，歍钦伤宫仙不还。”

伯牙由于在孤寂中受到大自然强烈的震撼，生活上的异常遭遇，整个心境受了洗涤和改造，才达到艺术的最深体会，把握到音乐的创造性的旋律，完成他的美的感受和创造。这个“移情说”比起德国美学家栗卜斯的“情感移入论”似乎还要深刻些，因为它说出现实生活中的体验和改造是“移情”的基础呀！并且“移易”和“移入”是不同的。

这里我所说的“移情”应当是我们审美的心理方面的积极

因素和条件，而美学家所说的“心理距离”“静观”，则构成审美的消极条件。女子郭六芳有一首诗《舟还长沙》说得好：

侬家家住两湖东，十二珠帘夕照红。
今日忽从江上望，始知家在画图中。

自己住在现实生活里，没有能够把握它的美的形象。等到自己对自己的日常生活有相当的距离，从远处来看，才发现家在画图中，融在自然的一片美的形象里。

但是在这主观心理条件之外，也还需要客观的物的方面的条件。在这里是那夕照的红和十二珠帘的具有节奏与和谐的形象。宋人陈简斋的海棠诗云：“隔帘花叶有辉光”。帘子造成了距离，同时它的线文的节奏也更能把帘外的花叶纳进美的形象，增强了它的光辉闪灼，呈显出生命的华美，就像一段欢愉生活嵌在素朴而具有优美旋律的歌词里一样。

这节奏，这旋律，这和谐等等，它们是离不开生命的表现，它们不是死的机械的空洞的形式，而是具有丰富内容，有表现、有深刻意义的具体形象。形象不是形式，而是形式和内容的统一，形式中每一个点、线、色、形、音、韵，都表现着内容的意义、情感、价值。所以诗人艾里略说：“一个造出新节奏的人，就是一个拓展了我们的感情并使它更为高明的人。”又说：“创造一种形式并不是仅仅发明一种格式、一种韵律或节奏，而且也是这种韵律或节奏的整个合式的内容的发觉。莎士比亚的十四行诗并不仅是如此这般的一种格式或图形，而是一种恰是如此思想感情的方式。”而具有着理想的形式的诗是“如此这般的诗，以致我们看不见所谓诗，而但注意着诗所指示的东西”（《诗的作用和批评的作用》）。这里就是“美”，就是美感所受的具体对象。它是通过美感来摄取的美，而不是美感的主观的心理活动自身。就像物质的内部结构和规律是抽象思维所摄取的，但自身却不是抽象思维而是具体事物。所以专在心内搜寻是达不到美的踪迹的。美的踪迹要到自然、人生、社会的具体形象里去找。

但是心的陶冶，心的修养和锻炼是替美的发现和体验作准备的。创造“美”也是如此。捷克诗人里尔克在他的《布里格随笔》里有一段话精深微妙，梁宗岱曾把它译出，现介绍如下：

> ……一个人早年作的诗是这般乏意义，我们应该毕生期待和采集，如果可能，还要悠长的一生；然后，到晚年，或者可以写出十行好诗。因为诗并不像大众所想的，徒是情感（这是我们很早就有了的），而是经验。单要写一句

诗，我们得要观察过许多城许多人许多物，得要认识走兽，得要感到鸟儿怎样飞翔和知道小花清晨舒展的姿势。得要能够回忆许多远路和僻境，意外的邂逅，眼光光望它接近的分离，神秘还未启明的童年，容易生气的父母，当他给你一件礼物而你不明白的时候（因为那原是为别一人设的欢喜），离奇变幻的小孩子的病，在一间静穆而紧闭的房里度过的日子，海滨的清晨和海的自身，那与星斗齐飞的高声呼号的夜间的旅行——而单是这些犹未足，还要享受过许多夜不同的狂欢，听过妇人产时的呻吟和坠地便瞑目的婴儿轻微的哭声，还要曾经坐在临终人的床头和死者的身边，在那打开的、外边的声音一阵阵拥进来的房里。可是单有记忆犹未足，还要能够忘记它们，当它们太拥挤的时候，还要有很大的忍耐去期待它们回来。因为回忆本身还不是这个，必要等到它们变成我们的血液、眼色和姿势了，等到它们没有了名字而且不能别于我们自己了，那么，然后可以希望在极难得的顷刻，在它们当中伸出一句诗的头一个字来。

这里是大诗人里尔克在许许多多的事物里、经验里，去踪迹诗，去发现美，多么艰辛的劳动呀！他说：诗不徒是感情，而是经验。现在我们也就转过方向，从客观条件来考察美的对象的构成。改造我们的感情，使它能够发现美。中国古人曾经把这唤作“移我情”，改变着客观世界的现象，使它能够成为美的对象，中国古人曾经把这唤做“移世界”。

“移我情”“移世界”，是美的形象涌现出来的条件。

我们上面所引长沙女子郭六芳诗中说过“今日忽从江上望，始知家在画图中”，这是心理距离构成审美的条件。但是“十二珠帘夕照红”，却构成这幅美的形象的客观的积极的因素。夕照、月明、灯光、帘幕、薄纱、轻雾，人人知道是助成美的出现的有力的因素，现代的照相术和舞台布景知道这个而尽量利用着。中国古人曾经唤做“移世界”。

明朝文人张大复在他的《梅花草堂笔谈》里记述着：

邵茂齐有言，天上月色能移世界，果然！故夫山石泉涧，梵刹园亭，屋庐竹树，种种常见之物，月照之则深，蒙之则净，金碧之彩，披之则醇，惨悴之容，承之则奇，浅深浓淡之色，按之望之，则屡易而不可了。以至河山大地，邈若皇古，犬吠松涛，远于岩谷，草生木长，闲如坐卧，人在月下，亦尝忘我之为我也。今夜严叔向，置酒破山僧舍，起步庭中，幽华可爱，旦视之，酱盎纷然，瓦石布地而已，戏书此以信茂齐之语，时十月十六日，万历丙午三十四年也。

月亮真是一个大艺术家，转瞬之间替我们移易了世界，美的形象，涌现在眼前。但是第二天早晨起来看，瓦石布地而已。于是有人得出结论说：美是不存在的。我却要更进一步推论说，瓦石也只是无色、无形的原子或电磁波，而这个也只是思想的假设，我们能抓住的只是一堆抽象数学方程式而已。究竟什么是真实的存在？所以我们要回转头来说，我们现实生活里直接经验到的、不以我们的意志为转移的、丰富多彩的、有声有色有形有相的世界就是真实存在的世界，这是我们生活和创造的园地。所以马克思很欣赏近代唯物论的第一个创始者培根的著作里所说的物质以其感觉的诗意的光辉向着整个的人微笑（见《神圣家族》），而不满意霍布斯的唯物论里“感觉失去了它的光辉而变为几何学家的抽象感觉，唯物论变成了厌世论”。在这里物的感性的质、光、色、声、热等不是物质所固有的了，光、色、声中的美更成了主观的东西。于是世界成了灰白色的骸骨，机械的死的过程。恩格斯也主张我们的思想要像一面镜子，如实地反映这多彩的世界。美是存在着的！世界是美的，生活是美的。它和真和善是人类社会努力的目标，是哲学探索和建立的对象。

美不但是不以我们的意志为转移的客观存在，反过来，它影响着我们，教育着我们，提高生活的境界和意趣。它的力量更大了，它也可以倾国倾城。希腊大诗人荷马的著名史诗《伊利亚特》歌咏希腊联军围攻特洛伊九年，为的是夺回美人海伦，而海伦的美叫他们感到九年的辛劳和牺牲不是白费的。现在引述这一段名句：

特洛伊长老们也一样地高踞城雉，
当他们看见了海伦在城垣上出现，
老人们便轻轻低语，彼此交谈机密：
“怪不得特洛伊人和坚胫甲阿开人，
为了这个女人这么久忍受苦难呢，
她看来活像一个青春长驻的女神。
可是，尽管她多美，也让她乘船去吧，
别留这里给我们子子孙孙作祸根。”

——引自缪朗山译《伊利亚特》

荷马不用浓丽的词藻来描绘海伦的容貌，而从她的巨大的惨酷的影响和力量轻轻地点出她的倾国倾城的美。这是他的艺术高超处，也是后人所赞叹不已的。

我们寻到美了吗？我说，我们或许接触到美的力量，肯定了她的存在，而她的无限的丰富内涵却是不断地待我们去发现。千百年来的诗人艺术家已经发现了不少，保藏在他们的作品里，千百年后的世界仍会有新的表现。每一个造出新节奏来的人，就是拓展了我们的感情并使它更为高明的人！

美学散步

小 言

散步是自由自在、无拘无束的行动，它的弱点是没有计划，没有系统。看重逻辑统一性的人会轻视它，讨厌它，但是西方建立逻辑学的大师亚里士多德的学派却唤作“散步学派”，可见散步和逻辑并不是绝对不相容的。中国古代一位影响不小的哲学家——庄子，他好像整天是在山野里散步，观看着鹏鸟、小虫、蝴蝶、游鱼，又在人间世里凝视一些奇形怪状的人：驼背、跛脚、四肢不全、心灵不正常的人，很像意大利文艺复兴时大天才达·芬奇在米兰街头散步时速写下来的一些“戏画”，现在竟成为“画院的奇葩”。庄子文章里所写的那些奇特人物大概就是后来唐宋画家画罗汉时心目中的范本。

散步的时候可以偶尔在路旁折到一枝鲜花，也可以在路上拾起别人弃之不顾而自己感到兴趣的燕石。

无论鲜花或燕石，不必珍视，也不必丢掉，放在桌上可以做散步后的回念。

诗（文学）和画的分界

苏东坡论唐朝大诗人兼画家王维（摩诘）的《蓝田烟雨图》说："味摩诘之诗，诗中有画；观摩诘之画，画中有诗。诗曰：'蓝溪白石出，玉山红叶稀，山路元无雨，空翠湿人衣。'此摩诘之诗也。或曰：'非也，好事者以补摩诘之遗。'"

以上是东坡的话，所引的那首诗，不论它是不是好事者所补，把它放到王维和裴迪所唱和的辋川绝句里去是可以乱真的。这确是一首"诗中有画"的诗。"蓝溪白石出，玉山红叶稀"，可以画出来成为一幅清奇冷艳的画，但是"山路元无雨，空翠湿人衣"二句，却是不能在画面上直接画出来的。假使刻舟求剑似的画出一个人穿了一件湿衣服，即使不难看，也不能把这种意味和感觉像这两句诗那样完全传达出来。好画家可以设法暗示这种意味和感觉，却不能直接画出来。这位补诗的人也正是从王维这幅画里体会到这种意味和感觉，所以用"山路元无雨，空翠湿人衣"这两句诗来补足它。这幅画上可能并不曾画有人物，那会更好地暗示这感觉和意味。而另一位诗人可能体会不同而写出别的诗句来。画和诗毕竟是两回事。诗中可以有画，像头两句里所写的，但诗不全是画。而那不能直接画出来的后两句恰正是“诗中之诗”，正是构成这首诗是诗而不是画的精要部分。

然而那幅画里若不能暗示或启发人写出这诗句来，它可能是一张很好的写实照片，却又不能成为真正的艺术品——画，更不是大诗画家王维的画了。这“诗”和“画”的微妙的辩证关系不是值得我们深思探索的吗？

宋朝文人晁以道有诗云：“画写物外形，要物形不改，诗传画外意，贵有画中态。”这也是论诗画的离合异同。画外意，待诗来传，才能圆满，诗里具有画所写的形态，才能形象化、具体化，不至于太抽象。

但是王安石《明妃曲》诗云：“意态由来画不成，当时枉杀毛延寿。”他是个喜欢做翻案文章的人，然而他的话是有道理的。美人的意态确是难画出的，东施以活人来效颦西施尚且失败，何况是画家调脂弄粉。那画不出的“巧笑倩兮，美目盼兮”，古代诗人随手拈来的这两句诗，却使孔子以前的中国美人如同在我们眼面前。达·芬奇用了四年工夫画出蒙娜丽莎的美目巧笑，在该画初完成时，当也能给予我们同样新鲜生动的感受。

现在我却觉得我们古人这两句诗仍是千古如新，而油画受了时间的侵蚀，后人的补修，已只能令人在想象里追寻旧影了。我曾经坐在原画前默默领略了一小时，口里念着我们古人的诗句，觉得诗启发了画中意态，画给予诗以具体形象，诗画交辉，意境丰满，各不相下，各有千秋。

达·芬奇在这画像里突破了画和诗的界限，使画成了诗。谜样的微笑，勾引起后来无数诗人心魂震荡，感觉这双妙目巧笑，深远如海，味之不尽，天才真是无所不可。但是画和诗的分界仍是不能泯灭的，也是不应该泯灭的，各有各的特殊表现力和表现领域。探索这微妙的分界，正是近代美学开创时为自己提出了的任务。

18 世纪德国思想家莱辛开始提出这个问题，发表他的美学名著《拉奥孔或论画和诗的分界》。但《拉奥孔》却是主要地分析着希腊晚期一座雕像群，拿它代替了对画的分析，雕像同画同是空间里的造型艺术，本可相通。而莱辛所说的诗也是指的戏剧和史诗，这是我们要记住的。因为我们谈到诗往往是偏重抒情诗。固然这也是相通的，同是属于在时间里表现其境界与行动的文学。

拉奥孔(Laokoon)是希腊古代传说里特洛伊城的一个祭师，他对他的人民警告了希腊军用木马偷运兵士进城的诡计，因而触怒了祖护希腊人的阿波罗神。当他在海滨祭祀时，他和他的两个儿子被两条从海边游来的大蛇捆绕着他们三人的身躯，拉奥孔被蛇咬着，环视两子正在垂死挣扎，他的精神和肉体都陷入莫大的悲愤痛苦之中。拉丁诗人维吉尔曾在史诗中咏述此景，说拉奥孔痛极狂吼，声震数里，但是发掘出来的希腊晚期雕像群著名的《拉奥孔》（现存罗马梵蒂冈博物院），却表现着拉奥孔的嘴仅微微启开呻吟着，并不是狂吼，全部雕像给人的印象是在极大的悲剧的苦痛里保持着镇定、静穆。德国的古代艺术史学者温克尔曼对这雕像群写了一段影响深远的描述，影响着歌德及德国许多古典作家和美学家，掀起了纷纷的讨论。现在我先将他这段描写介绍出来，然后再谈莱辛由此所发挥的画和诗的分界。

温克尔曼（Winckelmann，1717—1768年）在他的早期著作《关于在绘画和雕刻艺术里模仿希腊作品的一些意见》里曾有下列一段论希腊雕刻的名句：

希腊杰作的一般主要的特征是一种高贵的单纯和一种静穆的伟大，既在姿态上，也在表情里。

就像海的深处永远停留在静寂里，不管它的表面多么狂涛汹涌，在希腊人的造像里那表情展示一个伟大的沉静的灵魂，尽管是处在一切激情里面。

在极端强烈的痛苦里，这种心灵描绘在拉奥孔的脸上，并且不单是在脸上。在一切肌肉和筋络所展现的痛苦，不用向脸上和其他部分去看，仅仅看到那因痛苦而向内里收缩着的下半身，我们几乎会在自己身上感觉着。然而这痛苦，我说，并不曾在脸上和姿态上用愤激表示出来。他没有像维吉尔在他拉奥孔（诗）里所歌咏的那样喊出可怕的悲吼，因嘴的孔穴不允许这样做[①]，这里只是一声畏怯的敛住气的叹息，像沙多勒所描写的。

身体的痛苦和心灵的伟大是经由形体全部结构用同等的强度分布着，并且平衡着。拉奥孔忍受着，像索福克勒斯（Sophocles）的菲诺克太特（Philoctet）：他的困苦感动到我们的深心里，但是我们希望也能够像这个伟大人格那样忍耐困苦。一个这样伟大心灵的表情远远超越了美丽自然的构造物。艺术家必须先在自己内心里感觉到他要印入他的大理石里的那精神的强度。希腊具有集合艺术家与圣哲于一身的人物，并且不止一个梅特罗多。智慧伸手给

---

① 这是指雕像的脸上张开了大嘴，显示一个黑洞，很难看，破坏了美。——原注

艺术而将超俗的心灵吹进艺术的形象。

莱辛认为温克尔曼所指出的拉奥孔脸上并没有表示人所期待的那强烈苦痛的疯狂表情，是正确的。但是温克尔曼把理由放在希腊人的智慧克制着内心感情的过分表现上，这是他所不能同意的。

肉体遭受剧烈痛苦时大声喊叫以减轻痛苦，是合乎人情的，也是很自然的现象。希腊人的史诗里毫不讳言神们的这种人情味。维纳斯（美丽的爱神）玉体被刺痛时，不禁狂叫，没有时间照顾到脸相的难看了。《荷马史诗》里战士受伤倒地时常常大声叫痛。照他们的事业和行动来看，他们是超凡的英雄；照他们的感觉情绪来看，他们仍是真实的人。所以拉奥孔在希腊雕像上那样微呻不是由于希腊人的品德如此，而应当到各种艺术的材料的不同，表现可能性的不同和它们的限制里去找它的理由。莱辛在他的《拉奥孔》里说：

有一些激情和某种程度的激情，它们经由极丑的变形表现出来，以致于将整个身体陷入那样勉强的姿态里，使他的在静息状态里具有的一切美丽线条都丧失掉了。因此古代艺术家完全避免这个，或是把它的程度降低下来，使它能够保持某种程度的美。

把这思想运用到拉奥孔上，我所追寻的原因就显露出来了。那位巨匠是在所假定的肉体的巨大痛苦情况下企图实现最高的美。在那丑化着一切的强烈情感里，这痛苦是不能和美相结合的。巨匠必须把痛苦降低些；他必须把狂吼软化为叹息；并不是因为狂吼暗示着一个不高贵的灵魂，而是因为它把脸相在一难堪的样式里丑化了。人们只要设想拉奥孔的嘴大大张开着而评判一下。人们让他狂吼着再看看……

莱辛的意思是：并不是道德上的考虑使拉奥孔雕像不像在史诗里那样痛极大吼，而是雕刻的物质的表现条件在直接观照里显得不美（在史诗里无此情况），因而雕刻家（画家也一样）须将表现的内容改动一下，以配合造型艺术由于物质表现方式所规定的条件。这是各种艺术的特殊的内在规律。艺术家若不注意它，遵守它，就不能实现美，而美是艺术的特殊目的。若放弃了美，艺术可以供给知识，宣扬道德，服务于实际的某一目的，但不是艺术了。艺术须能表现人生的有价值的内容，这是无疑的，但艺术作为艺术而不是文化的其他部门，它就必须同时表现美，把生活内容提高、集中、精粹化，这是它的任务。

根据这个任务各种艺术因物质条件不同就具有了各种不同的内在规律。拉奥孔在史诗里可以痛极大吼，声闻数里，而在雕像里却变成小口微呻了。

莱辛这个创造性的分析启发了以后艺术研究的深入，奠定了艺术科学的方向，虽然他自己的研究仍是有局限性的。造型艺术和文学的界限并不如他所说的那样窄狭、严格，艺术天才往往突破规律而有所成就，开辟新领域、新境界。罗丹就曾创造了疯狂大吼、躯体扭曲，失了一切美的线纹的人物，而仍不失为艺术杰作，创造了一种新的美。但莱辛提出问题是好的，是需要进一步作科学的探讨的，这是构成美学的一个重要部分。所以近代美学家颇有用《新拉奥孔》标名他的著作的。

我现在翻译他的《拉奥孔》里一段具有代表性的文字，论诗里和造型艺术里的身体美，这段文字可以献给朋友在美学散步中做思考资料。莱辛说：

> 身体美是产生于一眼能够全面看到的各部分协调的结果。因此要求这些部分相互并列着，而这各部分相互并列着的事物正是绘画的对象。所以绘画能够，也只有它能够摹绘身体的美。
>
> 诗人只能将美的各要素相继地指说出来，所以他完

全避免对身体的美作为美来描绘。他感觉到把这些要素相继地列数出来，不可能获得像它并列时那种效果，我们若想根据这相继地一一指说出来的要素而向它们立刻凝视，是不能给予我们一个统一的协调的图画的。要想构想这张嘴和这个鼻子和这双眼睛集在一起时会有怎样一个效果是超越了人的想象力的，除非人们能从自然里或艺术里回忆到这些部分组成的一个类似的结构（白华按：读‘巧笑倩兮……’时不用做此笨事，不用设想是中国或西方美人而情态如见，诗意具足，画意也具足）。

在这里，荷马常常是模范中的模范。他只说，尼惹斯是美的，阿奚里更美，海伦具有神仙似的美。但他从不陷落到这些美的周密的啰嗦的描述。他的全诗可以说是建筑在海伦的美上面的，一个近代的诗人将要怎样冗长地来叙说这美呀！

但是如果人们从诗里面把一切身体美的画面去掉，诗不会损失过多少？谁要把这个从诗里去掉？当人们不愿意它追随一个姊妹艺术的脚步来达到这些画面时，难道就关闭了一切别的道路了吗？正是这位荷马，他这样故意避免一切片断地描绘身体美的，以致我们在翻阅时很不容易地有一次获悉海伦具有雪白的臂膀和金色的头发，（《伊利亚特》Ⅳ，第319行）正是这位诗人他仍然懂得使我们对她的美获得一个概念，而这一美的概念是远远超过了艺术在这企图中所能达到的。人们试回忆诗中那一段，当海伦到特洛伊人民的长老集会面前，那些尊贵的长老们瞥见她时，一个对一个耳边说：

“怪不得特洛伊人和坚胫甲开人，为了这个女人这么久忍受着苦难呢，看来她活像一个青春常驻的女神。”

还有什么能给我们一个比这更生动的美的概念，当这些冷静的长老们也承认她的美是值得这一场流了这许多血，洒了那么多泪的战争的呢？

凡是荷马不能按照着各部分来描绘的，他让我们在它的影响里来认识。诗人呀，画出那“美”所激起的满意、倾倒、爱、喜悦，你就把美自身画出来了。谁能构想莎茀所爱的那个对方是丑陋的，当莎茀承认她瞥见他时丧魂失魄。谁不相信是看到了美的完满的形体，当他对于这个形体所激起的情感产生了同情。

文学追赶艺术描绘身体美的另一条路，就是这样：它把“美”转化做魅惑力。魅惑力就是美在“流动”之中。因此它对于画家不像对于诗人那么便当。画家只能叫人猜到“动”，事实上他的形象是不动的。因此在它那里魅惑力会变成了做鬼脸。但是在文学里魅惑力是魅惑力，它是流动的美，它来来去去，我们盼望能再度地看到它。又因为我们一般地能够较为容易地生动地回忆“动作”，超过单纯的形式或色彩，所以魅惑力较之“美”在同等的比例中对我们的作用要更强烈些。

甚至于安拉克耐翁（希腊抒情诗人），宁愿无礼貌地请画家无所作为，假使他不拿魅惑力来赋予他的女郎的画像，使她生动。“在她的香腮上一个酒窝，绕着她的玉颈一切的爱娇浮荡着”（《颂歌》第二十八）。他命令艺术家让无限的爱娇环绕着她的温柔的腮，云石般的颈项！照这话的严格的字义，这怎样办呢？这是绘画所不能做到的。画家能够给予腮巴最艳丽的肉色，但此外他就不能再有所作为了。这美丽颈项的转折，肌肉的波动，那俊俏酒窝因之时隐时现，这类真正的魅惑力是超出了画家能力的范围了。诗人（指安拉克耐翁）是说出了他的艺术是怎样才能够把“美”对我们来形象化感性化的最高点，以便让画家能在他的艺术里寻找这个最高的表现。

这是对我以前所阐述的话的一个新的例证，这就是说，诗人即使在谈论到艺术作品时，仍然是不受束缚于把他的描写保守在艺术的限制以内的（白华按：这话是指诗人要求画家能打破画的艺术的限制，表出诗的境界来——但照莱辛的看法，这界限仍是存在的）。

莱辛对诗（文学）和画（造型艺术）的深入的分析，指出它们的各自的局限性，各自的特殊的表现规律，开创了对于艺术形式的研究。

诗中有画，而不全是画，画中有诗，而不全是诗。诗画各有表现的可能性范围，一般地说来，这是正确的。

但中国古代抒情诗里有不少是纯粹的写景，描绘一个客观境界，不写出主体的行动，甚至于不直接说出主观的情感，像王国维在《人间词话》里所说的“无我之境”，但却充满了诗的气氛和情调。我随便拈一个例证并稍加分析。

唐朝诗人王昌龄一首题为《初日》的诗云：

初日净金闺，先照床前暖。
斜光入罗幕，稍稍亲丝管。
云发不能梳，杨花更吹满。

这诗里的境界很像一幅近代印象派大师的画，画里现出一座晨光射入的香闺，日光在这幅画里是活跃的主角，它从窗门跳进来，跑到闺女的床前，散发着一股温暖，接着穿进了罗帐，轻轻抚摸一下榻上的乐器——闺女所吹弄的琴瑟箫笙——枕上的如云的美发还散开着，杨花随着晨风春日偷进了闺房，亲昵地躲上那枕边的美发上。诗里并没有直接描绘这金闺少女（除非云发二字暗示着），然而一切的美是归于这看不见的少女的。这是多么艳丽的一幅油画呀！

王昌龄这首诗，使我想起德国近代大画家门采尔的一幅油画（门采尔的素描 1956 年曾在北京展览过），那画上也是灿烂的晨光从窗门撞进了一间卧室，乳白的光辉浸漫在长垂的纱幕上，随着落上地板，又返跳进入穿衣镜，又从镜里跳出来，抚摸着椅背，我们感到晨风清凉，朝日温煦。室里的主人是在画面上看不见的，她可能是在屋角的床上坐着。（这晨风沁人，怎能还睡？）

太阳的光
洗着她早起的灵魂，
天边的月
犹似她昨夜的残梦。

——《流云小诗》

门采尔这幅画全是诗，也全是画；王昌龄那首诗全是画，也全是诗。诗和画里都是演着光的独幕剧，歌唱着光的抒情曲，这诗和画的统一不是和莱辛所辛苦分析的诗画分界相抵触吗？

我觉得不是抵触而是补充了它，扩张了它们相互的蕴涵。画里本可以有诗（苏东坡语），但是若把画里每一根线条，每一块色彩，每一条光，每一个形都饱吸着浓情蜜意，它就成为画家的抒情作品，像伦勃朗的油画，中国元人的山水。

诗也可以完全写景，写“无我之境”。而每句每字却反映出自己对物的抚摸，和物的对话，表出对物的热爱，像王昌龄的《初日》那样，那纯粹的景就成了纯粹的情，就是诗。

但画和诗仍是有区别的。诗里所咏的光的先后活跃，不能在画面上同时表出来，画家只能捉住意义最丰满的一刹那，暗示那活动的前因后果，在画面的空间里引进时间感觉。而诗像《初日》里虽然境界华美，却赶不上门采尔油画上那样光彩耀目，直射眼帘。然而由于诗叙写了光的活跃的先后曲折的历程，更能丰富着和加深着情绪的感受。

诗和画各有它的具体的物质条件，局限着它的表现力和表现范围，不能相代，也不必相代。但各自又可以把对方尽量吸进自己的艺术形式里来。诗和画的圆满结合（诗不压倒画，画也不压倒诗，而是相互交流交浸），就是情和景的圆满结合，也就是所谓“艺术意境”。我在十几年前曾写了一篇《中国艺术意境之诞生》，对中国诗和画的意境做了初步的探索，可以供散步的朋友们参考，现在不再细说了。

论文艺的空灵与充实

周济（止庵）《宋四家词选》里论作词云："初学词求空，空则灵气往来！既成格调，求实，实则精力弥满。"

孟子曰："充实之谓美。"

从这两段话里可以建立一个文艺理论，试一述之：先看文艺是什么？画下面一个图来说明：

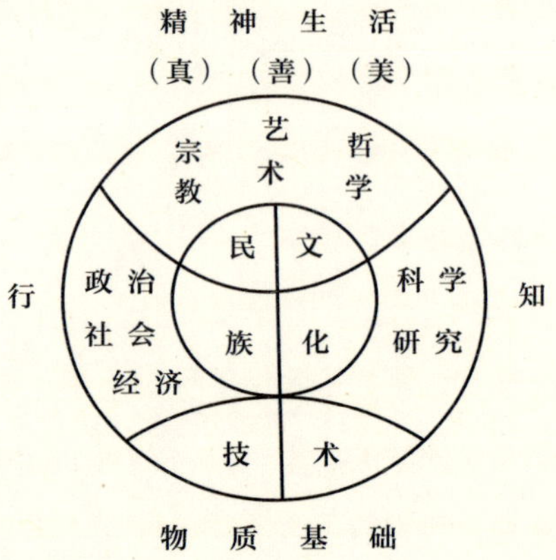

一切生活部门都有技术方面，想脱离苦海求出世间法的宗教家，当他修行证果的时候，也要有程序、步骤、技术，何况物质生活方面的事件？技术直接处理和活动的范围是物质界。它的成绩是物质文明，经济建筑在生产技术的上面，社会和政治又建筑在经济上面。然经济生产有待于社会的合作和组织，社会的推动和指导有待于政治力量。政治支配着社会，调整着经济，能主动，不必尽为被动的。这因果作用是相互的。政与教又是并肩而行，领导着全体的物质生活和精神生活。古代政教合一，政治的领袖往往同时是大教主、大祭师。现代政治必须有主义做基础，主义是现代人的宇宙观和信仰。然而信仰已经是精神方面的事，从物质界、事务界伸进精神界了。

人之异于禽兽者有理性、有智慧，他是知行并重的动物。知识研究的系统化，成科学。综合科学知识和人生智慧建立宇宙观、人生观，就是哲学。

哲学求真，道德或宗教求善，介乎二者之间表达我们情绪中的深境和实现人格的谐和的是“美”。

文学艺术是实现“美”的。文艺从它左邻“宗教”获得深厚热情的灌溉，文学艺术和宗教携手了数千年，世界最伟大的建筑雕塑和音乐多是宗教的。第一流的文学作品也基于伟大的宗教热情。《神曲》代表着中古的基督教。《浮士德》代表着近代人生的信仰。

文艺从它的右邻“哲学”获得深隽的人生智慧、宇宙观念，使它能执行“人生批评”和“人生启示”的任务。

艺术是一种技术，古代艺术家本就是技术家（手工艺的大匠）。现代及将来的艺术也应该特重技术。然而他们的技术不只是服役于人生（像工艺）而是表现着人生，流露着情感个性和人格的。

生命的境界广大，包括着经济、政治、社会、宗教、科学、哲学。这一切都能反映在文艺里。然而文艺不只是一面镜子，映现着世界，且是一个独立的自足的形象创造。它凭着韵律、节奏、形式的和谐、彩色的配合，成立一个自己的有情有象的小宇宙；这宇宙是圆满的、自足的，而内部一切都是必然性的，因此是美的。

文艺站在道德和哲学旁边能并立而无愧。它的根基却深深地植在时代的技术阶段和社会政治的意识上面，它要有土腥气，要有时代的血肉，纵然它的头须伸进精神的光明的高超的天空，指示着生命的真谛，宇宙的奥境。

文艺境界的广大，和人生同其广大；它的深邃，和人生同其深邃，这是多么丰富、充实！孟子曰：“充实之谓美。”这话当作如是观。

然而它又需超凡入圣，独立于万象之表，凭它独创的形象，范铸一个世界，冰清玉洁，脱尽尘滓，这又是何等的空灵？

空灵和充实是艺术精神的两元，先谈空灵！

一、空　灵

艺术心灵的诞生，在人生忘我的一刹那，即美学上所谓“静照”。静照的起点在于空诸一切，心无挂碍，和世务暂时绝缘。这时一点觉心，静观万象，万象如在镜中，光明莹洁，而各得其所，呈现着它们各自的充实的、内在的、自由的生命，所谓“万物静观皆自得”。这自得的、自由的各个生命在静默里吐露光辉。苏东坡诗云：

> 静故了群动，空故纳万境。

王羲之云：

> 在山阴道上行，如在镜中游。

空明的觉心，容纳着万境，万境浸入人的生命，染上了人的性灵。所以周济说：“初学词求空，空则灵气往来。”灵气往来是物象呈现着灵魂生命的时候，是美感诞生的时候。

所以美感的养成在于能空，对物象造成距离，使自己不沾不滞，物象得以孤立绝缘，自成境界：舞台的帘幕，图画的框廓，雕像的石座，建筑的台阶、栏杆，诗的节奏、韵脚，从窗户看山水、黑夜笼罩下的灯火街市、明月下的幽淡小景，都是在距离化、间隔化条件下诞生的美景。

李方叔词《虞美人·过拍》云：“好风如扇雨如帘，时见岸花汀草涨痕添。”

李周隐词：“画檐簪柳碧如城，一帘风雨里，过清明。”

风风雨雨也是造成间隔化的好条件，一片烟水迷离的景象是诗境，是画意。

中国画堂的帘幕是造成深静的词境的重要因素，所以词中常爱提到。韩持国词云：

> 燕子渐归春悄，帘幕垂清晓。

况周颐评之曰：“境至静矣，而此中有人，如隔蓬山，思之思之，遂由静而见深。”

董其昌曾说：“摊烛下作画，正如隔帘看月，隔水看花！”

他们懂得“隔”字在美感上的重要。

然而这还是依靠外界物质条件造成的“隔”。更重要的还是心灵内部方面的“空”。司空图《诗品》里形容艺术的心灵当如“空潭泻春，古镜照神”，形容艺术人格为“落花无言，人淡如菊”，“神出古异，淡不可收”，艺术的造诣当“遇之匪深，即之愈稀”，“遇之自天，泠然希音”。

精神的淡泊，是艺术空灵化的基本条件。欧阳修说得最好：“萧条淡泊，此难画之意，画家得之，览者未必识也。故飞动迟速，意浅之物易见，而闲和严静，趣远之心难形。”萧条淡泊，闲和严静，是艺术人格的心襟气象。这心襟，这气象能令人“事外有远致”，艺术上的神韵油然而生。陶渊明所爱的“素心人”，指的是这境界。他的一首《饮酒》诗更能表出诗人这方面的精神状态：

结庐在人境，而无车马喧。
问君何能尔，心远地自偏。
采菊东篱下，悠然见南山。
山气日夕佳，飞鸟相与还。
此中有真意，欲辨已忘言。

陶渊明爱酒，晋人王蕴说："酒正使人人自远。""自远"是心灵内部的距离化。

然而"心远地自偏"的陶渊明才能"悠然见南山"，并且体会到"此中有真意，欲辨已忘言"。可见艺术境界中的空并不是真正的空，乃是由此获得"充实"，由"心远"接近到"真意"。

晋人王荟说得好："酒正引人著胜地。"这使人人自远的酒正能引人著胜地。这胜地是什么？不正是人生的广大、深邃和充实？于是谈"充实"！

二、充　实

尼采说艺术世界的构成由于两种精神：一是"梦"，梦的境界是无数的形象（如雕刻）；一是"醉"，醉的境界是无比的豪情（如音乐）。这豪情使我们体验到生命里最深的矛盾、广大的复杂的纠纷；"悲剧"是这壮阔而深邃的生活的具体表现。所以西洋文艺顶推重悲剧。悲剧是生命充实的艺术。西洋文艺爱气象宏大、内容丰满的作品。荷马、但丁、莎士比亚、塞万提斯、歌德，直到近代的雨果、巴尔扎克、司汤达、托尔斯泰等，莫不启示一个悲壮而丰实的宇宙。

歌德的生活经历着人生各种境界，充实无比。杜甫的诗歌最为沉着深厚而有力，也是由于生活经验的充实和情感的丰富。

周济论词空灵以后主张：“求实，实则精力弥满。精力弥满则能赋情独深，冥发妄中，虽铺叙平淡，摹绘浅近，而万感横集，五中无主，读其篇者，临渊窥鱼，意为鲂鲤，中宵惊电，罔识东西，赤子随母啼笑，乡人缘剧喜怒。”这话真能形容一个内容充实的创作给我们的感动。

司空图形容这壮硕的艺术精神说“天风浪浪，海山苍苍。真力弥满，万象在旁”“返虚入浑，积健为雄”“生气远出，不著死灰。妙造自然，伊谁与裁”“是有真宰，与之浮沉”“吞吐大荒，由道反气”“与道适往，著手成春”“行神如空，行气如虹”！艺术家精力充实，气象万千，艺术的创造追随真宰的创造。

明名士李日华说：“黄子久（元代大画家）终日只在荒山乱石、丛木深筱中坐，意态忽忽，人不测其为何。又每往泖中通海处看急流轰浪，虽风雨骤至，水怪悲诧而不顾。”黄子久这样沉酣于自然中的生活，所以他的画能“沉郁变化，与造化争神奇”。六朝时宗炳曾论作画云“万趣融其神思”，不是画家这丰富心灵的写照吗？

中国山水画趋向简淡，然而简淡中包具无穷境界。倪云林画一树一石，千岩万壑不能过之。恽南田论元人画境中所含丰富幽深的生命，说得最好：

> 元人幽秀之笔，如燕舞飞花，揣摹不得；如美人横波微盼，光采四射，观者神惊意丧，不知其何以然也。
>
> 元人幽亭秀木自在化工之外一种灵气。惟其品若天际冥鸿，故出笔便如哀弦急管，声情并集，非大地欢乐场中可得而拟议者也。

哀弦急管，声情并集，这是何等繁富热闹的音乐，不料能在元人一树一石、一山一水中体会出来，真是不可思议。元人造诣之高和南田体会之深，都显出中国艺术境界的最高成就！然而元人幽淡的境界背后仍潜隐着一种宇宙豪情。南田说："群必求同，求同必相叫，相叫必于荒天古木，此画中所谓意也。"

相叫必于荒天古木，这是何等沉痛超迈深邃热烈的人生情调与宇宙情调？这是中国艺术心灵里最幽深、悲壮的表现了吧？

叶燮在《原诗》里说："可言之理，人人能言之，又安在诗人之言之！可征之事，人人能述之，又安在诗人之述之！必有不可言之理，不可述之事，遇之于默会意象之表，而理与事无不灿然于前者也。”

这是艺术心灵所能达到的最高境界！由能空、能舍，而后能深、能实，然后宇宙生命中一切理一切事，无不把它的最深意义灿然呈露于前。“真力弥满”，则“万象在旁”，“群籁虽参差，适我无非新”（王羲之诗）。

总上所述，可见中国文艺在空灵与充实两方都曾尽力，达到极高的成就。所以中国诗人尤爱把森然万象映射在太空的背景上，境界丰实空灵，像一座灿烂的星天！

王维诗云：“徒然万象多，澹尔太虚缅。”

韦应物诗云：“万物自生听，大空恒寂寥。”

略论文艺与象征

诗人艺术家在这人世间，可具两种态度：醉和醒。醒者张目人间，寄情世外，拿极客观的胸襟“漱涤万物，牢笼百态”（柳宗元语），他的心像一面清莹的镜子，照射到街市沟渠里面的污秽，却同时也映着天光云影，丽日和风！世间的光明与黑暗，人心里的罪恶与圣洁，一体显露，并无差等。所谓“赋家之心，包括宇宙”，人情物理，体会无遗。英国的莎士比亚，中国的司马迁，都会留下“一个世界”给我们，使我们体味不尽。他们的“世界”虽是匠心的创造，却都具有真情实理，生香活色，与自然造化一般无二。

然而他们究竟是大诗人，诗人具有别材别趣，尤贵具有别眼。包括宇宙的赋家之心反射出的仍是一个“诗心”所照临的世界。这个世界尽管十分客观，十分真实，十分清醒，终究蒙上了一层诗心的温情和智慧的光辉，使我们读者走进一个较现实更清朗、生动、深厚的富于启发性的世界。

所以诗人善醒，他能透彻人情物理，把握世界人生真境实相，散布着智慧，那由深心体验所获得的晶莹的智慧。但诗人更要能醉、能梦。由梦由醉诗人方能暂脱世俗，超俗凡近，深深地深深地坠入这世界人生的一层变化迷离，奥妙惝恍的境地。《古诗十九首》凿空乱道，归趣难穷，读之者回顾踌躇，百端交集，茫茫宇宙，渺渺人生，念天地之悠悠，独怆然而涕下；一种无可奈何的情绪，无可表达的沉思，无可解答的疑问，令人愈体愈深，文艺的境界邻近到宗教境界（欲解脱而不得解脱，情深思苦的境界）。

这样一个因体会之深而难以言传的境地，已不是明白清醒的逻辑文体所能完全表达。醉中语有醒时道不出的。诗人艺术家往往用象征的（比兴的）手法才能传神写照。诗人于此凭虚构象，象乃生生不穷；声调，色彩，景物，奔走笔端，推陈出新，迥异常境。戴叔伦说："诗家之境，如蓝田日暖，良玉生烟，可望而不可置于眉睫之间。"可望而不可置于眉睫之间，就是说艺术的艺境要和吾人具相当距离，迷离惝恍，构成独立自足，刊落凡近的美的意象，才能象征那难以言传的深心里的情和境。

所以最高的文艺表现，宁空毋实，宁醉毋醒。西洋最清醒的古典艺境希腊雕刻，也要在圆浑的肉体上留有清癯而不十分充满的境地，让人们心中手中波动一痕相思和期待。阿波罗神像在他极端清朗秀美的面庞上，仍流动着沉沉的梦意在额眉眼角之间。

杜甫诗云“篇终接混茫”，有尽的艺术形象，须映在“无尽”的和“永恒”的光辉之中，“言在耳目之内，情寄八荒之表”。一切生灭相，都是“永恒”的和“无尽”的象征。屈原、阮籍、左太冲、李白、杜甫，都曾登高远望，情寄八荒。陶渊明诗云“愿言蹑清风，高举寻吾契”，也未尝没有这“登高远望所思”（阮籍诗句）的浪漫情调。但是他又说：“即事如已高，何必升华嵩？”这却是儒家的古典精神。这和他的“结庐在人境，而无车马喧”，同样表现出他那“即平凡即圣境”的深厚的人生情趣。无怪他“即事多所欣”，而深深地了解孔颜的乐处。中国的诗人画家善于体会造化自然的微妙的生机动态。徐迪功所谓“朦胧萌坼，浑沌贞粹”的境界。画家发明水墨法，是想追蹑这朦胧萌坼的神化的妙境。米友仁（宋画家）自题潇湘图：“夜雨欲霁，晓烟既泮，则其状类若此。”韦苏州（唐诗人）诗云“微雨夜来过，不知春草生”，都能深入造化之“几”，而以诗画表露出来。这种境界是深静的，是哲理的，是偏于清醒的，和《古诗十九首》的苍茫踌躇，百端交集，大不相同。然而同是人生的深境，同需要象征手法才能表达出来。

清初叶燮在《原诗》里说得好："要之，作诗者实写理、事、情。可以言言，可以解解，即为俗儒之作。唯不可名言之理，不可施见之事，不可经达之情，则幽渺以为理，想象以为事，惝恍以为情，方为理至、事至、情至之语。"又说："可言之理，人人能言之，安在诗人之言之！可征之事，人人能述之，又安在诗人之述之！必有不可言之理，不可述之事，遇之于默会意象之表，而理与事无不灿然于前者也。"他这话已经很透彻地说出文艺上象征境界的必要，以及它的技术，即"幽渺以为理，想象以为事，惝恍以为情"，然后运用声调、词藻、色彩，巧妙地烘染出来，使人默会于意象之表，寄托深而境界美。

悲剧的与幽默的人生态度

人类社会的法律、习惯、礼教，使人们在和平秩序的保障之下，过一种平凡安逸的生活；使人们忘记了宇宙的神秘，生命的奇迹，心灵内部的诡幻与矛盾。

近代的自然科学更是帮助近代人走向这条平淡幻灭的路。科学欲将这矛盾创新的宇宙也化作有秩序、有法律、有礼教的大结构，像我们理想的人类社会一样，然后我们更觉安然！

然而人类史上向来就有一些不安分的诗人、艺术家、先知、哲学家等，偏要化腐朽为神奇，在平凡中惊异，在人生的喜剧里发现悲剧，在和谐的秩序里指出矛盾，或者以超脱的态度守着一种“幽默”。

但生活严肃的人，怀抱着理想，不愿自欺欺人，在人生里面体验到不可解救的矛盾，理想与事实的永久冲突。然而愈矛盾则体验愈深，生命的境界愈丰满浓郁，在生活悲壮的冲突里显露出人生与世界的“深度”。

所以悲剧式的人生与人类的悲剧文学使我们从平凡安逸的生活形式中重新识察到生活内部的深沉冲突，人生的真实内容是永远的奋斗，是为了超个人生命的价值而挣扎，毁灭了生命以殉这种超生命的价值，觉得是痛快，觉得是超脱解放。

大悲剧作家席勒（Schiller）说：“生命不是人生最高的价值。”这是“悲剧”给我们最深的启示。悲剧中的主角是宁愿毁灭生命以求“真”求“美”，求“权力”，求“神圣”，求“自由”，求人类的上升，求最高的善。在悲剧中，我们发现了超越生命的价值的真实性，因为人类曾愿牺牲生命、血肉及幸福，以证明它们的真实存在。果然，在这种牺牲中人类自己的价值升高了，在这种悲剧的毁灭中人生显露出“意义”了。

肯定矛盾，殉于矛盾，以战胜矛盾，在虚空毁灭中寻求生命的意义，获得生命的价值，这是悲剧的人生态度！

另一种人生态度则是以广博的智慧照瞩宇宙间的复杂关系，以深挚的同情了解人生内部的矛盾冲突。在伟大处发现它的狭小，在渺小里却也看到它的深厚，在圆满里发现它的缺憾，但在缺憾里也找出它的意义。于是以一种拈花微笑的态度同情一切；以一种超越的笑，了解的笑，含泪的笑，惘然的笑，包容一切以超脱一切，使灰色黯淡的人生也罩上一层柔和的金光，觉得人生可爱。可爱处就在它的渺小处、矛盾处，就同我们欣赏小孩们的天真烂漫的自私，使人心花开放，不以为忤。

这是一种所谓幽默（humour）的态度。真正的态度是平凡渺小里发掘价值。以高的角度测量那“煊赫伟大”的，则认识它不过如此。以深的角度窥探“平凡渺小”的，则发现它里面未尝没有宝藏。一种愉悦，满意，含笑，超脱，支配了幽默的心襟。

“幽默”不是谩骂，也不是讥刺。幽默是冷隽，然而在冷隽背后与里面有“热”。（林琴南译狄更斯的《块肉余生》[①]里富有真的幽默。）

悲剧和幽默都是“重新估定人生价值”的，一个是肯定超越平凡人生的价值，一个是在平凡人生里肯定深一层的价值，两者都是给人生以“深度”的。

莎士比亚以最客观的慧眼笼罩人类，同情一切，他是最伟大的悲剧家，然而他的作品里充满着何等丰富深沉的“黄金的幽默”。

以悲剧情绪透入人生，

以幽默情绪超脱人生，

是两种意义的人生态度。

---

① 《块肉余生》即英国作家狄更斯的《大卫·科波菲尔》。——编者注

㊁辑 东方灵韵之美

澄观一心而腾踔万象，是意境创造的始基，
鸟鸣珠箔，群花自落，是意境表现的圆成。

中国文化的美丽精神往哪里去？

印度诗哲泰戈尔，在国际大学中国学院的小册里，曾说过这几句话："世界上还有什么事情，比中国文化的美丽精神更值得宝贵的？中国文化使人民喜爱现实世界，爱护备至，却又不致现实得不近情理！他们已本能地找到了事物的旋律的秘密。不是科学权力的秘密，而是表现方法的秘密。这是极其伟大的一种天赋。因为只有上帝知道这种秘密。我实妒忌他们有此天赋，并愿我们的同胞亦能共享此秘密。"

泰戈尔这几句话里，包含着极精深的观察与意见，值得我们细加考察。

先谈"中国人本能地找到了事物的旋律的秘密"。东西古代哲人，都曾仰观俯察探求宇宙的秘密。但希腊及西洋近代哲人倾向于拿逻辑的推理、数学的演绎、物理学的考察去把握宇宙间质力推移的规律，一方面满足我们理知了解的需要，一方面导引西洋人，去控制物力，发明机械，利用厚生。西洋思想最后所获着的是科学权力的秘密。

中国古代哲人却是拿着“默而识之”的观照态度，去体验宇宙间生生不已的节奏，泰戈尔所谓旋律的秘密。《论语》上载：

> 子曰：“予欲无言！”子贡曰：“子如不言，则小子何述焉？”子曰：“天何言哉？四时行焉，百物生焉，天何言哉？”

四时的运行，生育万物，对我们展示着天地创造性的旋律的秘密。一切在此中生长流动，具有节奏与和谐。古人拿音乐里的五声配合四时五行，拿十二律分配于十二月（《汉书·律历志》），使我们一岁中的生活融化在音乐的节奏中，从容不迫而感到内部有意义有价值，充实而美。不像现在大都市的居民灵魂里，孤独空虚。英国诗人艾略特有“荒原”的慨叹。

不但孔子，老子也从他高超严冷的眼里观照着世界的旋律。他说：“致虚极，守静笃，万物并作，吾以观其复！”

活泼的庄子也说他“静而与阴同德，动而与阳同波”，他把他的精神生命体合于自然的旋律。

孟子说他能“上下与天地同流”。荀子歌颂着天地的节奏：

“列星随旋，日月递照，四时代御，阴阳大化，风雨博施，万物各得其和而生，各得其养而成。”

我们不必多引了，我们已见到了中国古代哲人是“本能地找到了宇宙旋律的秘密”。而把这获得的至宝，渗透进我们的现实生活，使我们生活表现礼与乐里，创造社会的秩序与和谐。我们又把这旋律装饰到我们日用器皿上，使形下之器启示着形上之道（即生命的旋律）。中国古代艺术特色表现在他所创造的各种图案花纹里，而中国最光荣的绘画艺术，也还是从商周铜器图案、汉代砖瓦花纹里脱胎出来的呢！

“中国人喜爱现实世界，爱护备至，却又不致陷入现实得不近情理。”我们在新石器时代，从我们的日用器皿制出玉器，作为我们政治上、社会上及精神人格上美丽的象征物。我们在青铜时代也把我们的日用器皿，如烹饪的鼎、饮酒的爵等等，制造精美，竭尽当时的艺术技能，使它们成了天地境界的象征。我们对最现实的器具，赋予崇高的意义，优美的形式，使它们不仅仅是我们役使的工具，还是可以同我们对语、同我们情思往还的艺术境界。后来我们发展了瓷器（西人称我们是瓷国）。瓷器就是玉的精神的承续与光大，使我们在日常现实生活中能充满着玉的美。

但我们也曾得到过科学权力的秘密。我们有两大发明：火药同指南针。这两项发明到了西洋人手里，成就了他们控制世界的权力——陆上霸权与海上霸权，中国自己倒成了这霸权的牺牲品。我们发明火药，用来制造奇巧美丽的烟火和鞭炮，使我一般民众在一年劳苦休息的时候，新年及春节里，享受平民式的欢乐。我们发明指南针，并不曾向海上取霸权，却让风水先生勘定我们庙堂、居宅及坟墓的地位和方向，使我们生活中顶重要的“住”，能够选择优美适当的自然环境，“居之安而资之深”。我们到郊外，看那山环水抱的亭台楼阁，如入图画。中国建筑能与自然背景取得最完美的调协，而且用高耸天际的层楼飞檐及环拱柱廊、栏杆台阶的虚实节奏，昭示出这一片山水里潜流的旋律。

漆器也是我们最早的发明，使我们的日用器皿生光辉，有情韵。最近，沈福文君引用古代各时期图案花纹到他设计的漆器里，使我们再能有美丽的器皿点缀我们的生活，这是值得兴奋的事，但是要能有大量的价廉的生产，使一般人民都能在日常生活中时时接触趣味高超、形制优美的物质环境，这才是一个民族的文化水平的尺度。

中国民族很早发现了宇宙旋律及生命节奏的秘密，以和平的音乐的心境爱护现实，美化现实，因而轻视了科学工艺征服自然的权力。使我们不能解救贫弱的地位，在生存竞争剧烈的时代，受人侵略，受人欺侮，文化的美丽精神也不能长保了，灵魂里粗野了，卑鄙了，怯懦了，我们也现实得不近情理了。我们丧尽了生活里旋律的美（盲动而无秩序）、音乐的境界（人与人之间充满了猜忌、斗争）。一个最尊重乐教、最了解音乐价值的民族没有了音乐。这就是说没有了国魂，没有了构成生命意义、文化意义的高等价值。中国精神应该往哪里去?

近代西洋人把握科学权力的秘密，征服了自然，征服了科学落后的民族，但不肯体会人类全体共同生活的旋律美，不肯“参天地，赞化育”，提携全世界的生命，演奏壮丽的交响乐，感谢造化宣示给我们的创化机密，而以厮杀之声暴露人性的丑恶，西洋精神又要往哪里去?这都是引起我们惆怅、深思的问题。

中国艺术意境之诞生

引　言

世界是无穷尽的，生命是无穷尽的，艺术的境界也是无穷尽的。“适我无非新”（王羲之诗句），是艺术家对世界的感受。“光景常新”，是一切伟大作品的烙印。“温故而知新”，却是艺术创造与艺术批评应有的态度。历史上向前一步的进展，往往是伴着向后一步的探本穷源。李、杜的天才，不忘转益多师。16世纪的文艺复兴追摹着希腊，19世纪的浪漫主义憧憬着中古，20世纪的新派且溯源到原始艺术的浑朴天真。

现代的中国站在历史的转折点。新的局面必将展开。然而我们对旧文化的检讨，以同情的了解给予新的评价，也更形重要。就中国艺术方面——这中国文化史上最中心最有世界贡献的一方面——研寻其意境的特构，以窥探中国心灵的幽情壮采，也是民族文化的自省工作。希腊哲人对人生指示说：“认识你自己！”近代哲人对我们说：“改造这世界！”为了改造世界，我们先得认识。

一、意境的意义

龚定庵在北京，对戴醇士说：“西山有时渺然隔云汉外，有时苍然堕几榻前，不关风雨晴晦也！”西山的忽远忽近，不是物理上的远近，乃是心中意境的远近。

方士庶在《天慵庵随笔》里说：“山川草木，造化自然，此实境也。因心造境，以手运心，此虚境也。虚而为实，是在笔墨有无间——故古人笔墨具此山苍树秀，水活石润，于天地之外，别构一种灵奇。或率意挥洒，亦皆炼金成液，弃滓存精，曲尽蹈虚揖影之妙。”中国绘画的整个精粹在这几句话里。

恽南田《题洁庵图》说：“谛视斯境，一草一树，一丘一壑，皆洁庵（指唐洁庵）灵想之所独辟，总非人间所有。其意象在六合之表，荣落在四时之外。将以尻轮神马，御泠风以游无穷。真所谓藐姑射之山，汾水之阳，尘垢粃糠，绰约冰雪。时俗龌龊，又何能知洁庵游心之所在哉！”

画家诗人“游心之所在”，就是他独辟的灵境，创造的意象，作为他艺术创作的中心之中心。

什么是意境？人与世界接触，因关系的层次不同，可有五种境界：（1）为满足生理的物质的需要，而有功利境界；（2）因人群共存互爱的关系，而有伦理境界；（3）因人群组合互制的关系，而有政治境界；（4）因穷研物理，追求智慧，而有学术境界；（5）因欲返本归真，冥合天人，而有宗教境界。功利境界主于利，伦理境界主于爱，政治境界主于权，学术境界主于真，宗教境界主于神。但介乎后二者的中间，以宇宙人生的具体为对象，赏玩它的色相、秩序、节奏、和谐，借以窥见自我的最深心灵的反映；化实景而为虚境，创形象以为象征，使人类最高的心灵具体化、肉身化，这就是“艺术境界”。艺术境界主于美。

所以一切美的光是来自心灵的源泉：没有心灵的映射，是无所谓美的。瑞士思想家阿米尔（Amiel）说：

> 一片自然风景是一个心灵的境界。

中国大画家石涛也说：

> 山川使予代山川而言也。……山川与予神遇而迹化也。

艺术家以心灵映射万象，代山川而立言，他所表现的是主观的生命情调与客观的自然景象交融互渗，成就一个鸢飞鱼跃，活泼玲珑，渊然而深的灵境；这灵境就是构成艺术之所以为艺术的“意境”。（但在音乐和建筑，这时间中纯形式与空间中纯形式的艺术，却以非模仿自然的境相来表现人心中最深的不可名的意境，而舞蹈则又为综合时空的纯形式艺术，所以能为一切艺术的根本形态，这事后面再说到。）

意境是“情”与“景”（意象）的结晶品。王安石有一首诗：

杨柳鸣蜩绿暗，荷花落日红酣。

三十六陂春水，白头相见江南。

前三句全是写景，江南的艳丽的阳春，但着了末一句，全部景象遂笼罩上，啊，渗透进一层无边的惆怅，回忆的愁思和重逢的欣慰，情景交织，成了一首绝美的“诗”。

元人马东篱有一首《天净沙》小令：

枯藤老树昏鸦，

小桥流水人家，

古道西风瘦马。

夕阳西下——

断肠人在天涯！

也是前四句完全写景，着了末一句写情，全篇点化成一片哀愁寂寞，宇宙荒寒，怅触无边的诗境。

艺术的意境，因人因地因情因景的不同，现出种种色相，如摩尼珠，幻出多样的美。同是一个星天月夜的景，影映出几层不同的诗境：

元人杨载《宗阳宫望月》云：

大地山河微有影，九天风露寂无声。

明画家沈周《写怀寄僧》云：

明河有影微云外，清露无声万木中。

清人盛青嵝咏《白莲》云：

半江残月欲无影，一岸冷云何处香。

杨诗写涵盖乾坤的封建的帝居气概，沈诗写迥绝世尘的幽人境界，盛诗写风流蕴藉、流连光景的诗人胸怀。一主气象，一主幽思（禅境），一主情致。至于唐人陆龟蒙咏白莲的名句："无情有恨何人见，月晓风清欲堕时。"却系为花传神，偏于赋体，诗境虽美，主于咏物。

在一个艺术表现里情和景交融互渗，因而发掘出最深的情，一层比一层更深的情，同时也透入了最深的景，一层比一层更晶莹的景；景中全是情，情具象而为景，因而涌现了一个独特的宇宙，崭新的意象，为人类增加了丰富的想象，替世界开辟了新境，正如恽南田所说"皆灵想之所独辟，总非人间所有！"这是我的所谓"意境"。"外师造化，中得心源"，唐代画家张璪这两句训示，是这意境创现的基本条件。

二、意境与山水

元人汤采真说："山水之为物，禀造化之秀，阴阳晦冥，晴雨寒暑，朝昏昼夜，随形改步，有无穷之趣，自非胸中丘壑，汪汪洋洋，如万顷波，未易摹写。"

艺术意境的创构，是使客观景物做我主观情思的象征。我人心中情思起伏，波澜变化，仪态万千，不是一个固定的物象轮廓能够如量表出，只有大自然的全幅生动的山川草木，云烟明晦，才足以表象我们胸襟里蓬勃无尽的灵感气韵。恽南田题画说：“写此云山绵邈，代致相思，笔端丝纷，皆清泪也。”山水成了诗人画家抒写情思的媒介，所以中国画和诗，都爱以山水境界做表现和咏味的中心。和西洋自希腊以来拿人体做主要对象的艺术途径迥然不同。董其昌说得好：“诗以山川为境，山川亦以诗为境。”艺术家禀赋的诗心，映射着天地的诗心。(《诗纬》云：“诗者天地之心。”）山川大地是宇宙诗心的影现；画家诗人的心灵活跃，本身就是宇宙的创化，它的卷舒取舍，好似太虚片云，寒塘雁迹，空灵而自然！

三、意境创造与人格涵养

这种微妙境界的实现，端赖艺术家平素的精神涵养、天机的培植，在活泼泼的心灵飞跃而又凝神寂照的体验中突然地成就。元代大画家黄子久“终日只在荒山乱石，丛木深筱中坐，意态忽忽，人不测其为何。又每往泖中通海处看急流轰浪，虽风雨骤至，水怪悲诧而不顾”。宋画家米友仁说：“画之老境，于世海中一毛发事泊然无着染。每静室僧趺，忘怀万虑，与碧虚寥廓同其流。”黄子久以狄俄尼索斯（Dionysus）的热情深入宇宙的动象，米友仁却以阿波罗（Apollo）式的宁静涵映世界的广大精微，代表着艺术生活上两种最高精神形式。

在这种心境中完成的艺术境界自然能空灵动荡而又深沉幽渺。南唐董源说：“写江南山，用笔甚草草，近视之几不类物象，远视之则景物灿然，幽情远思，如睹异境。”艺术家凭借他深静的心襟，发现宇宙间深沉的境地；他们在大自然里“偶遇枯槎顽石，勺水疏林，都能以深情冷眼，求其幽意所在”。黄子久每教人作深潭，以杂树滃之，其造境可想。

所以艺术境界的显现，绝不是纯客观地机械地描摹自然，而以“心匠自得为高”（米芾语）。尤其是山川景物，烟云变灭，不可临摹，须凭胸臆的创构，才能把握全景。宋画家宋迪论作山水画说：

> 先当求一败墙，张绢素讫，朝夕视之。既久，隔素见败墙之上，高下曲折，皆成山水之象，心存目想：高者为山，下者为水，坎者为谷，缺者为涧，显者为近，晦者为远。神领意造，恍然见人禽草木飞动往来之象，了然在目，则随意命笔，默以神会，自然景皆天就，不类人为，是谓活笔。

他这段话很可以说明中国画家所常说的“丘壑成于胸中，

既寤发之于笔墨”，这和西洋印象派画家莫奈（Monet）早、午、晚三时临绘同一风景至于十余次，刻意写实的态度，迥不相同。

四、禅境的表现

中国艺术家何以不满于纯客观的机械式的模写？因为艺术意境不是一个单层的平面的自然的再现，而是一个境界层深的创构。从直观感相的模写，活跃生命的传达，到最高灵境的启示，可以有三层次。蔡小石在《拜石山房词》序里形容词里面的这三境层极为精妙：

> 夫意以曲而善托，调以杳而弥深。始读之则万萼春深，百色妖露，积雪缟地，余霞绮天，一境也。（这是直观感相的渲染）再读之则烟涛澒洞，霜飙飞摇，骏马下坡，泳鳞出水，又一境也。（这是活跃生命的传达）卒读之而皎皎明月，仙仙白云，鸿雁高翔，坠叶如雨，不知其何以冲然而澹，翛然而远也。（这是最高灵境的启示）

江顺贻评之曰：“始境，情胜也。又境，气胜也。终境，格胜也。”“情”是心灵对于印象的直接反映，“气”是“生气远出”的生命，“格”是映射着人格的高尚格调。西洋艺术里面的印象主义、写实主义，是相等于第一境层。浪漫主义倾向于生命音乐性的奔放表现，古典主义倾向于生命雕像式的清明启示，都相当于第二境层。至于象征主义、表现主义、后期印象派，它们的旨趣在于第三境层。

而中国自六朝以来，艺术的理想境界却是“澄怀观道”（晋宋画家宗炳语），在拈花微笑里领悟色相中微妙至深的禅境。如冠九在《都转心庵词序》说得好：

> “明月几时有”词而仙者也。“吹皱一池春水”词而禅者也。仙不易学而禅可学。学矣而非栖神幽遐，涵趣寥旷，通拈花之妙悟，穷非树之奇想，则动而为沾滞之音矣。其何以澄观一心而腾踔万象。是故词之为境也，空潭印月，上下一澈，屏知识也。清馨出尘，妙香远闻，参净因也。鸟鸣珠箔，群花自落，超圆觉也。

澄观一心而腾踔万象，是意境创造的始基，鸟鸣珠箔，群花自落，是意境表现的圆成。

绘画里面也能见到这意境的层深。明画家李日华在《紫桃轩杂缀》里说：

凡画有三次。一曰身之所容。凡置身处非邃密，即旷朗水边林下、多景所凑处是也。（按：此为身边近景）二曰目之所瞩。或奇胜，或渺迷，泉落云生，帆移鸟去是也。（按：此为眺瞩之景）三曰意之所游。目力虽穷而情脉不断处是也。（按：此为无尽空间之远景）然又有意有所忽处，如写一树一石，必有草草点染取态处。（按：此为有限中见取无限，传神写生之境）写长景必有意到笔不到，为神气所吞处，是非有心于忽，盖不得不忽也。（按：此为借有限以表现无限，造化与心源合一，一切形象都形成了象征境界）其于佛法相宗所云极迥色极略色之谓也。

于是绘画由丰满的色相达到最高心灵境界，所谓禅境的表现，种种境层，以此为归宿。戴醇士曾说：“恽南田以‘落叶聚还散，寒鸦栖复惊’（李白诗句），品一峰（黄子久）笔，是所谓孤蓬自振，惊沙坐飞，画也而几乎禅矣！”禅是动中的极静，也是静中的极动，寂而常照，照而常寂，动静不二，直探生命的本原。禅是中国人接触佛教大乘义后体认到自己心灵的深处而灿烂地发挥到哲学境界与艺术境界。静穆的观照和飞跃的生命构成艺术的两元，也是构成“禅”的心灵状态。《雪堂和尚拾遗录》里说：“舒州太平灯禅师颇习经论，傍教说禅。

白云演和尚以偈寄之曰：‘白云山头月，太平松下影，良夜无狂风，都成一片境。’灯得偈颂之，未久，于宗门方彻渊奥。”禅境借诗境表达出来。

所以中国艺术意境的创成，既须得屈原的缠绵悱恻，又须得庄子的超旷空灵。缠绵悱恻，才能一往情深，深入万物的核心，所谓“得其环中”。超旷空灵，才能如镜中花，水中月，羚羊挂角，无迹可寻，所谓“超以象外”。色即是空，空即是色，色不异空，空不异色，这不但是盛唐人的诗境，也是宋元人的画境。

五、道、舞、空白：中国艺术意境结构的特点

庄子是具有艺术天才的哲学家，对于艺术境界的阐发最为精妙。在他是“道”，这形而上原理，和“艺”，能够体合无间。“道”的生命进乎技，“技”的表现启示着“道”。在《养生主》里他有一段精彩的描写：

> 庖丁为文惠君解牛，手之所触，肩之所倚，足之所履，膝之所踦，砉然响然，奏刀騞然，若不中音。合于《桑林》之舞，乃中《经首》（尧乐章）之会。文惠君曰：“嘻，善哉！技盖至此乎？”庖丁释刀对曰：“臣之所好者道也，

进乎技矣。始臣之解牛之时，所见无非牛者；三年之后，未尝见全牛也；方今之时，臣以神遇而不以目视，官知止而神欲行。依乎天理，批大郤，导大窾，因其固然。枝经肯綮之未尝，而况大軱乎！良庖岁更刀，割也；族庖月更刀，折也。今臣之刀十九年矣，所解数千牛矣，而刀刃若新发于硎。彼节者有间而刀刃者无厚，以无厚入有间，恢恢乎其于游刃必有余地矣。是以十九年而刀刃若新发于硎。虽然，每至于族（交错聚结处），吾见其难为，怵然为戒，视为止，行为迟，动刀甚微，謋然已解，如土委地。提刀而立，为之四顾，为之踌躇满志。善刀而藏之。”文惠君曰：“善哉，吾闻庖丁之言，得养生焉。”

“道”的生命和“艺”的生命，游刃于虚，莫不中音，合于桑林之舞，乃中经首之会。音乐的节奏是它们的本体。所以儒家哲学也说：“大乐与天地同和，大礼与天地同节。”《易》云：“天地絪蕴，万物化醇。”这生生的节奏是中国艺术境界的最后源泉。石涛题画云：“天地氤氲秀结，四时朝暮垂垂，透过鸿蒙之理，堪留百代之奇。”艺术家要在作品里把握到天地境界！德国诗人诺瓦利斯（Novalis）说：“混沌的眼，透过秩序的网幕，闪闪地发光。”石涛也说：“在于墨海中立定精神，笔锋下决出生活，尺幅上换去毛骨，混沌里放出光明。”艺术要刊落一切表皮，呈显物的晶莹真境。

艺术家经过“写实”“传神”到“妙悟”境内，由于妙悟，他们“透过鸿蒙之理，堪留百代之奇”。这个使命是够伟大的！

那么艺术意境之表现于作品，就是要透过秩序的网幕，使鸿濛之理闪闪发光。这秩序的网幕是由各个艺术家的意匠组织线、点、光、色、形体、声音或文字成为有机谐和的艺术形式，以表出意境。

因为这意境是艺术家的独创，是从他最深的“心源”和“造化”接触时突然的领悟和震动中诞生的，它不是一味客观的描绘，像一照相机的摄影。所以艺术家要能拿特创的“秩序的网幕”来把住那真理的闪光。音乐和建筑的秩序结构，尤能直接地启示宇宙真体的内部和谐与节奏，所以一切艺术趋向音乐的状态、建筑的意匠。

然而，尤其是“舞”，这最高度的韵律、节奏、秩序、理性，同时是最高度的生命、旋动、力、热情，它不仅是一切艺术表现的究竟状态，且是宇宙创化过程的象征。艺术家在这时失落自己于造化的核心，沉冥入神，“穷元妙于意表，合神变乎天机”（唐代大批评家张彦远论画语）。“是有真宰，与之浮沉”（司空图《诗品》语），从深不可测的玄冥的体验中升化而出，行神如空，行气如虹。在这时只有“舞”，这最紧密的律法和最热烈的旋动，能使这深不可测的玄冥的境界具象化、肉身化。

在这舞中，严谨如建筑的秩序流动而为音乐，浩荡奔驰的生命收敛而为韵律。艺术表演着宇宙的创化。所以唐代大书法家张旭见公孙大娘剑器舞而悟笔法，大画家吴道子请裴将军舞剑以助壮气说：“庶因猛厉以通幽冥！”郭若虚的《图画见闻志》上说：

> 唐开元中，将军裴旻居丧，诣吴道子，请于东都天宫寺画神鬼数壁，以资冥助。道子答曰：“吾画笔久废，若将军有意，为吾缠结，舞剑一曲，庶因猛厉以通幽冥！”旻于是脱去缞服，若常时装束，走马如飞，左旋右转，掷剑入云，高数十丈，若电光下射。旻引手执鞘承之，剑透室而入。观者数千人，无不惊栗。道子于是援毫图壁，飒然风起，为天下之壮观。道子平生绘事，得意无出于此。

诗人杜甫形容诗的最高境界说：“精微穿溟涬，飞动摧霹雳。”（《夜听许十一诵诗爱而有作》）前句是写沉冥中的探索，透进造化的精微的机缄，后句是指着大气盘旋的创造，具象而成飞舞。深沉的静照是飞动的活力的源泉。反过来说，也只有活跃的具体的生命舞姿、音乐的韵律、艺术的形象，才能使静照中的“道”具象化、肉身化。德国诗人荷尔德林（Hoerdelin）有两句诗含义极深：

谁沉冥到
那无边际的“深”，
将热爱着
这最生动的“生”。

他这话使我们突然省悟中国哲学境界和艺术境界的特点。中国哲学是就“生命本身”体悟“道”的节奏。“道”具象于生活、礼乐制度。道尤表象于“艺”。灿烂的“艺”赋予“道”以形象和生命，“道”给予“艺”以深度和灵魂。庄子《天地》篇有一段寓言说明只有艺“象罔”才能获得道真“玄珠”：

> 黄帝游乎赤水之北，登乎昆仑之丘而南望。还归，遗其玄珠。（司马彪云：玄珠，道真也）使知（理智）索之而不得，使离朱（色也，视觉也）索之而不得，使喫诟（言辩也）索之而不得也。乃使象罔，象罔得之。黄帝曰：“异哉！象罔乃可以得之乎？”

吕惠卿注释得好："象则非无，罔则非有，不皦不昧，玄珠之所以得也。"非无非有，不皦不昧，这正是艺术形象的象征作用。"象"是境相，"罔"是虚幻，艺术家创造虚幻的境相以象征宇宙人生的真际。真理闪耀于艺术形象里，玄珠的𬭬于象罔里。歌德曾说："真理和神性一样，是永不肯让我们直接识知的。我们只能在反光、譬喻、象征里面观照它。"又说："在璀璨的反光里面我们把握到生命。"生命在他就是宇宙真际。他在《浮士德》里面的诗句"一切消逝者，只是一象征"，更说明"道""真的生命"是寓在一切变灭的形象里。英国诗人布莱克的一首诗说得好：

一花一世界，一沙一天国，
君掌盛无边，刹那含永劫。

这诗和中国宋僧道璨的重阳诗句"天地一东篱，万古一重九"，都能喻无尽于有限，一切生灭者象征着永恒。

人类这种最高的精神活动，艺术境界与哲理境界，是诞生于一个最自由最充沛的深心的自我。这充沛的自我，真力弥满，万象在旁，掉臂游行，超脱自在，需要空间，供他活动。于是"舞"是它最直接、最具体的自然流露。"舞"是中国一切艺术境界的典型。中国的书法、画法都趋向飞舞。庄严的建筑也有飞檐表现着舞姿。杜甫《观公孙大娘弟子舞剑器行》首段云：

> 昔有佳人公孙氏，一舞剑器动四方。
> 观者如山色沮丧，天地为之久低昂。

天地是舞，是诗（诗者天地之心），是音乐（大乐与天地同和）。中国绘画境界的特点建筑在这上面。画家解衣盘礴，面对着一张空白的纸（表象着舞的空间），用飞舞的草情篆意谱出宇宙万形里的音乐和诗境。照相机所摄万物形体的底层在纸上是构成一片黑影。物体轮廓线内的纹理形象模糊不清。山上草树崖石不能生动地表出他们的脉络姿态。只在大雪之后，崖石轮廓林木枝干才能显出它们各自的奕奕精神性格，恍如铺垫了一层空白纸，使万物以嵯峨突兀的线纹呈露它们的绘画状态。所以中国画家爱写雪景（王维），这里是天开图画。

中国画家面对这幅空白，不肯让物的底层黑影填实了物体的“面”，取消了空白，像西洋油画；所以直接地在这一片虚白上挥毫运墨，用各式皴纹表出物的生命节奏。（石涛说：“笔之于皴也，开生面也。”）同时借取书法中的草情篆意或隶体表达自己心中的韵律，所绘出的是心灵所直接领悟的物态天趣，造化和心灵的凝合。自由潇洒的笔墨，凭线纹的节奏，色彩的韵律，开径自行，养空而游，蹈光揖影，抟虚成实。（参看本文正文第二段引方士庶语）

庄子说："虚室生白。"又说："唯道集虚。"中国诗词文章里都着重这空中点染，抟虚成实的表现方法，使诗境、词境里面有空间，有荡漾，和中国画面具同样的意境结构。

中国特有的艺术——书法，尤能传达这空灵动荡的意境。唐张怀瓘在他的《评书药石论》里形容王羲之的用笔说："一点一画，意态纵横，偃亚中间，绰有余裕。然字峻秀，类于生动，幽若深远，焕若神明，以不测为量者，书之妙也。"在这里，我们见到书法的妙境通于绘画，空灵中传出动荡，神明里透出幽深，超以象外，得其环中，是中国艺术的一切造境。

王船山在《诗绎》里说："论画者曰，咫尺有万里之势，一势字宜着眼。若不论势，则缩万里于咫尺，直是《广舆记》前一天下图耳。五言绝句以此为落想时第一义。唯盛唐人能得其妙。如'君家何处住？妾住在横塘。停船暂借问，或恐是同乡'，墨气所射，四表无穷，无字处皆其意也！"高日甫论画歌曰："即其笔墨所未到，亦有灵气空中行。"笪重光说："虚实相生，无画处皆成妙境。"三人的话都是注意到艺术境界里的虚空要素。中国的诗词、绘画、书法里，表现着同样的意境结构，代表着中国人的宇宙意识。盛唐王、孟派的诗固多空花水月的禅境；北宋人词空中荡漾，绵渺无际；就是南宋词人姜白石的“二十四桥仍在，波心荡、冷月无声”，周草窗的“看画船尽入西泠，闲却半湖春色”，也能以空虚衬托实景，墨气所射，四表无穷。但就它渲染的境象说，还是不及唐人绝句能“无字处皆其意”，更为高绝。中国人对“道”的体验，是“于空寂处见流行，于流行处见空寂”，唯道集虚，体用不二，这构成中国人的生命情调和艺术意境的实相。

王船山又说：“工部（杜甫）之工在即物深致，无细不章。右丞（王维）之妙，在广摄四旁，圜中自显。”又说：“右丞妙手能使在远者近，抟虚成实，则心自旁灵，形自当位。”这话极有意思。“心自旁灵”表现于“墨气所射，四表无穷”“形自当位”，是“咫尺有万里之势”。“广摄四旁，圜中自显”“使在远者近，抟虚成实”，这正是大画家大诗人王维创造意境的手法，代表着中国人于空虚中创现生命的流行，絪缊的气韵。

王船山论到诗中意境的创造，还有一段精深微妙的话，使我们领悟“中国艺术意境之诞生”的终极根据。他说：“唯此窅窅摇摇之中，有一切真情在内，可兴可观，可群可怨，是以有取于诗。然因此而诗则又往往缘景缘事，缘以往缘未来，经年苦吟，而不能自道。以追光蹑影之笔，写通天尽人之怀，是诗家正法眼藏。”“以追光蹑影之笔，写通天尽人之怀”，这两句话表出中国艺术的最后的理想和最高的成就。唐宋人诗词是这样，宋元人的绘画也是这样。

尤其是在宋元人的山水花鸟画里，我们具体地欣赏到这“追光蹑影之笔，写通天尽人之怀”。画家所写的自然生命，集中在一片无边的虚白上。空中荡漾着“视之不见、听之不闻、搏之不得”的“道”，老子名之为“夷”“希”“微”。在这一片虚白上幻现的一花一鸟、一树一石、一山一水，都负荷着无限的深意、无边的深情。（画家、诗人对万物一视同仁，往往很远的微小的一草一石，都用工笔画出，或在逸笔撇脱中表出微茫惨淡的意趣）万物浸在光被四表的神的爱中，宁静而深沉。深，像在一和平的梦中，给予观者的感受是一澈透灵魂的安慰和惺惺的微妙的领悟。

中国画的用笔，从空中直落，墨花飞舞，和画上虚白，融成一片，画境恍如“一片云，因日成彩，光不在内，亦不在外，既无轮廓，亦无丝理，可以生无穷之情，而情了无寄”（借王船山评王俭《春诗》绝句语）。中国画的光是动荡着全幅画面的一种形而上的、非写实的宇宙灵气的流行，贯彻中边，往复上下。古绢的黯然而光尤能传达这种神秘的意味。西洋传统的油画填没画底，不留空白，画面上动荡的光和气氛仍是物理的目睹的实质，而中国画上画家用心所在，正在无笔墨处，无笔墨处却是飘渺天倪，化工的境界。（即其笔墨所未到，亦有灵气空中行）这种画面的构造是植根于中国心灵里葱茏细缊，蓬勃生发的宇宙意识。王船山说得好：“两间之固有者，自然之华，因流动生变而成绮丽，心目之所及，文情赴之，貌其本荣，如所存而显之，即以华奕照耀，动人无际矣！”这不是唐诗宋画给予我们的印象吗？

中国人爱在山水中设置空亭一所。戴醇士说：“群山郁苍，群木荟蔚，空亭翼然，吐纳云气。”一座空亭竟成为山川灵气动荡吐纳的交点和山川精神聚积的处所。倪云林每画山水，多置空亭，他有“亭下不逢人，夕阳澹秋影”的名句。张宣题倪画《溪亭山色图》诗云：“石滑岩前雨，泉香树杪风，江山无限景，都聚一亭中。”苏东坡《涵虚亭》诗云：“唯有此亭无一物，坐观万景得天全。”唯道集虚，中国建筑也表现着中国人的宇宙意识。

空寂中生气流行，鸢飞鱼跃，是中国人艺术心灵与宇宙意象“两镜相入”互摄互映的华严境界。倪云林诗云：

兰生幽谷中，倒影还自照。

无人作妍媛，春风发微笑。

希腊神话里水仙之神（Narciss）临水自鉴，眷恋着自己的仙姿，无限相思，憔悴以死。中国的兰生幽谷，倒影自照，孤芳自赏，虽感空寂，却有春风微笑相伴，一呼一吸，宇宙息息相关，悦怿风神，悠然自足。（中西精神的差别相）

艺术的境界，既使心灵和宇宙净化，又使心灵和宇宙深化，使人在超脱的胸襟里体味到宇宙的深境。

唐朝诗人常建的《江上琴兴》一诗最能写出艺术（琴声）这净化深化的作用：

江上调玉琴，一弦清一心。
泠泠七弦遍，万木澄幽阴。
能使江月白，又令江水深。
始知梧桐枝，可以徽黄金。

中国文艺里意境高超莹洁而具有壮阔幽深的宇宙意识生命情调的作品也不可多见。我们可以举出宋人张于湖的一首词来，他的《念奴娇·过洞庭》词云：

洞庭青草，近中秋、更无一点风色。玉鉴琼田三万顷，著我扁舟一叶。素月分晖，明河共影，表里俱澄澈。悠悠心会，妙处难与君说。

应念岭表经年，孤光自照，肝胆皆冰雪。短发萧骚襟袖冷，稳泛沧溟空阔。尽挹西江，细斟北斗，万象为宾客。（对空间之超脱）叩舷独啸，不知今夕何夕！（对时间之超脱）

这真是“雪涤凡响，棣通太音，万尘息吹，一真孤露。”笔者自己也曾写过一首小诗，希望能传达中国心灵的宇宙情调，不揣陋劣，附在这里，借供参证：

飙风天际来，绿压群峰暝。
云罅漏夕晖，光写一川冷。
悠悠白鹭飞，淡淡孤霞迥。
系缆月华生，万象浴清影。

——《柏溪夏晚归棹》

艺术的意境有它的深度、高度、阔度。杜甫诗的高、大、深，俱不可及。“吐弃到人所不能吐弃为高，含茹到人所不能含茹为大，曲折到人所不能曲折为深。”（刘熙载评杜甫诗语）叶梦得《石林诗话》里也说：“禅家有三种语，老杜诗亦然。如‘波漂菰米沉云黑，露冷莲房坠粉红’，为函盖乾坤语。‘落花游丝白日静，鸣鸠乳燕青春深’，为随波逐浪语。‘百年地僻柴门迥，五月江深草阁寒’，为截断众流语。”函盖乾坤是大，随波逐浪是深，截断众流是高。李太白的诗也具有这高、深、大。但太白的情调较偏向于宇宙境象的大和高。太白登华山落雁峰，说：“此山最高，呼吸之气，想通帝座，恨不携谢朓惊人句来，搔首问青天耳！”（《唐语林》）杜甫则“直取性情真”（杜甫诗句），他更能以深情掘发人性的深度，他具有但丁的沉着的热情和歌德的具体表现力。

李、杜境界的高、深、大，王维的静远空灵，都植根于一个活跃的、至动而有韵律的心灵。承继这心灵，是我们深衷的喜悦。

论《世说新语》与晋人的美

汉末魏晋六朝是中国政治上最混乱、社会上最苦痛的时代，然而却是精神史上极自由、极解放，最富于智慧、最浓于热情的一个时代。因此也就是最富有艺术精神的一个时代。王羲之父子的字，顾恺之和陆探微的画，戴逵和戴颙的雕塑，嵇康的《广陵散》（琴曲），曹植、阮籍、陶潜、谢灵运、鲍照、谢朓的诗，郦道元、杨衒之的写景文，云岗、龙门壮伟的造像，洛阳和南朝的闳丽的寺院，无不是光芒万丈，前无古人，奠定了后代文学艺术的根基与趋向。

这时代以前——汉代——在艺术上过于质朴，在思想上定于一尊，统治于儒教；这时代以后——唐代——在艺术上过于成熟，在思想上又入于儒、佛、道三教的支配。只有这几百年间是精神上的大解放、人格上思想上的大自由。人心里面的美与丑、高贵与残忍、圣洁与恶魔，同样发挥到了极致。这也是中国周秦诸子以后第二度的哲学时代，一些卓超的哲学天才——佛教的大师，也是生在这个时代。

这是中国人生活史里点缀着最多的悲剧，富于命运的罗曼司的一个时期，八王之乱、五胡乱华、南北朝分裂，酿成社会秩序的大解体，旧礼教的总崩溃、思想和信仰的自由、艺术创造精神的勃发，使我们联想到西欧16世纪的“文艺复兴”。这是强烈、矛盾、热情、浓于生命彩色的一个时代。

但是西洋“文艺复兴”的艺术（建筑、绘画、雕刻）所表现的美是浓郁的、华贵的、壮硕的；魏晋人则倾向简约玄澹，超然绝俗的哲学的美，晋人的书法是这美的最具体的表现。

这晋人的美，是这全时代的最高峰。《世说新语》一书记述得挺生动，能以简劲的笔墨画出它的精神面貌、若干人物的性格、时代的色彩和空气。文笔的简约玄澹尤能传神。撰述人刘义庆生于晋末，注释者刘孝标也是梁人；当时晋人的流风余韵犹未泯灭，所述的内容，至少在精神的传模方面，离真象不远（唐修《晋书》也多取材于它）。

要研究中国人的美感和艺术精神的特性，《世说新语》一书里有不少重要的资料和启示，是不可忽略的。今就个人读书札记粗略举出数点，以供读者参考，详细而有系统的发挥，则有待于将来。

（一）魏晋人生活上、人格上的自然主义和个性主义，解脱了汉代儒教统治下的礼法束缚，在政治上先已表现于曹操那种超道德观念的用人标准。一般知识分子多半超脱礼法观点直接欣赏人格个性之美，尊重个性价值。桓温问殷浩曰："卿何如我？"殷答曰："我与我周旋久，宁作我！"这种自我价值的发现和肯定，在西洋是文艺复兴以来的事。而《世说新语》上第六篇《雅量》、第七篇《识鉴》、第八篇《赏誉》、第九篇《品藻》、第十篇《容止》，都系鉴赏和形容"人格个性之美"的。而美学上的评赏，所谓"品藻"的对象乃在"人物"。中国美学竟是出发于"人物品藻"之美学。美的概念、范畴、形容词，发源于人格美的评赏。"君子比德于玉"，中国人对于人格美的爱赏渊源极早，而品藻人物的空气，已盛行于汉末。到"世说新语时代"则登峰造极了（《世说》载："温太真是过江第二流之高者。时名辈共说人物，第一将尽之间，温常失色。"即此可见当时人物品藻在社会上的势力）。

中国艺术和文学批评的名著，谢赫的《画品》，袁昂、庾肩吾的《画品》、钟嵘的《诗品》、刘勰的《文心雕龙》，都产生在这热闹的品藻人物的空气中。后来唐代司空图的《二十四品》，乃集我国美感范畴之大成。

（二）山水美的发现和晋人的艺术心灵。《世说》载东晋画家顾恺之从会稽还，人问山水之美，顾云：“千岩竞秀，万壑争流，草木蒙笼其上，若云兴霞蔚。”这几句话不是后来五代北宋荆（浩）、关（同）、董（源）、巨（然）等山水画境界的绝妙写照吗？中国伟大的山水画的意境，已包具于晋人对自然美的发现中了！而《世说》载简文帝入华林园，顾谓左右曰：“会心处不必在远，翳然林水，便自有濠濮间想也。觉鸟兽禽鱼自来亲人。”这不又是元人山水花鸟小幅，黄大痴、倪云林、钱舜举、王若水的画境吗？（中国南宗画派的精意在于表现一种潇洒胸襟，这也是晋人的流风余韵。）

晋宋人欣赏山水，由实入虚，即实即虚，超入玄境。当时画家宗炳云：“山水质有而趣灵。”诗人陶渊明有“采菊东篱下，悠然见南山”“此中有真意，欲辨已忘言”；谢灵运有“溟涨无端倪，虚舟有超越”；以及袁彦伯有“江山辽落，居然有万里之势”。王右军与谢太傅共登冶城，谢悠然远想，有高世之志。荀中郎登北固望海云：“虽未睹三山，便自使人有凌云意。”晋宋人欣赏自然，有“目送归鸿，手挥五弦”的超然玄远的意趣。这使中国山水画自始即是一种“意境中的山水”。宗炳画所游山水悬于室中，对之云：“抚琴动操，欲令众山皆响！”郭景纯有诗句曰“林无静树，川无停流”，阮孚评之云：“泓峥萧瑟，实不可言，每读此文，辄觉神超形越。”这玄远幽深的哲学意味深透在当时人的美感和自然欣赏中。

晋人以虚灵的胸襟、玄学的意味体会自然，乃能表里澄澈，一片空明，建立最高的晶莹的美的意境！司空图《诗品》里曾形容艺术心灵为“空潭泻春，古镜照神”，此境晋人有之：

王羲之曰：“从山阴道上行，如在镜中游！”

心情的朗澄，使山川影映在光明净体中！

王司州（修龄）至吴兴印渚中看，叹曰：“非唯使人情开涤，亦觉日月清朗！”

司马太傅（道子）斋中夜坐，于时天月明净，都无纤翳，太傅叹以为佳。谢景重在坐，答曰：“意谓乃不如微云点缀。”太傅因戏谢曰：“卿居心不净，乃复强欲滓秽太清邪？”

这样高洁爱赏自然的胸襟，才能够在中国山水画的演进中产生元人倪云林那样“洗尽尘滓，独存孤迥”“潜移造化而与天游”“乘云御风，以游于尘壒之表”（皆恽南田评倪画语）的人，创立一个玉洁冰清，宇宙般幽深的山水灵境。晋人的美的理想，很可以注意的，是显著的追慕着光明鲜洁，晶莹发亮的意象。他们赞赏人格美的形容词像“濯濯如春月柳”“轩轩如朝霞举”“清风朗月”“玉山”“玉树”“磊砢而英多”“爽朗清举”，都是一片光亮意象。甚至于殷仲堪死后，殷仲文称他“虽不能休明一世，足以映彻九泉”。形容自然界的如“清露晨流，新桐初引”。形容建筑的如“遥望层城，丹楼如霞”。庄子的理想人格“藐姑射仙人，绰约若处子，肌肤若冰雪”，不是这晋人的美的意象的源泉吗？桓温谓谢尚“企脚北窗下，弹琵琶，故自有天际真人想”。天际真人是晋人理想的人格，也是理想的美。

晋人风神潇洒，不滞于物，这优美的自由的心灵找到一种最适宜于表现他自己的艺术，这就是书法中的行草。行草艺术纯系一片神机，无法而有法，全在于下笔时点画自如，一点一拂皆有情趣，从头至尾，一气呵成，如天马行空，游行自在。又如庖丁之中肯綮，神行于虚。这种超妙的艺术，只有晋人萧散超脱的心灵，才能心手相应，登峰造极。魏晋书法的特色，是能尽各字的真态。“钟繇每点多异，羲之万字不同”“晋人结字用理，用理则从心所欲不逾矩”。唐张怀瓘《书议》评王献之书云：“子敬之法，非草非行，流便于行草；又处于其中间，无借因循，宁拘制则，挺然秀出，务于简易。情驰神纵，超逸优游，临事制宜，从意适便。有若风行雨散，润色开花，笔法体势之中，最为风流者也！逸少秉真行之要，子敬执行草之权，父之灵和，子之神俊，皆古今之独绝也。”他这一段话不但传出行草艺术的真精神，且将晋人这自由潇洒的艺术人格形容尽致。中国独有的美术书法——这书法也是中国绘画艺术的灵魂——是从晋人的风韵中产生的。魏晋的玄学使晋人得到空前绝后的精神解放，晋人的书法是这自由的精神人格最具体最适当的艺术表现。这抽象的音乐似的艺术才能表达出晋人的空灵的玄学精神和个性主义的自我价值。欧阳修云：“余尝喜览魏晋以来笔墨遗迹，而想前人之高致也！所谓法帖者，其事率皆吊哀候病，叙睽离，通讯问，施于家人朋友之间，不过数行而已。盖其初非用意，而逸笔余兴，淋漓挥洒，或妍或丑，百态横生，披卷发函，烂然在目，使骤见惊绝，徐而视之，其意态如无穷尽，使后世得之，以为奇玩，而想见其为人也！”个性价值之发现，是“世说新语时代”的最大贡献，而晋人的书法是这个性主义的代表艺术。到了隋唐，晋人书艺中的“神理”凝成了“法”，于是“智永精熟过人，惜无奇态矣”。

（三）晋人艺术境界造诣的高，不仅是基于他们的意趣超越，深入玄境，尊重个性，生机活泼，更主要的还是他们的“一往情深”！无论对于自然，对探求哲理，对于友谊，都有可述：

王子敬云：“从山阴道上行，山川自相映发，使人应接不暇。若秋冬之际，尤难为怀。”

好一个“秋冬之际，尤难为怀”！

卫玠总角时，问乐令梦，乐云：“是想。”卫曰：“形神所不接而梦，岂是想邪？”乐云：“因也。未尝梦乘车入鼠穴、捣齑啖铁杵，皆无想无因故也。”卫思因经日不得，遂成病。乐闻，故命驾为剖析之，卫即小差。乐叹曰：“此儿胸中当必无膏肓之疾。”

卫玠姿容极美，风度翩翩，而因思索玄理不得，竟至成病，这不是柏拉图所说的富有“爱智的热情”吗？

晋人虽超，未能忘情，所谓“情之所钟，正在我辈”（王戎语），是哀乐过人，不同流俗。尤以对于朋友之爱，里面富有人格美的倾慕。《世说》中《伤逝》一篇记述颇为动人。庾亮死，何扬州临葬云：“埋玉树著土中，使人情何能已已！”伤逝中犹具悼惜美之幻灭的意思。

顾长康（恺之）拜桓宣武墓，作诗云：“山崩溟海竭，鱼鸟将何依！”人问之曰：“卿凭重桓乃尔，哭之状其可见乎？”顾曰：“鼻如广莫长风，眼如悬河决溜。”

顾彦先平生好琴，及丧，家人常以琴置灵床上。张季鹰往哭之，不胜其恸，遂径上床，鼓琴，作数曲竟，抚琴曰：“顾彦先颇复赏此否？”因又大恸，遂不执孝子手而出。

桓子野每闻清歌，辄唤“奈何！”谢公闻之，曰：“子野可谓一往有深情。”

王长史登茅山，大恸哭曰：“琅琊王伯舆，终当为情死！”

阮籍时率意独驾，不由路径，车迹所穷，辄痛哭而返。

深于情者，不仅对宇宙人生体会到至深的无名的哀感，扩而充之，可以成为耶稣、释迦的悲天悯人；就是快乐的体验也是深入肺腑，惊心动魄；浅俗薄情的人，不仅不能深哀，且不知所谓真乐：

王右军既去官，与东土人士营山水弋钓之乐。游名山，泛沧海，叹曰：“我卒当以乐死！”

晋人富于这种宇宙的深情，所以在艺术文学上有那样不可企及的成就。顾恺之有三绝：画绝、才绝、痴绝。其痴尤不可及！陶渊明的纯厚天真与侠情，也是后人不能到处。

晋人向外发现了自然，向内发现了自己的深情。山水虚灵化了，也情致化了。陶渊明、谢灵运这般人的山水诗那样的好，是由于他们对于自然有那一股新鲜发现时身入化境浓酣忘我的趣味；他们随手写来，都成妙谛，境与神会，真气扑人。谢灵运的“池塘生春草”也只是新鲜自然而已。然而扩而大之，体而深之，就能构成一种泛神论宇宙观，作为艺术文学的基础。孙绰《天台山赋》云：“恣语乐以终日，等寂默于不言，浑万象以冥观，兀同体于自然。”又云：“游览既周，体静心闲，害马已去，世事都捐，投刃皆虚，目牛无全，凝想幽岩，朗咏长川。”在这种深厚的自然体验下，产生了王羲之的《兰亭序》，鲍照《登大雷岸寄妹书》，陶弘景、吴均的《叙景短札》，郦道元的《水经注》。这些都是最优美的写景文学。

（四）我说魏晋时代人的精神是最哲学的，因为是最解放的、最自由的。支道林好鹤，“往剡东岇山，有人遗其双鹤。少时翅长欲飞。支意惜之，乃铩其翮。鹤轩翥不复能飞，乃反顾翅垂头，视之如有懊丧意。林曰：‘既有凌霄之姿，何肯为人作耳目近玩！’养令翮成，置使飞去。”晋人酷爱自己精神的自由，才能推己及物，有这意义伟大的动作。这种精神上的真自由、真解放，才能把我们的胸襟像一朵花似的展开，接受宇宙和人生的全景，了解它的意义，体会它的深沉的境地。近代哲学上所谓“生命情调”“宇宙意识”，遂在晋人这超脱的胸襟里萌芽起来（使这时代容易接受和了解佛教大乘思想）。卫玠初欲过江，形神惨悴，语左右曰：“见此茫茫，不觉百端交集，苟未免有情，亦复谁能遣此？”后来初唐陈子昂《登幽州台歌》：“前不见古人，后不见来者。念天地之悠悠，独怆然而涕下！”不是从这里脱化出来？而卫玠的一往情深，更令人心恸神伤，寄慨无穷。（然而孔子在川上，曰：“逝者如斯夫，不舍昼夜！”则觉更哲学，更超然，气象更大。）

谢太傅语王右军曰：“中年伤于哀乐，与亲友别，辄作数日恶。”

人到中年才能深切地体会到人生的意义、责任和问题，反省到人生的究竟，所以哀乐之感得以深沉。但丁的《神曲》起始于中年的徘徊歧路，是具有深意的。

桓公北征，经金城，见前为琅琊时，种柳皆已十围，慨然曰：“木犹如此，人何以堪！”攀枝执条，泫然流泪。

桓温武人，情致如此！庾子山著《枯树赋》，末尾引桓大司马曰:“昔年种柳，依依汉南;今逢摇落，凄怆江潭，树犹如此，人何以堪？”他深感到桓温这话的凄美，把它敷演成一首四言的抒情小诗了。

然而王羲之的《兰亭》诗：“仰视碧天际，俯瞰渌水滨。寥阒无涯观，寓目理自陈。大哉造化工，万殊莫不均。群籁虽参差，适我无非新。”真能代表晋人这纯净的胸襟和深厚的感觉所启示的宇宙观。“群籁虽参差，适我无非新”两句尤能写出晋人以新鲜活泼自由自在的心灵领悟这世界，使触着的一切呈露新的灵魂、新的生命。于是“寓目理自陈”，这理不是机械的陈腐的理，乃是活泼的宇宙生机中所含至深的理。王羲之另有两句诗云：“争先非吾事，静照在忘求。”“静照”是一切艺术及审美生活的起点。这里，哲学彻悟的生活和审美生活，源头上是一致的。晋人的文学艺术都浸润着这新鲜活泼的“静照在忘求”和“适我无非新”的哲学精神。大诗人陶渊明的“日暮天无云，春风扇微和”“即事多所欣”“良辰入奇怀”，写出这丰厚的心灵“触着每秒光阴都成了黄金”。

（五）晋人的“人格的唯美主义”和对友谊的重视，培养成为一种高级社交文化如“竹林之游，兰亭禊集”等。玄理的辩论和人物的品藻是这社交的主要内容。因此谈吐措词的隽妙，空前绝后。晋人书札和小品文中隽句天成，俯拾即是。陶渊明的诗句和文句的隽妙，也是这“世说新语时代”的产物。陶渊明散文化的诗句又遥遥地影响着宋代散文化的诗派。苏、黄、米、蔡等人的书法也力追晋人萧散的风致。但总嫌做作夸张，没有晋人的自然。

（六）晋人之美，美在神韵（人称王羲之的字韵高千古）。神韵可说是“事外有远致”，不沾滞于物的自由精神（目送归鸿，手挥五弦）。这是一种心灵的美，或哲学的美，这种事外有远致的力量，扩而大之可以使人超然于死生祸福之外，发挥出一种镇定的大无畏的精神来：

> 谢太傅盘桓东山时，与孙兴公诸人泛海戏。风起浪涌，孙（绰）、王（羲之）诸人色并遽，便唱使还。太傅神情方王，吟啸不言。舟人以公貌闲意说，犹去不止。既风转急浪猛，诸人皆喧动不坐。公徐曰：“如此将无归？”众人皆承响而回。于是审其量，足以镇安朝野。

美之极，即雄强之极。王羲之书法人称其字势雄逸，如龙跳天门，虎卧凤阙。淝水的大捷植根于谢安这美的人格和风度中。谢灵运泛海诗“溟涨无端倪，虚舟有超越”，可以借来体会谢公此时的境界和胸襟。

枕戈待旦的刘琨，横江击楫的祖逖，雄武的桓温，勇于自新的周处、戴渊，都是千载下懔懔有生气的人物。桓温过王敦墓，叹曰；“可儿！可儿！”心焉向往那豪迈雄强的个性，不拘泥于世俗观念，而赞赏“力”，力就是美。

庾道季说：“廉颇、蔺相如虽千载上死人，懔懔如有生气。曹蜍、李志虽见在，厌厌如九泉下人。人皆如此，便可结绳而治。但恐狐狸猯狢啖尽！”这话何其豪迈、沉痛。晋人崇尚活泼生气，蔑视世俗社会中的伪君子、乡愿、战国以后二千年来中国的“社会栋梁”。

（七）晋人韵美学是“人物的品藻”，引例如下：

王武子、孙子荆各言其土地之美。王云：“其地坦而平，其水淡而清，其人廉且贞。”孙云：“其山嶵巍以嵯峨，其水泙渫而扬波，其人磊砢而英多。”

桓大司马（温）病，谢公往省病，从东门入，桓公遥望叹曰：“吾门中久不见如此人！”

嵇康身长七尺八寸，风姿特秀，见者叹曰：“萧萧肃肃，爽朗清举。”或云：“肃肃如松下风，高而徐引。”山公曰：“嵇叔夜之为人也，岩岩如孤松之独立；其醉也，傀俄若玉山之将崩。”

海西时，诸公每朝，朝堂犹暗，唯会稽王来，轩轩如朝霞举。

谢太傅问诸子侄：“子弟亦何预人事，而正欲其佳？”诸人莫有言者，车骑（谢玄）答曰：“譬如芝兰玉树，欲使其生于阶庭耳。”

人有叹王恭形茂者，云：“濯濯如春月柳。”

刘尹云：“清风朗月，辄思玄度。”

拿自然界的美来形容人物品格的美，例子举不胜举。这两方面的美——自然美和人格美——同时被魏晋人发现。人格美的推重已滥觞于汉末，上溯至孔子及儒家的重视人格及其气象。“世说新语时代”尤沉醉于人物的容貌、器识、肉体与精神的美。所以“看杀卫玠”，而王羲之——他自己被时人目为“飘如游云，矫如惊龙”——见杜弘治叹曰：“面如凝脂，眼如点漆，此神仙中人也！”

而女子谢道韫亦神情散朗，奕奕有林下风。根本《世说》里面的女性多能矫矫脱俗，无脂粉气。

总前言之，这是中国历史上最有生气，活泼爱美，美的成就极高的一个时代。美的力量是不可抵抗的，见下一段故事：

桓宣武平蜀，以李势妹为妾，甚有宠，尝著斋后。主(温尚明帝女南康长公主)始不知，既闻，与数十婢拔白刃袭之。正值李梳头，发委藉地，肤色玉曜，不为动容，徐徐结发，敛手向主，神色闲正，辞甚凄惋，曰：“国破家亡，无心至此，今日若能见杀，乃是本怀！”主于是掷刀前抱之，曰：“阿子，我见汝亦怜，何况老奴！”遂善之。

话虽如此，晋人的美感和艺术观，就大体而言，是以老庄哲学的宇宙观为基础，富于简淡、玄远的意味，因而奠定了一千五百年来中国美感——尤以表现于山水画、山水诗的基本趋向。

中国山水画的独立，起源于晋末。晋宋山水画的创作，自始即具有“澄怀观道”的意趣。画家宗炳好山水，凡所游历，皆图之于壁，坐卧向之，曰：“老病俱至，名山恐难遍游，唯当澄怀观道，卧以游之。”他又说：“圣人含道应物，贤者澄怀味像；人以神法道而贤者通，山水以形媚道而仁者乐。”他这所谓“道”，就是这宇宙里最幽深最玄远却又弥纶万物的生命本体。东晋大画家顾恺之也说绘画的手段和目的是“迁想妙得”。这“妙得”的对象也即是那深远的生命，那“道”。

中国绘画艺术的重心——山水画，开端就富于这玄学意味

（晋人的书法也是这玄学精神的艺术），它影响着一千五百年，使中国绘画在世界上成一独立的体系。

他们的艺术的理想和美的条件是一味绝俗。庾道季见戴安道所画行像，谓之曰："神明太俗，由卿世情未尽！"以戴安道之高，还说是世情未尽，无怪他气得回答说："唯务光当免卿此语耳！"

然而也足见当时美的标准树立得很严格，这标准也就一直是后来中国文艺批评的标准："雅""绝俗"。

这唯美的人生态度还表现于两点，一是把玩"现在"，在刹那的现量的生活里求极量的丰富和充实，不为着将来或过去而放弃现在价值的体味和创造：

> 王子猷尝暂寄人空宅住，便令种竹。或问："暂住何烦尔？"王啸咏良久，直指竹曰："何可一日无此君！"

二则美的价值是寄于过程的本身，不在于外在的目的，所谓"无所为而为"的态度。

> 王子猷居山阴，夜大雪，眠觉，开室命酌酒，四望皎然。因起彷徨，咏左思《招隐》诗，忽忆戴安道。时戴在剡，

即便乘小船就之。经宿方至，造门不前而返。人问其故，王曰："吾本乘兴而来，兴尽而返，何必见戴！"

这截然地寄兴趣于生活过程的本身价值而不拘泥于目的，显示了晋人唯美生活的典型。

（八）晋人的道德观与礼法观。孔子是中国二千年礼法社会和道德体系的建设者。创造一个道德体系的人，也就是真正能了解这道德的意义的人。孔子知道道德的精神在于诚，在于真性情，真血性，所谓赤子之心。扩而充之，就是所谓"仁"。一切的礼法，只是它托寄的外表。舍本执末，丧失了道德和礼法的真精神真意义，甚至于假借名义以便其私，那就是"乡原"，那就是"小人之儒"。这是孔子所深恶痛绝的。孔子曰："乡原，德之贼也。"又曰："女为君子儒，无为小人儒！"他更时常警告人们不要忘掉礼法的真精神真意义。他说："人而不仁如礼何？人而不仁如乐何？"子于是日哭，则不歌。食于丧者之侧，未尝饱也。这伟大的真挚的同情心是他的道德的基础。他痛恶虚伪。他骂"巧言令色鲜矣仁！"他骂"礼云、礼云，玉帛云乎哉！"然而孔子死后，汉代以来，孔子所深恶痛绝的"乡愿"支配着中国社会，成为"社会栋梁"，把孔子至大至刚、极高明的中庸之道化成弥漫社会的庸俗主义、妥协主义、折中主义、苟安主义，孔子好像预感到这一点，他所以极力赞美狂狷而排斥乡愿。他自己也能超然于礼法之表追寻活泼的真实的丰富的人生。他的生活不但“依于仁”，还要“游于艺”。他对于音乐有最深的了解并有过最美妙、最简洁而真切的形容。他说：“乐其可知也：始作，翕如也；从之，纯如也，皦如也，绎如也，以成。”

他欣赏自然的美，他说：“仁者乐山，智者乐水。”

他有一天问他几个弟子的志趣。子路、冉有、公西华都说过了，轮到曾点，他问道：

> “点，尔何如？”
>
> 鼓琴希，铿尔，舍瑟而作，对曰：“异乎三子者之撰。”
>
> 子曰：“何伤乎？亦各言其志也。”
>
> 曰：“莫春者，春服既成，冠者五六人，童子六七人，浴乎沂，风乎舞雩，咏而归。”
>
> 夫子喟然叹曰：“吾与点也！”

孔子这超然的、蔼然的、爱美爱自然的生活态度，我们在晋人王羲之的《兰亭序》和陶渊明的田园诗里见到遥遥嗣响的人，汉代的俗儒钻进利禄之途，乡愿满天下。魏晋人以狂狷来反抗这乡愿的社会，反抗这桎梏性灵的礼教和士大夫阶层的庸俗，向自己的真性情、真血性里掘发人生的真意义、真道德。他们不惜拿自己的生命、地位、名誉来冒犯统治阶级的奸雄假借礼教以维持权位的恶势力。曹操拿“败伦乱俗，讪谤惑众，大逆不道”的罪名杀孔融。司马昭拿“无益于今，有败于俗，乱群惑众”的罪名杀嵇康。阮籍佯狂了，刘伶纵酒了，他们内心的痛苦可想而知。这是真性情、真血性和这虚伪的礼法社会不肯妥协的悲壮剧。这是一班在文化衰堕时期替人类冒险争取真实人生真实道德的殉道者。他们殉道时何等的勇敢、从容而美丽：

> 嵇中散（康）临刑东市，神气不变，索琴弹之，奏《广陵散》。曲终，曰：“袁孝尼尝请学此散，吾靳固不与，《广陵散》于今绝矣！”

以维护伦理自命的曹操枉杀孔融，屠杀到孔融七岁的小女、九岁的小儿，谁是真的“大逆不道”者？

道德的真精神在于“仁”，在于“恕”，在于人格的优美。《世说》载：

阮光禄(裕)在剡,曾有好车,借者无不皆给。有人葬母,意欲借而不敢言。阮后闻之,叹曰:“吾有车,而使人不敢借,何以车为?”遂焚之。

这是何等严肃的责己精神!然而不是由于畏人言,畏于礼法的责备,而是由于对自己人格美的重视和伟大同情心的流露。

谢奕作剡令,有一老翁犯法,谢以醇酒罚之,乃至过醉而犹未已。太傅(谢安)时年七八岁,著青布绔,在兄膝边坐,谏曰:“阿兄,老翁可念,何可作此!”奕于是改容曰:“阿奴欲放去邪?”遂遣之。

谢安是东晋风流的主脑人物,然而这天真仁爱的赤子之心实是他伟大人格的根基。这使他忠诚谨慎地支持东晋的危局至于数十年。淝水之役,苻坚发戎卒60余万、骑27万,大举入寇,东晋危在旦夕。谢安指挥若定,遣谢玄等以8万兵一举破之。苻坚风声鹤唳,草木皆兵,仅以身免。这是军事史上空前的战绩,诸葛亮在蜀没有过这样的胜利!

一代枭雄,不怕遗臭万年的桓温也不缺乏这英雄的博大的同情心:

桓公入蜀，至三峡中，部伍中有得猨子者，其母缘岸哀号，行百余里不去，遂跳上船，至便即绝。破视其腹中，肠皆寸寸断。公闻之怒，命黜其人。

晋人既从性情的真率和胸襟的宽仁建立他的新生命，摆脱礼法的空虚和顽固，他们的道德教育遂以人格的感化为主。我们看谢安这段动人的故事：

谢虎子尝上屋薰鼠。胡儿（虎子之子）既无由知父为此事，闻人道痴人有作此者，戏笑之，时道此非复一过。太傅（谢安）既了己（指胡儿自己）之不知，因其言次，语胡儿曰："世人以此谤中郎（虎子），亦言我共作此。"胡儿懊热，一月日闭斋不出。太傅虚托引己之过，以相开悟，可谓德教。

我们现代有这样精神伟大的教育家吗？所以：

谢公夫人教儿，问太傅："那得初不见公教儿？"答曰："我常自教儿！"

这正是像谢公称赞褚季野的话：“褚季野虽不言，而四时之气亦备！”

他确实在教，并不姑息，但他着重在体贴入微的潜移默化，不欲伤害小儿的羞耻心和自尊心：

> 谢遏（玄）年少时，好著紫罗香囊，垂覆手，太傅患之，而不欲伤其意。乃谲与赌，得即烧之。

这态度多么慈祥，而用意又何其严格！谢玄为东晋立大功，救国家于垂危，足见这教育精神和方法的成绩。

当时文俗之士所最仇疾的阮籍，行动最为任诞，蔑视礼法也最为彻底。然而正在他身上我们看出这新道德运动的意义和目标。这目标就是要把道德的灵魂重新建筑在热情和率真之上，摆脱陈腐礼法的外形。因为这礼法已经丧失了它的真精神，变成阻碍生机的桎梏，被奸雄利用作政权工具，借以锄杀异己（曹操杀孔融）。

> 阮籍当葬母，蒸一肥豚，饮酒二斗，然后临诀，直言：“穷矣！”都得一号，因吐血，废顿良久。

他拿鲜血来灌溉道德的新生命！他是一个壮伟的丈夫。容貌瓌杰，志气宏放，傲然独得，任性不羁，当其得意，忽忘形骸，“时人多谓之痴”。这样的人，无怪他的诗“旨趣遥深，反覆零乱，兴寄无端，和愉哀怨，杂集于中”。他的咏怀诗是《古诗十九首》以后第一流的杰作。他的人格坦荡谆至，虽见嫉于士大夫，却能见谅于酒保：

> 阮公邻家妇有美色，当垆酤酒。阮与王安丰常从妇饮酒。阮醉，便眠其妇侧。夫始殊疑之，伺察，终无他意。

这样解放的自由的人格是洋溢着生命，神情超迈，举止历落，态度恢廓，胸襟潇洒：

> 王司州（修龄）在谢公坐，咏“入不言兮出不辞，乘回风兮载云旗”（九歌句），语人云：“当尔时，觉一坐无人。”

桓温读《高士传》，至于陵仲子，便掷去曰：“谁能作此溪刻自处？”这不是善恶之彼岸的超然的美和超然的道德吗？

“振衣千仞冈，濯足万里流！”晋人用这两句诗写下他的千古风流和不朽的豪情！

附：清谈与析理

拙稿《论〈世说新语〉与晋人的美》第五段中关于晋人的清谈，未及详论，现拟以此段补足之。

被后世诟病的魏晋人的清谈，本是产生于探求玄理的动机。王导称之为“共谈析理”。嵇康《琴赋》里说：“非至精者不能与之析理。”“析理”须有逻辑的头脑，理智的良心和探求真理的热忱。青年夭折的大思想家王弼就是这样一个人物。[①]

> 何平叔（晏）注《老子》始成，诣王辅嗣（弼），见王注精奇，乃神伏，曰：“若斯人，可与论天人际矣！”

“论天人之际”，当是魏晋人“共谈析理”的最后目标。《世说》又载：

① “何晏以为圣人无喜怒哀乐，其论甚精，钟会等述之。弼与不同，以为圣人茂于人者神明也，同于人者五情也。神明茂，故能体冲和以通无；五情同，故不能无哀乐以应物。然则圣人之情，应物而无累于物者也。今以其无累，便谓不复应物，失之多矣。”（《三国志·钟会传》裴松之注）按：王弼此言极精，他是老庄学派中富有积极精神的人。一个积极的文化价值与人生价值的境界可以由此建立。——原注

殷（浩）、谢（安）诸人共集。谢因问殷："眼往万属形，万形来入眼不？"

是则由"论天人之际"的形而上学的探讨注意到知识论了。当时一般哲学空气极为浓厚，热衷功名的钟会也急急地要把他的哲学著作求嵇康的鉴赏，情形可笑：

钟会撰《四本论》始毕，甚欲使嵇公一见。置怀中，既定，畏其难，怀不敢出，于户外遥掷，便回急走。

但是古代哲理探讨的进步，多由于座谈辩难。柏拉图的全部哲学思想用座谈对话的体裁写出来。苏格拉底把哲学带到街头，他的街头论道是西洋哲学史中最有生气的一页。印度古代哲学的辩争尤其激烈。孔子的真正人格和思想也只表现在《论语》里。魏晋的思想家在清谈辩难中显出他们活泼飞跃的析理的兴趣和思辨的精神。《世说》载：

何晏为吏部尚书，有位望，时谈客盈座。王弼未弱冠，往见之。晏闻弼名，因条向者胜理语弼曰：'此理仆以为极，可得复难不？'弼便作难，一座人便以为屈。于是弼自为客主数番，皆一座所不及。

当时人辩论名理，不仅是“理致甚微”，兼“辞条丰蔚，甚足以动心骇听”。可惜当时没有一位文学天才把重要的清谈辩难详细记录下来，否则中国哲学史里将会有可以比美《柏拉图对话集》的作品。

我们读《世说》下面这段记载，可以想象当时谈理时的风度和内容的精彩。

支道林、许（询）、谢（安）盛德共集王（濛）家。谢顾谓诸人：“今日可谓彦会。时既不可留，此集固亦难常，当共言咏，以写其怀。”许便问主人“有《庄子》不？”正得《渔父》一篇。谢看题，便使四座通。支道林先通，作七百许语，叙致精丽，才藻奇拔，众咸称善。于是四座各言怀毕。谢问曰：“卿等尽不？”皆曰：“今日之言，少不自竭。”谢后粗难，因自叙其意，作万余语，才峰秀逸，既自难干，加意气拟托，萧然自得，四座莫不厌心。支谓谢曰：“君一往奔诣，故复自佳耳！”

谢安在清谈上也表现出他领袖人群的气度。晋人的艺术气质使“共谈析理”也成了一种艺术创作。

支道林、许掾（询）诸人共在会稽王（简文帝）斋头，支为法师，许为都讲。支通一义，四座莫不厌心；许送一难，众人莫不抃舞。但共嗟咏二家之美，不辩其理之所在。

但支道林并不忘这种辩论应该是“求理中之谈”。《世说》载：

许掾年少时，人以比王苟子，许大不平。时诸人士及于法师并在会稽西寺讲，王亦在焉。许意甚忿，便往西寺与王论理，共决优劣。苦相折挫，王遂大屈。许复执王理，王执许理，更相覆疏，王复屈。许谓支法师曰：“弟子向语何似？”支从容曰：“君语佳则佳矣，何至相苦邪？岂是求理中之谈哉？”

可见“共谈析理”才是清谈真正目的，我们最后再欣赏这求真爱美的时代里一个“共谈析理”的艺术杰作：

客问乐令“旨不至”者，乐亦不复剖析文句，直以麈尾柄确几曰：“至不？”客曰：“至。”乐因又举麈尾曰：

“若至者那得去？”于是客乃悟服。乐辞约而旨达，皆此类。

大化流行，一息不停，方以为“至”，倏焉已“去”，云“至”云“去”，都是名言所执。故飞鸟之影，莫见其移，而逝者如斯，不舍昼夜。孔子川上之叹，桓温摇落之悲，卫玠的“对此茫茫不觉百端交集”，王孝伯叹赏于古诗“所遇无故物，焉得不速老”。晋人这种宇宙意识和生命情调，已由乐广把它概括在辞约而旨达的“析理”中了。

唐人诗歌中所表现的民族精神

一、文学与民族的关系

邵元冲先生在他的《如何建设中国文化》一文里说："……一个民族在危险困难的时候，如果失了民族自信力，失了为民族求生存的勇气和努力，这个民族就失了生存的能力，一定得到悲惨不幸的结果。反之，一个民族处在重大压迫危殆的环境中，如果仍能为民族生存而奋斗，来充实自己，来纠正自己，来勉励自己，大家很坚强刻苦地努力，在伟大的牺牲与代价之下，一定可以得到很光荣的成功！……"吾人只要打开中外历史一看，就可证明邵先生的话不错！因为一民族的盛衰存亡，都系于那个民族有无"自信力"。所以失掉了"自信力"的犹太人虽然有许多资产阶级掌握着欧洲的经济枢纽，但他们很不容易以复国土。反之，经了欧洲的重创和《凡尔赛条约》宰割的德意志，她却能本着她的民族“自信力”向着复兴之途迈进。最近的萨尔收复运动，就可表明她的民族自信力的伟大——然而这种民族“自信力”——民族精神——的表现与发扬，却端赖于文学的熏陶，我国古时即有闻歌咏以觇国风的故事。因为文学是民族的表征，是一切社会活动留在纸上的影子；无论诗歌、小说、音乐、绘画、雕刻，都是可以左右民族思想的。它能激发民族精神，也能使民族精神趋于消沉。就拿我国的文学史来看：在汉唐的诗歌里都有一种悲壮的胡笳意味和出塞从军的壮志，而事实上证明汉唐的民族势力极强；晚唐诗人耽于小己的享乐和酒色的沉醉，所为歌咏，流入靡靡之音，而晚唐终于受外来民族契丹的欺侮。自清中落以后，桐城派文学家姚姬传提倡文章的作法——“阳刚阴柔”之说，曾国藩等附和之，那一个时期中国文坛上，都充满着阴柔的气味，甚至近代人林琴南、马其昶等还“守此不堕”，而铁一般的事实证明咱们中国从姚姬传时代到林琴南时代，受尽了外人的侵略，在邦交上恰也竭尽了柔弱的能事！由此看来，文学能转移民族的习性，它的重要，可想而知了。而作者这一篇短短的文字，当不致被人视为无聊之事吧！

二、唐代诗坛的特质与其时代背景

我们从整个的中国文学史看来，无疑的唐代诗歌在中国文学史上有特殊的地位。不但它声韵的铿锵和格调的度化集诗歌的大成，为后来的学诗者所效法，而那个时代——唐代的诗坛有一种特别的趋势，就是描写民族战争文学的发达，在别的时代可说决没有这样多的。如西汉中世，于富贵化的古典词赋甚发达，北宋二百年只有描写儿女柔情的小词盛达。在唐代却不然了，初唐诗人的壮志，都具有并吞四海之志，投笔从戎，立功塞外，他们都在做着这样悲壮之梦，他们的意志是坚决的，他们的思想是爱国主义的，这样的诗人才可称为“真正的民众喇叭手”！中唐诗人的慷慨激烈，亦大有拔剑起舞之概！他们都祈祷祝颂战争的胜利，虽也有几个非战诗人哀吟痛悼，诅咒战争的残忍；但他们诅咒战争，乃是国内的战乱，惋惜无辜的死亡，他们对于与别个民族争雄，却都存着同仇敌忾之志。如素被称为非战诗人的杜少陵，也有“男儿生世间，及北当封侯。战伐有功业，焉能守旧丘！”“拔剑击大荒，日收胡马群。誓开玄冥北，持以奉吾君！”看吧！唐代的诗人怎样的具着“民族自信力”，一致地鼓吹民族精神！和现在自命为“唯我派诗人”“象征派诗人”，只知道“蔷薇呀”“玫瑰呀”“我的爱呀”，坐在“象牙之塔”里，咀嚼着“轻烟般的烦恼”的人们比较起来，真令人有不胜今昔之感呢！

唐代诗坛的特质既如上述。但我们要问为什么唐代的诗歌都含着民族意味？为什么民族诗人在唐代不断地产生？我们要解答这个问题，就要了解唐代是一个什么时代。

研究中国历史的人们，谁都知道唐代的国势之强，唐代的武功，至今外人话及，尚有谈虎色变之概！因为唐代除了它的没落时期——晚唐——其余一二百年，差不多都注意于对外的民族斗争。

在这种威加四夷、万邦慑服的时代里，当然能陶冶得出“有力的民族诗歌”，养成“慷慨的民族诗人”了！

三、初唐时期——民族诗歌的萌芽

一个时代的创始，正和人的少年时候一样，带着一种活泼的朝气。初唐是唐代三百年的开创时期，代表初唐统治者的唐太宗，无论文治、武功都超轶古今。而那时候的诗人，也能一洗六朝靡靡的风气，他们都具有高远的眼光，把握着现实生活努力，他们都有投笔从戎、立功海外的壮志，抒写伟大的怀抱，成为壮美的文学。岂但诗人如此，就是那时的政治家魏征也有一首感遇诗：

中原初逐鹿，投笔事戎轩。纵横计不就，慷慨志犹存。杖策谒天子，驱马出关门。请缨系南粤，凭轼下东藩。郁纡陟高岫，出没望平原。古木鸣寒鸟，空山啼夜猿。既伤千里目，还惊九逝魂。岂不惮艰险，深怀国士恩。季布无二诺，侯嬴重一言。人生感意气，功名谁复论。

——魏　征《述怀》

我们看他的“杖策谒天子，驱马出关门”，是何等的气概！这种有力的风格，影响于唐代诗坛很大。在初唐诗人之群里，首屈一指的，要推陈子昂了。他是唐代文学革命的先锋，他的诗歌也流露着极强的民族意识，兹抄录二首，聊当举隅。

匈奴犹未灭，魏绛复从戎。怅别三河道，言追六郡雄。雁山横代北，狐塞接云中。勿使燕然上，唯留汉将功。

——陈子昂《送魏大从军》

平生白云意，疲茶愧为雄。君王谬殊宠，旌节此从戎。挼绳常系虏，单马岂邀功。孤剑将何托，长谣塞上风。

——陈子昂《东征答朝臣相送》

我们再看骆宾王的诗：

平生一顾重，意气溢三军。野日分戈影，天星合剑文。弓弦抱汉月，马足践胡尘。不求生入塞，唯当死报君。

——骆宾王《从军行》

边烽警榆塞，侠客度桑乾。柳叶开银镝，桃花昭玉鞍。满月连弓影，连星入剑端。不学燕台客，空歌易水寒。

——骆宾王《侠客远从容》

我们再看杨炯的诗：

烽火照西京，心中自不平。牙璋辞凤阙，铁骑绕龙城。雪暗凋旗画，风多杂鼓声。宁为百夫长，胜作一书生。

——杨　炯《从军行》

还有刘希夷的诗：

秋天风飒飒，群胡马行疾。严城昼不开，伏兵暗相失。天子庙堂拜，将军凶门出。纷纷伊洛道，戎马几万匹。军门压黄河，兵气冲白日。平生怀仗剑，慷慨即投笔。南登汉月孤，北走代云密。近取韩彭计，早知孙吴术。丈夫清万里，谁能扫一室。

——刘希夷《从军行》

卢照邻的诗也是十分感人的：

刘生气不平，抱剑欲专征。报恩为豪侠，死难在横行。翠羽装刀鞘，黄金饰马铃。但令一顾重，不吝百身轻。

——卢照邻《刘生》

最使我们击节叹赏的要算祖咏的那首：

燕台一去客心惊，笳鼓喧喧汉将营。万里寒光生积雪，三边曙色动危旌。沙场烽火侵胡月，海畔云山拥蓟城。少小虽非投笔吏，论功还欲请长缨。

——祖　咏《望蓟门》

“少小虽非投笔吏，论功还欲请长缨。”可代表初唐时期的诗人的胸怀！总之，初唐摆脱六朝的靡靡文风，开导全唐的民族诗歌，继往开来，我们名之为——民族诗歌的萌芽时期。

四、盛唐时期——民族诗歌的成熟

到了盛唐，国家对外战争的次数更多，社会的组织，也渐渐呈着不安状态，所谓“安史之乱”也在这时下了种子。那时期的诗人，目击“外患内忧”相因未已，他们一方面诅咒内战，如杜少陵的《石壕吏》《彭衙行》等篇，充满着厌恶战乱、悯恤无辜的意义。一方面却都存着“匈奴未灭，何以家为”的壮志。王昌龄的“黄沙百战穿金甲，不破楼兰终不还”可为代表。而这时期诗人蔚起，如大诗人杜少陵、李太白、王摩诘，都相继产生，其余如王昌龄、岑参、李颀、王翰、王之涣、李益、张祜等人物，也具有他们的特长之处。唐代的诗歌，到了这个时期，可算全盛时代了。不！也许在整个中国文学史看来，中国诗坛在这时已到了顶点呢！而他们——盛唐的诗人们——无论著名的作家或未名的作家，对于歌咏民族战争，特别感到兴趣，无论哪一个作家，至少也得吟几首出塞诗。如那时有一个不知名姓的“西鄙人”，他也能作一首《哥舒歌》：“北斗七星高，哥舒夜带刀。至今窥牧马，不敢过临洮！”而统治军队的武将如严武，他也能作一首《军城早秋》：“昨夜秋风入汉关，朔云边月满西山，更催飞将追骄虏，莫遣沙场匹马还！”例子是举不尽的。这样可知那时无论武夫，以至于不知名姓的“鄙人”，都一致地从军塞外，抒其同仇敌忾的壮志。何况诗人们对于歌咏，本是他们的特长，他们的作品自更能使人感动了！我们且来看看他们的吧：

杜少陵的诗：

萧关陇水入官军，青海黄河卷塞云。北极转愁龙虎气，西戎休纵犬羊群。

——杜　甫《喜闻盗贼总退口号》

岑参两首：

君不见走马川行雪海边，平沙莽莽黄入天。轮台九月风夜吼，一川碎石大如斗，随风满地石乱走。匈奴草黄马正肥，金山西见烟尘飞，汉家大将西出师。将军金甲夜不脱，半夜军行戈相拨，风头如刀面如割。马毛带雪汗气蒸，五花连钱旋作冰，幕中草檄砚水凝。虏骑闻之应胆慑，料知短兵不敢接，车师西门伫献捷。

——岑　参《走马川行奉送封大夫出师西征》

汉家承恩西破戎，捷书先奏未央宫。天子预开麟阁待，只今谁数贰师功！

日落辕门鼓角鸣，千群面缚出蕃城。洗兵鱼海云迎阵，秣马龙堆月照营！

——岑　参《封大夫破播仙凯歌（其一、其四）》

王摩诘（维）两首：

吹角动行人，喧喧行人起。笳悲马嘶乱，争渡金河水。日暮沙漠垂，战声烟尘里。尽系名王颈，归来报天子。

——王　维《从军行》

太白秋高助汉兵，长风夜卷虏尘清。男儿解却腰间剑，喜见从王道化平。

——王　维《平戎辞》

王昌龄的诗：

青海长云暗雪山，孤城遥望玉门关。黄沙百战穿金甲，不破楼兰终不还！

大漠风尘日色昏，红旗半卷出辕门。前军夜战洮河北，已报生擒吐谷浑！

——王昌龄《从军行》

秦时明月汉时关，万里长征人未还。但使龙城飞将在，不教胡马度阴山！

骝马新跨白玉鞍，战罢沙场月色寒。城头铁鼓声犹振，匣里金刀血未干！

——王昌龄《出塞二首》

李白一首：

从军玉门道，逐虏金微山。笛奏梅花曲，刀开明月环。鼓声鸣海上，兵气拥云间。愿斩单于头，长驱静铁关！

——李　白《从军行》

李益两首：

劳者且莫歌，我歌送君觞；从军有苦乐，此曲乐未央。仆本在陇上，陇水断人肠。东过秦宫路，宫路入咸阳。时逢汉帝出，谏猎至长杨。讵驰游侠窟，非结少年场。一旦承嘉惠，轻身重恩光。秉笔参帷幄，从军至朔方。边地多阴风，草木自凄凉。断绝海云去，出没胡沙长。参差引雁翼，隐辚腾军装。剑文夜如水，马汗冻成霜。侠气五都少，矜功六郡良。山河起目前，睚眦死路旁。北逐驱獯虏，西临复旧疆。西还赋余资，今出乃赢粮。一矢弢夏服，我弓不再张。寄语丈夫雄，苦乐身自当。

——李　益《从军有苦乐行》

身承汉飞将，束发即言兵。侠少何相问，从来事不平。黄云断朔歙，白雪拥沙城。幸应边书募，横戈会取名。

——李　益《赴邠宁留别》

张祜一首：

自古多征战，由来尚甲兵。长驱千里去，一举两番平。按剑从沙漠，歌谣满帝京。寄言天下将，须立武功名。

——张　祜《采桑》

高骈一首：

恨乏平戎策，惭登拜将坛。手持金钺冷，身挂铁衣寒。主圣扶持易，恩深报效难。三边犹未靖，何敢便休官？

——高　骈《言怀》

吴均一首：

羽檄起边庭，烽火乱如萤。是时张博望，夜赴交河城。马头要落日，剑尾掣流星。君恩未得报，何论身命轻？

——吴　均《入关》

李频一首：

吾宗偏好武，汉代将家流。走马辞中禁，屯军向渭州。天心待破虏，阵面许封侯。却得河源水，方应洗国仇。

——李　频《赠李将军》

李希仲一首：

一身救边速，烽火通蓟行。前军鸟飞断，格斗尘沙昏。寒日鼓声急，单于夜将奔。当须殉忠义，身死报国恩。

——李希仲《蓟门行》

刘驾一首：

昔送征夫苦，今送征夫乐。寒衣纵携去，应向归时着。天子待功成，别造凌烟阁。

——刘　驾《送征夫》

恕作者不再一一列举了。从上面几首读来，已够使我们回肠荡气，击节欣赏了！总之，民族诗歌到了盛唐，非但在意识上已较初唐更进一步，而音调的铿锵，格律的完善，犹非初唐诗歌所及。再加诗歌的普通化，上至武将，下至鄙人，都有一首以上的歌咏民族精神的诗歌。无疑的，民族诗歌到了盛唐是成熟的时期了。

五、民族诗歌的结晶——出塞曲

如前所述，唐代的诗人们无论著名的作家，或未著名的作家，至少有一首以上的“出塞诗”。而上至掌握国事的政治家，统率军队的武人，下至贩夫走卒，以及不知名姓的“鄙人”，也会作一两首关于民族斗争的诗歌。他们都以“出塞曲”为主题，“出塞曲”在当时诗坛上占着极重要的位置。在我们研究中国文学史的人看起来，可称“出塞曲”为唐代民族诗歌的结晶品。

但究竟什么叫做“出塞曲”呢？我们要回答这个问题，先要知道什么叫做“出塞”。

胡云翼在他的《唐代的战争文学》里写着：“班马萧萧，大旗飘飘，军笳悠扬，军行离开长安——唐时的首都很远了；渡过黄河以北了，渐渐渡过陇头水，越过陇西，出玉门关了；或由河北直上，过了黑水头，过了无定河，渐近燕支山了，渐近受降城了。”我们可以借他的话来形容出塞的情景。那兵士们既已出塞，看着那黄沙蔽日，塞外的无垠荒凉，展开在眼前。当着月儿高高地照在长城之上，飒飒的凉风扑面吹来，此时立在军门之前，横吹一支短笛，高歌一曲胡笳，无论你是一个怎样的弱者，也会兴奋起来，身上燃烧着英雄的热血，想着所谓“誓开玄冥北，持以奉吾君”了！描写这样悲壮的情景，就叫“出塞曲”。我们来看杜少陵的名句吧！

磨刀呜咽水，水赤刃伤手。欲轻肠断声，心绪乱已久。

丈夫誓许国，愤惋复何有！功名图麒麟，战骨当速朽！

挽弓当挽强，用箭当用长；射人先射马，擒贼先擒王。杀人亦有限，列国自有疆。苟能制侵陵，岂在多杀伤！

单于寇我垒，百里风尘昏。雄剑四五动，彼军为我奔。掳其名王归，系颈授辕门。潜身备行列，一胜何足论！

从军十年余，能无分寸功？众人贵苟得，欲语羞雷同。中原有斗争，况在狄与戎！丈夫四方志，安可辞固穷。

——《前出塞》（节选）

男儿生世间，及壮当封侯。战伐有功业，焉能守旧丘？召募赴蓟门，军动不可留。千金买马鞭，百金装刀头。闾里送我行，亲戚拥道周。斑白居上列，酒酣进庶羞。少年别有赠，含笑看吴钩。

朝进东门营，暮上河阳桥。落日照大旗，马鸣风萧萧。平沙列万幕，部伍各见招。中天悬明月，令严夜寂寥。悲笳数声动，壮士惨不骄。借问大将谁，恐是霍嫖姚。

古人重守边，今人重高勋。岂知英雄主，出师亘长云。六合已一家，四夷且孤军。遂使貔虎士，奋身勇所闻。拔剑击大荒，日收胡马群。誓开玄冥北，持以奉吾君！

——《后出塞》（节选）

杜少陵是一个非战诗人，他身经“安史之乱”，弟妹失散，父子隔绝，战争的痛苦，他是尝够了。所以在他的诗歌里，十九诅咒战争，表现极强的非战思想。而他对于民族意识，尚这样强烈。“拔剑击大荒，日收胡马群！”“中原有斗争，况在狄与戎！”充分表现了他是一个爱国诗人！而“古人重守边，今人重高勋。”“苟能制侵陵，岂在多杀伤！”又可知道他是酷爱和平、讲人道主义的人。于此，我们佩服这个“诗圣”人格的伟大！

下面我再将唐代诗人的“出塞曲”略举数首如下：

上将三略远，元戎九命尊。缅怀古人节，思酬明主恩。

——虞世南《出塞》

塞外欲纷纭，雌雄犹未分。明堂占气色，华盖辨星文。二月河魁将，三千太乙军。丈夫皆有志，会见立功勋！

——杨　炯《出塞》

胡骑犯边埃，风从丑上来。五原烽火急，六群羽书催。冰壮飞狐冷，霜浓候雁哀。将军朝授钺，战士夜衔枚。紫塞金河里，葱山铁勒隈。莲花秋剑发，桂叶晓旗开。秘略三军动，妖氛百战摧。何言投笔去，终作勒铭回。

——沈佺期《塞北》

居延城外猎天骄，白草连天野火烧。暮云空碛时驱马，秋日平原好射雕。护羌校尉朝乘障，破虏将军夜渡辽。玉靶角弓珠勒马，汉家将赐霍嫖姚！

——王　维《出塞》

忽闻天上将，关塞重横行，始返楼兰国，还向朔方城。黄金装战马，白羽集神兵。星月开天阵，山川列地营。晚风吹画角，春色耀飞旌。宁知班定远，犹是一书生！

——陈子昂《和陆明府赠将军重出塞》

天骄远塞行，出鞘宝刀鸣。定知酬恩日，今朝觉命轻。塞虏常为敌，边风已报秋。平生多志气，箭底觅封侯。

——王　涯《塞上曲》

戈甲从军久，风云识阵难。今朝拜韩信，计日斩成安。燕颌多奇相，狼头敢犯边。寄言班定远，正是立功年！

——王　涯《从军词》

林暗草惊风，将军夜引弓。平明寻白羽，没在石棱中。月黑雁飞高，单于夜遁逃。欲将轻骑逐，大雪满弓刀。

——卢　纶《和张仆射塞下曲》

骄虏初南下，烟尘暗国中。独召李将军，夜开甘泉宫。一身许明主，万里总元戎。霜甲卧不暖，夜半闻边风。胡天早飞雪，荒徼多转蓬。寒云覆水重，秋气连海空。金鞍谁家子，上马鸣角弓。自是幽并客，非论爱立功。

——薛奇重《塞下曲》

方见将军贵，分明对冕旒。圣恩如远被，狂虏不难收。臣节唯期死，功勋敢望侯？终辞修里第，从此出皇州。

——僧贯休《入塞》

汉家旌帜满阴山，不遣胡儿匹马还。愿得此生长报国，何需生入玉门关！

——戴叔伦《塞上曲》

金带连环束战袍，马头冲雪度临洮。卷旗夜劫单于帐，乱斫胡儿缺宝刀！

——马　戴《出塞》

朔雪飘飘开雁门，平沙历乱卷蓬根。功名耻计擒生数，直斩楼兰报国恩！

——张仲素《塞下曲》

六、尾语——唐代的没落与没落的诗人

历史说明自中唐以后，唐朝开始向衰亡的途上走去，藩镇跋扈，宦官窃柄，内乱外患，相逼而至，在这样国运危险万分之际，晚唐的诗人是应该怎样本着杜少陵的非战文学，积极地反对内战！应该怎样继着初唐、盛唐的诗人的出塞从军的壮志，歌咏慷慨的民族诗歌！然而事实是使我们失望的！晚唐的诗坛充满着颓废、堕落及不可救药的暮气；他们只知道沉醉在女人的怀里，呻吟着无聊的悲哀。看吧！他们的微弱无力的诗歌：

李商隐诗：

鱼鸟犹疑畏简书，风云常为护储胥。徒令上将挥神笔，终见降王走传车。管乐有才真不忝，关张无命欲何如？他年锦里经祠庙，梁父吟成恨有余！

——李商隐《筹笔驿》

巧笑知堪敌万几，倾城最在著戎衣。晋阳已陷休回顾，更请君王猎一围。

——李商隐《北齐》

水精如意玉连环，下蔡城危莫破颜。红绽樱桃含白雪，断肠声里唱阳关。

——李商隐《赠歌妓》

嵩云秦树久离居，双鲤迢迢一纸书。休问梁国旧宾客，茂陵秋雨病相如。

——李商隐《寄令狐郎中》

温庭筠五首：

铁马云雕共绝尘，柳营高压汉宫春。天清杀气屯关右，夜半妖星照渭滨。下国卧龙空寤主，中原得鹿不由人！象床宝帐无言语，从此谯周是老臣。

——温庭筠《经五丈原》

十年分散剑关秋，万事皆随锦水流！志气已曾明汉节，功名犹尚带吴钩。雕边认箭寒云重，马上听笳塞草愁。今日逢君倍惆怅，灌婴韩信尽封侯。

——温庭筠《赠蜀将》

江海相逢客恨多，秋风叶下洞庭波。酒酣夜别淮阴市，月照高楼一曲歌。

——温庭筠《赠少年》

井底点灯深烛伊，共郎长行莫围棋。玲珑骰子安红豆，入骨相思知不知?

——温庭筠《新添声杨柳枝辞》

高低深浅一阑红，把火殷勤绕露丛。希逸近来成懒病，不能容易向春风。

——温庭筠《夜看牡丹》

杜牧四首：

落魄江湖载酒行，楚腰纤细掌中轻。十年一觉扬州梦，赢得青楼薄幸名。

——杜　牧《遣怀》

折戟沉沙铁未销，自将磨洗认前朝。东风不与周郎便，铜雀春深锁二乔。

——杜　牧《赤壁》

翠鬣红毛舞文晖，水禽情似此禽稀。暂分烟岛犹回首，只渡寒塘亦并飞。映雾尽迷珠殿瓦，逐梭齐上玉人机。采莲无限兰桡女，笑指中流羡尔归。

——杜　牧《崔珏和人鸳鸯之什》

江雨霏霏江草齐，六朝如梦鸟空啼。无情最是台城柳，依旧烟笼十里堤！

——杜　牧《韦庄金陵图》

我们读了上列几首晚唐诗人的诗歌，不得不佩服他们对于修辞学的讲究，字句的美术化，使我们觉得十分满意，而音律的婉转抑扬，真可谓“弦弦掩抑声声思”了！然而当着国家危急存亡的关头，和千百万人民都在流离失所的时候，他们尚在那儿“十年一觉扬州梦，赢得青楼薄幸名”“玲珑骰子安红豆，入骨相思知不知”，只管一己享乐，忘却大众痛苦，那就失掉诗人的人格了！而在初唐、盛唐的诗人写来是“人生感意气，功名谁复论”（魏徵），“丈夫誓许国，愤惋复何有”（杜甫），“功名耻计擒生数，直斩楼兰报国恩”（张仲素），形容出烈士为国牺牲的精神；而在晚唐诗人写来则为“今日逢君倍惆怅，灌婴韩信尽封侯”，怀念自己的禄位，忘掉国家民族，令人齿冷！同样怀古兴感，在老杜笔底写来的“出师未捷身先死，长使英雄泪满巾”咏歌武侯，是何等的慷慨激昂！在晚唐诗人写来则成为“下国卧龙空寤主，中原得鹿不由人”“管乐有才真不忝，关张无命欲何如”充分表现消极悲观的意识了！大约晚唐诗人只知道留恋儿女柔情，歌咏鸳鸯蝴蝶，什么国家民族？什么民众疾苦？与他们漠不相关！他们无聊的时候，只能呻吟着“希逸近来成懒病，不能容易向春风”“休问梁园旧宾客，茂陵秋雨病相如”！唉，颓废的晚唐诗人，没落的晚唐诗人！

略谈敦煌艺术的意义与价值

中国艺术有三个方向与境界。第一个是礼教的、伦理的方向。三代钟鼎和玉器都联系于礼教，而它的图案画发展为具有教育及道德意义的汉代壁画（如武梁祠壁画等），东晋顾恺之的《女史箴图》，也还是属于这范畴。第二是唐宋以来笃爱自然界的山水花鸟，使中国绘画艺术树立了它的特色，获得了世界地位。然而正因为这“自然主义”支配了宋代的艺坛，遂使人们忘怀了那第三个方向，即从六朝到晚唐宋初的丰富的宗教艺术。这七八百年的佛教艺术创造了空前绝后的佛教雕像：云冈、龙门、天龙山的石窟，以及近来才被人注意的四川大足造像和甘肃麦积山造像。中国竟有这样伟大的雕塑艺术，其数量之多，地域之广，规模之大，造诣之深，都足以和希腊雕塑艺术争辉千古！而这艺术却被唐宋以来的文人画家所视而不见，就像西洋中古教士对于罗马郊区的古典艺术熟视无睹。

雕刻之外，在当时更热闹、更动人、更炫丽的是彩色的壁画，而当时画家的艺术热情表现于张图与跋异竞赛这段动人的故事：

张图，字仲谋，河南洛阳人。朱梁太祖在藩镇日，图掌行军资粮簿籍，故时人呼为张将军。图少颖悟，而好丹青……尤长大像。梁龙德中，洛阳广爱寺沙门义暄，剩置金币，邀四方奇笔画三门两壁。时处士跋异，号为绝笔，乃来应募。异方草定画样，图忽立其后，长揖而语曰："知跋君敏手，固来赞贰。"异方自负，乃笑曰："……顾陆，吾曹之友也，吾岂须赞贰？"图……顾绘右壁……不假朽约，搦管挥写，倏忽成折腰报事师者，从以三鬼。异乃瞪目踧踖，惊拱而言曰："子岂非张将军乎？"图捉管厉声曰："然。"异雍容而谢曰："……此二壁非异所能也。"遂引退，图亦不伪让，遂专其功……乃于东壁画水神一座，直视西壁报事师者，其意思高远，视之如生。

然跋异固为善佛道鬼神称绝笔艺者，虽被斥于张将军，后又在福先寺大殿画护法善神。方朽约时，忽有一人来，自言：

"吾姓李，滑台人，有名善画罗汉，乡里呼余为李罗汉，当与汝对画，角其巧拙。”异亦嘿思，恐如张图者流，遂固让西壁与之。异乃竭精贮思，意与笔会，屹成一神，侍从严毅又设色鲜丽。李氏纵观异画，见其精妙入神非己所及，遂手足失措……由是异大有得色，遂夸咤曰：“昔见败于张将军，今取捷于李罗汉。”

这真是中国伟大的“艺术热情时代”！因了西域传来的宗教信仰的刺激及新技术的启发，中国艺人摆脱了传统礼教之理智束缚，驰骋他们的幻想，发挥他们的热力。线条、色彩、形象，无一不飞动奔放，虎虎有生气。“飞”是他们的精神理想，飞腾动荡是那时艺术境界的特征。

这个灿烂的佛教艺术，在中原本土，因历代战乱，及佛教之衰退而被摧毁消灭。富丽的壁画及其崇高的境界真是“如幻梦如泡影”，从衰退萎弱的民族心灵里消逝了。支持画家艺境的是残山剩水、孤花片叶。虽具清超之美而乏磅礴的雄图。天佑中国！在西陲敦煌洞窟里，竟替我们保留了那千年艺术的灿烂遗影。我们的艺术史可以重新写了！我们如梦初觉，发现先民的伟力、活力、热力、想象力。

这次敦煌艺术研究所辛苦筹备的艺展，虽不能代替我们必须有一次的敦煌之游，而临摹的逼真，已经可以让我们从“一粒沙中窥见一个世界，一朵花中欣赏一个天国”了！

最使我们感兴趣的是敦煌壁画中的极其生动而具有神魔性的动物画，我们从一些奇禽异兽的泼辣的表现里透进了世界生命的原始境界，意味幽深而沉厚。现代西洋新派画家厌倦了自然表面的刻画，企求自由天真原始的心灵去把握自然生命的核心层。德国画家马尔克（F.Marc）震惊世俗的《蓝马》，可以同这里的马精神相通。而这里《释尊本生故事图录》的画风，尤以“游观农务”一幅简直是近代画家亨利·卢梭（Henri Rousseau）的特异的孩稚心灵的画境。几幅力士像和北魏乐伎像的构图及用笔，使我们联想到法国野兽派洛奥（Rouault）的拙厚的线条及中古教堂玻璃窗上哥特式的画像。而马蒂斯（Matisse）这些人的线纹也可以在这里找到他们的伟大先驱。不过这里的一切是出自古人的原始感觉和内心的迸发，浑朴而天真。而西洋新派画家是在追寻着失去的天国，是有意识地回到原始意味。

敦煌艺术在中国整个艺术史上的特点与价值，是在它的对象以人物为中心，在这方面与希腊相似。但希腊的人体的境界和这里有一个显著的分别。希腊的人像是着重在“体”，一个由皮肤轮廓所包的体积，所以表现得静穆稳重。而敦煌人像，全是在飞腾的舞姿中（连立像、坐像的躯体也是在扭曲的舞姿中），人像的着重点不在体积，而在那克服了地心吸力的飞动旋律。所以身体上的主要衣饰不是贴体的衫褐，而是飘荡飞举的缠绕着的带纹（在北魏画里有全以带纹代替衣饰的）。佛背的火焰似的圆光，足下的波浪似的莲座，联合着这许多带纹组成一幅广大繁富的旋律，象征着宇宙节奏，以容包这躯体的节奏于其中。这是敦煌人像所启示给我们的中西人物画的主要区别。只有英国的画家布莱克的《神曲》插画中人物，也表现这同样的上下飞腾的旋律境界。近代雕刻家罗丹也摆脱了希腊古典意境，将人体雕像谱入于光的明暗闪灼的节奏中，而敦煌人像却系融化在线纹的旋律里。敦煌的艺境是音乐意味的，全以音乐舞蹈为基本情调，《西方净土变》的天空中还飞跃着各式乐器呢！

艺展中有唐画山水数幅，大可以帮助中国山水画史的探索，有一二幅令人想象王维的作风，但它们本身也都具有拙厚天真的美。在艺术史上，是各个阶段、各个时代“直接面对着上帝”的，各有各的境界与美。至少我们欣赏者应该拿这个态度去欣领他们的艺术价值。而我们现代艺术家能从这里获得深厚的启发，鼓舞创造的热情，这是毫无疑义的。至于图案设计之繁富灿美也表示古人的创造的想象力之活跃，一个文化丰盛的时代，必能发明无数图案，装饰他们的物质背景，以美化他们的生活。

三辑 西方思辨之美

以悲剧情绪透入人生，
以幽默情绪超脱人生。

希腊哲学家的艺术理论

一、形式与心灵表现

艺术有“形式”的结构，如数量的比例（建筑）、色彩的和谐（绘画）、音律的节奏（音乐），使平凡的现实超入美境。但这“形式”里面也同时深深地启示了精神的意义、生命的境界、心灵的幽韵。

艺术家往往倾向以“形式”为艺术的基本，因为他们的使命是将生命表现于形式之中。而哲学家则往往静观领略艺术品里心灵的启示，以精神与生命的表现为艺术的价值。

希腊艺术理论的开始就分这两派不同的倾向。色诺芬（Xenophon）在他的回忆录中记述苏格拉底（Socrates）曾经一次与大雕刻家克莱东（Kleiton）的谈话，后人推测就是指波里克勒（Polycrate）。当这位大艺术家说出“美”是基于数与量的比例时，这位哲学家就很怀疑地问道：“艺术的任务恐怕还是在表现出心灵的内容吧？”苏格拉底又希望从画家帕拉休斯（Parrhasius）知道艺术家用何手段能将这有趣的、窈窕的、温柔的，可爱的心灵神韵表现出来。苏格拉底所重视的是艺术的精神内涵。

但希腊的哲学家未尝没有以艺术家的观点来看这宇宙的。宇宙（Cosmos）这个名词在希腊就包含着“和谐、数量、秩序”等意义。毕达哥拉斯（Pythagoras，希腊大哲）以“数”为宇宙的原理。当他发现音之高度与弦之长度成为整齐的比例时，他将何等地惊奇感动，觉着宇宙的秘密已在他面前呈露：一面是“数”的永久定律，一面即是至美和谐的音乐。弦上的节奏即是那横贯全部宇宙之和谐的象征！美即是数，数即是宇宙的中心结构，艺术家是探乎于宇宙的秘密的！

但音乐不只是数的形式的构造，也同时深深地表现了人类心灵最深最秘处的情调与律动。音乐对于人心的和谐、行为的节奏，极有影响。苏格拉底是个人生哲学者，在他是人生伦理的问题比宇宙本体问题还更重要。所以他看艺术的内容比形式尤为要紧。而西洋美学中形式主义与内容主义的争执，人生艺术与唯美艺术的分歧，已经从此开始。但我们看来，音乐是形式的和谐，也是心灵的律动，一镜的两面是不能分开的。心灵必须表现于形式之中，而形式必须是心灵的节奏，就同大宇宙的秩序定律与生命之流动演进不相违背，而同为一体一样。

二、原始美与艺术创造

艺术不只是和谐的形式与心灵的表现，还有自然景物的描摹。“景”“情”“形”是艺术的三层结构。毕达哥拉斯以宇宙的本体为纯粹数的秩序，而艺术如音乐是同样地以“数的比例”为基础，因此艺术的地位很高。苏格拉底以艺术有心灵的影响而承认它的人生价值。而柏拉图则因艺术是描摹自然影像而贬斥之。他以为纯粹的美或“原始的美”是居住于纯粹形式的世界，就是万象之永久典范，所谓观念世界。美是属于宇宙本体的。（这一点上与毕达哥拉斯同义。）真、善、美是居住在一处。但它们的处所是超越的、抽象的、纯精神性的。只有从感官世界解脱了的纯洁心灵才能接触它。我们感官所经验的自然现象，是这真形世界的影像。艺术是描摹这些偶然的变幻的影子，它的材料是感官界的物质，它的作用是感官的刺激。所以艺术不唯不能引着我们达到真理，止于至善，且是一种极大的障碍与蒙蔽。它是真理的“走形”，真形的“曲影”。柏拉图根据他这种形而上学的观点贬斥艺术的价值，推崇“原始美”。我们设若要挽救艺术的价值与地位，也只有证明艺术不是专造幻象以娱人耳目。它反而是宇宙万物真相的阐明、人生意义的启示。证明它所表现的正是世界的真实的形象，然后艺术才有它的庄严、有它的伟大使命。不是市场上贸易肉感的货物，如柏拉图所轻视所排斥的。（柏氏以后的艺术理论是走的这条路。）

三、艺术家在社会上的地位

柏拉图这样地看轻艺术，贱视艺术家，甚至要把他们排斥于他的理想共和国之外，而柏拉图自己在他的语录文章里却表示了他是一位大诗人，他对于大宇宙的美是极其了解，极热烈地崇拜的。另一方面我们看见希腊的伟大雕刻与建筑确是表现了最崇高、最华贵、最静穆的美与和谐。真是宇宙和谐的象征，并不仅是感官的刺激，如近代的颓废的艺术。而希腊艺术家会遭这位哲学家如此的轻视，恐怕总有深一层的理由吧！第一点，希腊的哲学是世界上最理性的哲学，它是扫开一切传统的神话——希腊的神话是何等优美与伟大——以寻求纯粹论理的客观真理。它发现了物质原子与数量关系是宇宙构造最合理的解释。（数理的自然科学不产生于中国、印度，而产于欧洲，除社会条件外，实基于希腊的唯理主义，它的逻辑与几何。）于是那些以神话传说为题材，替迷信做宣传的艺术与艺术家，自然要被那努力寻求清明智慧的哲学家如柏拉图所厌恶了。真理与迷信是不相容的。第二点，希腊的艺术家在社会上的地位，是被上层阶级所看不起的手工艺者、卖艺糊口的劳动者、丑角、说笑者。他们的艺术虽然被人赞美尊重，而他们自己的人格与生活是被人视为丑恶缺憾的（戏子在社会上的地位至今还被人轻视）。希腊文豪琉善（Lucian）描写雕刻家的命运说：“你纵然是个菲狄亚斯（Phidias）或波里克勒（希腊两位最大的艺术家），创造许多艺术上的奇迹，但欣赏家如果心地明白，必定只赞美你的作品而不羡慕做你的同类，因你终是一个贱人、手工艺者、职业的劳动者。”原来希腊统治阶级的人生理想是一种和谐、雍容、不事生产的人格，一切职业的劳动者为专门职业所拘束，不能让人格有各方面圆满和谐的成就。何况艺术家在礼教社会里面被认为是一班无正业的堕落者、颓废者、纵酒好色、佯狂玩世的人。（天才与疯狂也是近代心理学感到兴味的问题。）希腊最大诗人荷马在他的伟大史诗里描绘了一部光彩灿烂的人生与世界，而他的后世却想象他是盲了目的。赫菲斯托斯（Hephastos）是希腊诸神中间的艺术家的祖宗，但却是最丑的神！

艺术与艺术家在社会上为人重视，须经过三种变化：（一）柏拉图的大弟子亚里士多德的哲学给予艺术以较高的地位。他以为艺术的创造是模仿自然的创造。他认为宇宙的演化是由物质进程形式，就像希腊的雕刻家在一块云石里幻现成人体的形式。所以他的宇宙观已经类似艺术家的。（二）人类轻视职业的观念逐渐改变，尤其将艺术家从匠工的地位提高。希腊末期哲学家普罗丁（Plotinos）发现神灵的势力于艺术之中，艺术家的创造若有神助。（三）但直到文艺复兴的时代，艺术家才被人尊重为上等人物。而艺术家也须研究希腊学问，解剖学与透视学。学院的艺术家开始产生，艺术家进大学有如一个学者。

但学院里的艺术家离开了他的自然与社会的环境，忽视了原来的手工艺，却不一定是艺术创作上的幸福。何况学院主义往往是没有真生命、真气魄的，往往是形式主义的。真正的艺术生活是要与大自然的造化默契，又要与造化争强的生活。文艺复兴的大艺术家也参加政治的斗争。现实生活的体验才是艺术灵感的源泉。

四、中庸与净化

宇宙是无尽的生命、丰富的动力，但它同时也是严整的秩序、圆满的和谐。在这宁静和雅的天地中生活着的人们却在他们的心胸里汹涌着情感的风浪、意欲的波涛。但是人生若欲完成自己，止于至善，实现他的人格，则当以宇宙为模范，求生活中的秩序与和谐。和谐与秩序是宇宙的美，也是人生美的基础。达到这种“美”的道路，在亚里士多德看来就是“执中”“中庸”。但是中庸之道并不是庸俗一流，并不是依违两可、苟且的折中。乃是一种不偏不倚的毅力、综合的意志，力求取法乎上，圆满地实现个性中的一切而得和谐。所以中庸是“善的极峰”，而不是善与恶的中间物。大勇是怯弱与狂暴的执中，但它宁愿近于狂暴，不愿近于怯弱。青年人血气方刚，偏于粗暴。老年人过分考虑，偏于退缩。中年力盛时的刚健而温雅方是中庸。它的以前是生命的前奏，它的以后是生命的尾声，此时才是生命丰满的音乐。这个时期的人生才是美的人生，是生命美的所在。希腊人看人生不似近代人看作演进的、发展的、向前追求的、一个戏本中的主角滚在生活的漩涡里，奔赴他的命运。希腊戏本中的主角是个发达在最强盛时期的、轮廓清楚的人格，处在一种生平唯一次的伟大动作中。他像一座希腊的雕刻。他是一切都了解，一切都不怕，他已经奋斗过许多死的危险。现在他是态度安详不矜不惧地应付一切。这种刚健清明的美是亚里士多德的美的理想。美是丰富的生命在和谐的形式中。美的人生是极强烈的情操在更强毅的善的意志统率之下。在和谐的秩序里面是极度的紧张，回旋着力量，满而不溢。希腊的雕像、希腊的建筑、希腊的诗歌以至希腊的人生与哲学不都是这样？这才是真正的有力的“古典的美”！

美是调解矛盾以超入和谐，所以美对于人类的情感冲动有“净化”的作用。一幕悲剧能引着我们走进强烈矛盾的情绪里，使我们在幻境的同情中深深体验日常生活所不易经历到的情境，而剧中英雄因殉情而宁愿趋于毁灭，使我们从情感的通俗化中感到超脱解放，重尝人生深刻的意味。全剧的结果——即英雄在挣扎中殉情的毁灭——有如阴霾沉郁后的暴雨淋漓，反使我们痛快地重睹青天朗日。空气干净了，大地新鲜了，我们的心胸从沉重压迫的冲突中恢复了光明愉快的超脱。

亚里士多德的悲剧论从心理经验的立场研究艺术的影响，不能不说是美学理论上的一大进步，虽然他所根据的心理经验是日常的。他能注意到艺术在人生上净化人格的效用，将艺术的地位从柏拉图的轻视中提高，使艺术从此成为美学的主要对象。

五、艺术与模仿自然

一个艺术品里形式的结构，如点、线之神秘的组织，色彩或音韵之奇妙的谐和，与生命情绪的表现交融组合成一个“境界”。每一座巍峨崇高的建筑里是表现一个“境界”，每一曲悠扬清妙的音乐里也启示一个“境界”。虽然建筑与音乐是抽象的形或音的组合，不含有自然真景的描绘。但图画、雕刻、诗歌、小说、戏剧里的“境界”则往往寄托在景物的幻现里面。模范人体的雕刻，写景如画的《荷马史诗》是希腊最伟大最中心的艺术创造，所以柏拉图与亚里士多德两位希腊哲学家都说模仿自然是艺术的本质。

但两位对“自然模仿”的解释并不全同，因此对艺术的价值与地位的意见也两样。柏拉图认为人类感官所接触的自然乃是“观念世界”的幻影。艺术又是描摹这幻影世界的幻影。所以在求真理的哲学立场上看来是毫无价值、徒乱人意、刺激肉感的。亚里士多德的意见则不同。他看这自然界现象不是幻影，而是一个个生命的形体。所以模仿它、表现它，是种有价值的事，可以增进知识而表示技能。亚里士多德的模仿论确是有他当时经验的基础。希腊的雕刻、绘画，如中国古代的艺术原本是写实的作品。它们生动如真的表现，流传下许多神话传说。米隆（Myron）雕刻的牛，引动了一只活狮子向它跃搏，一头小牛要向它吸乳，一个牛群要随着它走，一位牧童遥望掷石击之，想叫它走开，一个偷儿想顺手牵去。啊，米隆自己也几乎误认它是自己牛群里的一头!

希腊的艺术传说中赞美一件作品大半是这样的口吻。（中国何尝不是这样？）艺术以写物生动如真为贵。再述一个关于画家的传说。有两位大画家竞赛。一位画了一枝葡萄，这样的真实，引起飞鸟来啄它。但另一位走来在画上加绘了一层纱幕盖上，以致前画家回来看见时伸手欲将它揭去。（中国传说中东吴画家曹不兴尝为孙权画屏风，误发笔点素，因就以作蝇，既而进呈御览，孙权以为生蝇，举手弹之。）这种写幻如真的技术为当时艺术所推重。亚里士多德根据这种事实说艺术是模仿自然，也不足怪了。何况人类本有模仿冲动，而难能可贵的写实技术也是使人惊奇爱慕的呢。

但亚里士多德的学说不以此篇为满足。他不仅是研究“怎样地模仿”，他还要研究模仿的对象。艺术可就三方面来观察：（一）艺术品制作的材料，如木、石、音、字等；（二）艺术表现的方式，即如何描写模仿；（三）艺术描写的对象。但艺术的理想当然是用最适当的材料，在最适当的方式中，描摹最美的对象。所以艺术的过程终归是形式化，是一种造型。就是大自然的万物也是由物质材料创化千形万态的生命形体。艺术的创造是“模仿自然创造的过程”（即物质的形式化）。艺术家是个小造物主，艺术品是个小宇宙。它的内部是真理，就同宇宙的内部是真理一样。所以亚里士多德有一句很奇异的话：“诗是比历史更哲学的。”这就是说诗歌比历史学的记载更近于真理。因为诗是表现人生普遍的情绪与意义，史是记述个别的事实；诗所描述的是人生情理中的必然性，历史是叙述时空中事态的偶然性。文艺的事是要能在一件人生个别的姿态行动中，深深地表露出人心的普遍定律。（比心理学更深一层更为真实的启示。莎士比亚是最大的人心认识者。）艺术的模仿不是徘徊于自然的外表，乃是深深透入真实的必然性。所以艺术最邻近于哲学，它是达到真理表现真理的另一道路，它使真理披了一件美丽的外衣。

艺术家对于人生对于宇宙因有着最虔诚的“爱”与“敬”，从情感的体验发现真理与价值，如古代大宗教家、大哲学家一样。而与近代由于应付自然，利用自然，而研究分析自然之科学知识根本不同。一则以庄严敬爱为基础，一则以权力意志为基础。柏拉图虽阐明真知由“爱”而获证入！但未注意伟大的艺术是在感官直觉的现量境中领悟人生与宇宙的真境，再借感觉界的对象表现这种真实。但感觉的境界欲作真理的启示须经过“形式”的组织，否则是一堆零乱无系统的印象（科学知识亦复如是）。艺术的境界是感官的，也是形式的。形式的初步是“复杂中的统一”。所以亚里士多德已经谈到这个问题。艺术是感官对象。但普通的日常实际生活中感觉的对象是一个个与人发生交涉的物体，是刺激人欲望心的物体，然而艺术是要人静观领略，不生欲心的。所以艺术品须能超脱实用关系之上，自成一形式的境界，自织成一个超然自在的有机体。如一曲音乐缥缈于空际，不落尘网。这个艺术的有机体对外是一独立的“统一形式”，在内是“力的回旋”，丰富复杂的生命表现。于是艺术在人生中自成一世界，自有其组织与启示，与科学哲学等并立而无愧。

六、艺术与艺术家

艺术与艺术家在人生与宇宙的地位因亚里士多德的学说而提高了。菲狄亚斯雕刻宙斯（Zeus）神像，是由心灵里创造理想的神境，不是模仿刻画一个自然的物像。艺术之创造是艺术家由情绪的全人格中发现超越的真理真境，然后在艺术的神奇的形式中表现这种真实。不是追逐幻影，娱人耳目。这个思想是自奥古斯丁（Augustinus）、费奇诺（Ficinus）、布鲁诺（Bruno）、沙夫茨伯里（Shaftesbury）、温克尔曼（Winckelman）等等以来认为近代美学上共同的见解了。但柏拉图轻视艺术的理论，在希腊的思想界确有权威。希腊末期的哲学家普罗丁就是徘徊在这两种不同的见解中间。他也像柏拉图以为真、美是绝对的、超越的存在于无迹的真界中，艺术家须能超拔自己观照到这超越形象的真、美，然后才能在个别的具体的艺术作品中表现出真、美的幻影。艺术与这真、美境界是隔离得很远的。真、美譬如光线，艺术譬如物体，距光愈远得光愈少。所以大艺术家最高的境界是他直接在宇宙中观照得超形象的美。这时他才是真正的艺术家，尽管他不创造艺术品。他所创造的艺术不过是这真、美境界的余辉映影而已。所以我们欣赏艺术的目的也就是从这艺术品的兴感渡入真、美的观照。艺术品仅是一座桥梁，而大艺术家自己固无须乎此。宇宙“真、美”的音乐直接趋赴他的心灵。因为他的心灵是美的。普罗丁说：“没有眼睛能看见日光，假使它不是日光性的。没有心灵能看见美，假使他自己不是美的。你若想观照神与美，先要你自己似神而美。”

形与影

——罗丹作品学习札记

明朝画家徐文长曾题夏圭的山水画说："观夏圭此画，苍洁旷迥，令人舍形而悦影！"

舍形而悦影，这往往会叫我们离开真实，追逐幻影，脱离实际，耽爱梦想，但古来不少诗人画家偏偏喜爱"舍形而悦影"。徐文长自己画的《驴背吟诗》（现藏故宫）就是用水墨写出人物与树的影子，甚至用扭曲的线纹画驴的四蹄，不写实，却令人感到驴从容前驰的节奏，仿佛听到蹄声滴答，使这画面更加生动而有音乐感。

中国古代诗人、画家为了表达万物的动态，刻画真实的生命和气韵，就采取虚实结合的方法，通过"离形得似""不似而似"的表现手法来把握事物生命的本质。唐人司空图《诗品》里论诗的"形容"艺术说："绝伫灵素，少迴清真。如觅水影，如写阳春。风云变态，花草精神。海之波澜，山之嶙峋。俱似大道，妙契同尘。离形得似，庶几斯人。”

离形得似的方法，正在于舍形而悦影。影子虽虚，恰能传神，表达出生命里微妙的、难以模拟的真。这里恰正是生命，是精神，是气韵，是动。《蒙娜丽莎》的微笑不是像影子般飘拂在她的眉睫口吻之间吗？

中国古代画家画竹子不也教人在月夜里摄取竹叶横窗的阴影吗？

法国近代雕刻家罗丹创作的特点正是重视阴影在塑形上的价值。他最爱到哥特式教堂里去观察复杂交错的阴影变化。[①]把这些意象运用到他雕塑的人物形象里，成为他的造型的特殊风格。

---

① 哥特式，即指哥提克风格，是15世纪在意大利产生的，起初是一个蔑视的称呼。它指的是欧洲从12世纪晚期到15世纪的建筑风格，以后遍指这一时期的全面艺术，代表作是意大利、法国和德国的这一时期的大教堂，表现着飞腾出世的基督教精神。矗立天空雕镂精致，见骨不见肉，而富于光和影的交错流动。关于大教堂里的阴影对罗丹的启发，《阴影的秘密》里面一段话可供参考：“阴影的力量对于罗丹是一探索不尽的秘密。在巴黎圣母院的穹门前，他试图解说这不可探明的规律。他说：‘大教堂的变动不居的阴影表现出运动。动是一切物的灵魂。只有这样的创作是永远有价值的：即它内部具有力量，把自己的阴影在天光之下完满地体观出来。因为从正确的形成的体积，诸阴影才会完全自己显示出来。在重新修复这大教堂时，鲁莽的手把这一切可能性毁灭了。这是多么无知！……”——原注

我在1920年夏季到达巴黎，罗丹的博物馆开幕不久，（罗丹在1917年死前将全部作品赠予法国政府设立博物馆。）我去徘徊观摩了多次，深深地被他的艺术形象所感动，觉得这些新创的现实主义与浪漫主义相结合的形象是和古希腊的雕刻境界异曲同工的。艺术贵乎创造，罗丹是在深切地研究希腊以后，创造了新的形象来表达他自己的时代精神的。

记得我在当时写了一篇《看了罗丹雕刻以后》，里面有一段话留下了我当时对罗丹的理解和欣赏：

> 他的雕刻是从形象里面发展，表现出精神生命，不讲求外表形式的光滑美满。但他的雕刻中确没有一条曲线、一块平面而不有所表示生意跃动，神致活泼，如同自然之真。罗丹真可谓能使物质而精神化的了。

罗丹创造的形象常常往来在我的心中，帮助我理解艺术。前年无意中购得一本德国女音乐家海伦·萝斯蒂兹写的《罗丹在谈话和信札中》，文笔清丽，写出罗丹的生活、思想和性情，栩栩如生，使我吟味不已。书中有不少谈艺的隽语，对我们很有启发，也给予美的感受。去年暑假我把它译了出来，公诸同好。

从这本小书里我们可以看到罗丹在巴黎郊外他的梅东别墅里怎样被大自然和艺术包围着，而通过自己的无数的创作表现了他的时代的最内在的精神面貌，也就是文艺复兴以来近代资产阶级趋向没落时期人们生活里的强烈矛盾、他们的追求和幻灭。这本小书可以帮助我们了解罗丹的创作企图和他的艺术意境。

莎士比亚的艺术

近年来，莎士比亚的戏剧的研究，在世界各国忽然引起很大兴趣，这方面问题的研究和电影的摄制，都非常热闹，我们可以见到莎氏的艺术是不朽的，永远有他的生命。

莎士比亚生活于 1564 年至 1616 年文艺复兴的最盛时代，那是个从中古宗教势力求解放，希腊的文学艺术重新被人发现的时代，实际上是“人”的重新发现，“人生的意义与价值”重新被发现，人体的油画与雕刻发展到极高峰，而描写人性的内心生活，以人生的冲突斗争做题材的戏剧艺术，也就异常发达。莎氏是此大潮流中一个超越一切的戏剧天才。他自己本是在一个剧社供给剧本。他说过：整个世界不过是一个舞台，世间男男女女是一些演员。他自己的生活确是一个在剧团里的生活。戏剧与人生对他而言是一个东西。他从戏剧里体会到那些人生的伟大的、紧张的、悲壮的场面，而他又从实际人生的体验，观察，分析，给予他自己的创作以丰富的、深刻的生命。他的创作较他之前或之后的古典剧有几个不同之点。

（一）他写作的题材故事，既不是像近代作家取于自己的生活（如歌德《浮士德》）或自己的生活环境和社会问题，又不是单凭自己的想象构造情节内容，乃是几乎全部取材于他的前辈的剧本或小说而加以重新改造。然而，艺术的价值并不在于题材内容，而在他如何写出，莎氏的天才有点石成金的手段。

他的剧本不像古典及近代剧欢喜从情节冲突紧张的顶点开始，而将以往情节在口中说出来，他是欢喜陈述一事全部的开始和发展，如《罗密欧和朱丽叶》就是从两人一见倾心说起。这是铺陈的叙述，使剧本里的空间、地点和时间复杂而拉长，破坏了古典的三一律（古典剧情的时间至多在 24 小时以内）。

这种铺陈叙述使剧中主角发生多方面错综的关系，主要情节外往往有平行的一个或两个插曲情节。这种平行情节虽是古已有之，但是莎氏最善于处理穿插而运用得有意义，或呈必要，如在《威尼斯商人》中杰西卡被罗兰佐诱走就大有作用：一则显出夏洛克凶狠的性格，表出他自己女儿骂其家为地狱；二则借此情节以弥补了订契约与契约到期时间；三则使我们了解夏洛克因女儿之出走更坚决了他的报复意志，以至于露出无人性的凶狠。莎氏的剧本固是充满了复杂的繁富的生命力。

（二）他的剧本若和希腊及法国古典剧相对照，就看出他的特点是悲喜剧的融合。在极沉痛的悲剧中掺进了无数的幽默滑稽，使我们看出作家的舞台技巧及了解观众心理，同时看出作家对于人生命的无穷热力与兴趣，而他在喜剧中往往插入极动人的悲剧角色及悲剧情节，像《威尼斯商人》中犹太人夏洛克，可见到诗人对人生的严肃深刻的同情。然而在极严肃的场面，往往插入滑稽、打趣，有时也使人感到过分。不过，他是要调剂观众的情感，也是利用着对比的影响。

（三）他一生的作品中爱用强烈的光明与阴影的对照（像巴洛克时代的荷兰大画家伦勃朗的画）。他爱强调地对比善与恶，智慧与愚蠢，强与弱，动与静，尤在性格描写方面，如女性方面以娇柔含羞的西莉娅（Celia）对活泼勇敢的罗瑟琳（Rosalinde），静穆温柔的西罗（Hero）对利口会说的贝特丽丝（Beatrice）等等，在男子方面如理想主义的布鲁图斯（Pratus）对实际主义的聪明的马克·安东尼（Mark Anton）等等。

（四）莎氏艺术的中心点与最高峰仍在“性格的描写”。他的最成熟期的创作多半是性格的悲剧。《哈姆雷特》是一部最深刻的心理描写，人人知之。他有与前人不同的独自的技术，以描出角色的内心心理的行动的动机。他的技术大致可分四方面：

（1）从主角的大的重要的全部的行动上见出性格。如罗密欧的热狂感情从开始到最后都表现在他的言语和行动中。

（2）在不轻意的微小的动作或道白中，启示出一个人的最深的内心状态与性格。譬如在恺撒的迷信的表示中看出他原来的伟大和力量已趋衰落了。

（3）在两个或几个性格的对映中间描出一个性格细腻的光景，像《威尼斯商人》中的鲍西娅（Portiaa）的求婚者巴萨尼（Basanio），他的个性，作者在剧本中本无暇作细致的描写，然而由于和别的求婚者及安东尼奥（Amtonio）一班其他朋友比较之下，乃觉得他是比较可爱的人物。

（4）莎氏再有一常用的方法，就是由别人的口中描出一个人的个性性格。我们在麦克白夫人（Lady Macbeth）口中知道了麦克白（Macbeth）的性格，在奥菲利娅（Ophelia）的崇拜中也补充了我们对哈姆雷特（Hamlet）个性的认识。以前的作家则多以独白表示出性格。

再后我们再讲到莎氏的剧中的一特点，就是全剧有一种“情调”的创造。他的戏剧愈成熟，愈能在一开头的几十句中就引导我们走进一种爱的或恨的情调中，那故事情节应当有的情调中，在这里表现了他不只是剧作家，也是一个大诗人。像《仲夏夜之梦》一剧若没有这诗的情调就无味了。《麦克白》中间巫女一幕没有那情调就觉得滑稽了。《哈姆雷特》一剧开始就充满了一种幽灵的恐怖的情调，使我们走进凝重的悲剧的情境中。

最后，我们说到莎氏剧情发展的顶点，往往放在第三幕的中间。同时往往也就是全部转换之点，而在悲剧的灾难（catastrophe）之后，并不就结束，往往再来平静的一幕让观众在离开剧院之前能平静地综合剧情的印象。全剧开头虽紧张，而结尾却平静，这和希腊的悲剧相似，而对近代人是不大合口味的。

歌德之人生启示

人生是什么？人生的真相如何？人生的意义何在？人生的目的是何？这些人生最重大、最中心的问题，不只是古来一切大宗教家、哲学家所殚精竭虑以求解答的。世界上第一流的大诗人凝神冥想，探入灵魂的幽邃，或纵身大化中，于一朵花中窥见天国，一滴露水中参悟生命，然后用他们生花之笔，幻现层层世界、幕幕人生，归根也不外乎启示这生命的真相与意义。宗教家对这些问题的方法与态度是预言的说教的，哲学家是解释的说明的，诗人文豪是表现的启示的。荷马的长歌启示了希腊艺术文明幻美的人生与理想，但丁的《神曲》启示了中古基督教文化心灵的生活与信仰。莎士比亚的剧本表现了文艺复兴时人们的生活矛盾与权力意志。至于近代的，建筑于这三种文明精神之上而同时开展一个新时代。所谓近代人生，则由伟大的歌德以他的人格、生活、作品表现出它的特殊意义与内在的问题。

歌德对人生的启示有几层意义，几种方面。就人类全体讲，他的人格与生活可谓极尽了人类的可能性。他同时是诗人、科学家、政治家、思想家，也是近代泛神论信仰的一个伟大的代表。他表现了西方文明自强不息的精神，又同时具有东方乐天知命宁静致远的智慧。德国哲学家齐美尔（Simmel）说："歌德的人生所以给我们以无穷兴奋与深沉的安慰的，就是他只是一个人，他只是极尽了人性，但却如此伟大，使我们对人类感到有希望，鼓动我们努力向前做一个人。"我们可以说歌德是世界一扇明窗，我们由他窥见了人生生命永恒幽邃奇丽广大的天空！

再狭小范围，就欧洲文化的观点说，歌德确是代表文艺复兴以后近代人的心灵生活及其内在的问题。近代人失去了希腊文化中人与宇宙的谐和，又失去了基督教对超越上帝虔诚的信仰。人类精神上获得了解放，得着了自由；但也就同时失所依傍，彷徨摸索，苦闷、追求，欲在生活本身的努力中寻得人生的意义与价值。歌德是这时代精神伟大的代表，他的主著《浮士德》是这人生全部的反映与其问题的解决。[①]歌德与其替身浮士德一

① 现代哲学家斯宾格勒（Spengler）在他名著《西方文化之衰落》中，名近代文化为"浮士德文化"。——原注

生生活的内容就是尽量体验这近代人生特殊的精神意义，了解其悲剧而努力以解决其问题，指出解救之道。所以有人称他的浮士德是近代人的《圣经》。

但歌德与但丁、莎士比亚不同的地方，就是他不单是由作品启示我们人生真相，尤其在他自己的人格与生活中表现了人生广大精微的义谛。所以我们也就从两方面去接受歌德对于人类的贡献：（一）从他的人格与生活，了解人生之意义；（二）从他的文艺作品，欣赏人生真相之表现。

一、歌德人格与生活之意义

比学斯基（Bielschowsky）在《歌德传记·导论》中分析歌德人格的特性，描述他生活的丰富与矛盾，最为详尽（见拙译《歌德论》）。但这个矛盾丰富的人格终是一个谜。所谓谜，就是这些矛盾中似乎潜伏着一个道理，由这个道理我们可以解释这个谜，而这个道理也就是构成这个谜的原因。我们获着这个道理解释了这谜，也就可说是懂了那谜的意义。歌德生活中之矛盾复杂最使人有无穷的兴趣去探索他人格与生活的意义，所以人们关于歌德生活的研究与描述异常丰富，超过世界任何文豪。近代德国哲学家努力于歌德人生意义的探索者尤多，如齐美尔（Simmel）、李凯尔特（Rickert）、龚多夫（Gundolf）、寇乃曼（Küehnemann）、可尔夫（Korff）等等，尤以可尔夫的研究颇多新解。我们现在根据他们的发挥，略参个人的意见，叙述于后。

我们先再认清这歌德之谜的真面目：第一个印象就是歌德生活全体的无穷丰富，第二个印象是他一生生活中一种奇异的谐和，第三个印象是许多不可思议的矛盾。这三种相反的印象却是互相依赖的，但也使我们表面看来，没有一个整个的歌德而呈现无数歌德的图画。首先有少年歌德与老年歌德之分。细看起来，可以说有一个莱比锡大学学生的歌德，有一个少年维特的歌德，有一个魏玛朝廷的歌德，有一个意大利旅行中的歌德，与希勒交友时的歌德，艾克曼谈话中的哲人歌德。这就是说歌德的人生是永恒变迁的，当时他朋友都有此感，他与朋友爱人间的种种误会与负心皆由于此。人类的生活本都是变迁的，但歌德每一次生活上的变迁就启示一次人生生活上重大的意义，且留下了伟大的成绩，为人生永久的象征。这是什么缘故？因歌德在他每一种生活的新倾向中，无论是文艺、政治、科学或恋爱，都是以全副精神整个人格浸沉其中；每一种生活的过程里都是一个整个的歌德在内。维特时代的歌德完全是一个多情善感、热爱自然的青年，著《伊菲格尼》（*Iphigenie*）的歌德完全是个清明儒雅，徘徊于罗马古墟中希腊式的人。他从人性之南极走到北极，从极端主观主义的少年维特走到极端客观主义的伊菲格尼，似乎完全两个人，然而每个人都是新鲜活泼原版的人。所以他的生平给予我们一种永久青春、永远矛盾的感觉。歌德的一生并非真是从迷途错误走到真理，乃是继续地经历全人生各式的形态。他在《浮士德》中说：“我要在内在的自我中深深领略，领略全人类所赋有的一切。最崇高的最深远的我都要了解。我要把全人类的苦乐堆积在我的胸心，我的小我，便扩大成为全人类的大我。我愿和全人类一样，最后归于消灭。”这样伟大勇敢的生命肯定，使他穿历人生的各阶段，而每阶段都成为人生深远的象征。他不只是经过少年诗人时期，中年政治家时期，老年思想家、科学家时期，就在文学上，他也是从最初洛可可式的纤巧到少年维特的自然流露，再从意大利游后古典风格的写实到老年时《浮士德》第二部象征的描写。

他少年时反抗一切传统道德势力的缚束，他的口号是“情感是一切！”他老年时尊重社会的秩序与礼法，重视克制的道德，他的口号是“事业是一切！”在待人接物方面，少年歌德是开诚坦率热情倾倒的；在老年时则严肃得令人难以亲近。在政治方面，少年的大作中葛兹(Goetz)[1]临死时口中喊着“自由”；而老年歌德对法国大革命中的残暴深为厌恶，赞美拿破仑重给欧洲以秩序。在恋爱方面，因各时期之心灵需要，舍弃最知心、最有文化的十年女友施泰因夫人而娶一个无知识、无教育，纯朴自然的扎花女子。歌德生活是努力不息的，但又似乎毫无预计，听机缘与命运之驱使。所以有些人悼惜歌德荒废太多时间做许多不相干的事，像绘画，政治事务，研究科学，尤其是数十年不断的颜色学研究。但他知道这些“迷途”“错道”是他完成他伟大人性所必经的。人在“迷途中努力，终会寻着他的正道”。

歌德在生活中所经历的“迷途”与“正道”表现于一个最可令人注意的现象。这现象就是他生活中历次的“逃走”。他的逃走是他浸沉于一种生活方向将要失去了自己时，猛然的回头，突然的退却，再返于自己的中心。他从莱比锡大学身心破产后逃回故乡，他历次逃开他的情人弗利德利克、绿蒂、丽莉等，他逃到魏玛，又逃脱魏玛政务的压迫走入意大利艺术之宫，他又从意大利逃回德国。他从文学逃入政治，从政治逃入科学。老年时且由西方文明逃往东方，借中国、印度、波斯的幻美热情以重振他的少年心。每一次逃走，他新生一次，他开辟了生

① 剧本《铁手骑士葛兹·冯·贝利欣根》人物，原文译为瞿支。——编者注

活的新领域，他对人生有了新创造、新启示。他重新发现了自己，而他在“迷途”中的经历已丰富深化了自己。他说：“各种生活皆可以过，只要不失去了自己。”歌德之所以敢于全心倾注于任何一种人生方面，尽量发挥，以致有伟大的成就，就是因为他自知不会完全失去了自己，他能在紧要关头逃走退回他自己的中心。这是歌德一生生活的最大的秘密。但在这个秘密背后伏有更深的意义。我们再进一步研究之。

可以说歌德在近代文化史上的意义，是他带给近代人生一个新的生命情绪。在少年时他已自觉是个新的人生宗教的预言者。他早期文艺的题目大都是人类的大教主如普罗米修斯（Prometheus）、苏格拉底、基督与穆罕默德。

这新的人生情绪是什么呢？就是“生命本身价值的肯定”。基督教以为人类的灵魂必须赖救主的恩惠始能得救，获得意义与价值。近代启蒙运动的理性主义则以为人生须服从理性的规范、理智的指导，始能达到高明的、合理的生活。歌德少年时即反抗 18 世纪一切人为的规范与法律。他的葛兹是反抗一切传统政治的缚束；他的维特是反抗一切社会人为的礼法而热烈崇拜生命的自然流露。一言蔽之，一切真实的、新鲜的、如火如荼的生命，未受理性文明矫揉造作的原版生活，对于他是世界上最可宝贵的东西。而这种天真活泼的生命他发现于许多绚漫而朴质如花的女性。他作品中所描写的绿蒂、玛甘泪、玛丽亚等，他自身所迷恋的弗利德利克、丽莉、绿蒂等，都灿烂如鲜花而天真活泼，朴素温柔，如枝头的翠鸟。而他少年作品中这种新鲜活跃的描写，将妩媚生命的本体熠烁在读者眼前，真是在他以前的德国文学所未尝见的，而为世界文学中的粒粒晶珠。

这种崇拜真实生命的态度也表现于他对自然的顶礼。他1782年的《自然赞歌》可为代表。译其大意如下：

> 自然，我们被他包围，被他环抱；无法从他走出，也无法向他深入。他未得请求，又未加警告，就携带我们加入他跳舞的圈子，带着我们动，直待我们疲倦极了，从他臂中落下。他永远创造新的形体，去者不复返，来者永远新，一切都是新创，但一切也仍旧是老的。他的中间是永恒的生命，演进，活动。但他自己并来曾移走。他变化无穷，没有一刻的停止。他没有留恋的意思，停留是他的诅咒，生命是他最美的发明，死亡是他的手段，以多得生命。

歌德这时的生命情绪完全是浸沉于理性精神之下层的永恒活跃的生命本体。

但说到这里，在我们的心影上会涌现出另一个歌德来。

而这歌德的特征是谐和的形式，是创造形式的意志。歌德生活中一切矛盾之最后的矛盾，就是他对流动不居的生命与圆满谐和的形式有同样强烈的情感。他在哲学上固然受斯宾诺莎泛神论的影响；但斯宾诺莎所给予他的仍是偏于生活上、道德上的受用，使他紊乱烦恼的心灵得以入于清明。以大宇宙中永恒谐和的秩序整理内心的秩序，化冲动的私欲为清明合理的意志。但歌德从自己的活跃生命所体验的，动态的、创造的宇宙人生，则与斯宾诺莎倾向机械论与几何学的宇宙观迥然不同。所以歌德自己的生话与人格却是实现了德国大哲学家莱布尼兹（Leibniz）的宇宙论。宇宙是无数活跃的精神原子，每一个原子顺着内在的定律，向着前定的形式永恒不息地活动发展，以完成实现他内潜的可能性，而每一个精神原子是一个独立的小宇宙，在他里面像一面镜子反映着大宇宙生命的全体。歌德的生活与人格不是这样一个精神原子吗？

生命与形式，流动与定律，向外的扩张与向内的收缩，这是人生的两极，这是一切生活的原理。歌德曾名之宇宙生命的一呼一吸。而歌德自己的生活实在象征了这个原则。他的一生，他的矛盾，他的种种逃走，都可以用这个原理来了解。当他纵身于宇宙生命的大海时，他的小我扩张而为大我，他自己就是自然，就是世界，与万物为一体。他或者是柔软得像少年维特，一花一草一树一石都与他的心灵合而为一，森林里的飞禽走兽都是他的同胞兄弟。他或者刚强地察觉着自己就是大自然创造生命之一体，他可以和地神唱道：

生潮中，业浪里，
淘上或淘下，
浮来又浮去！
生而死，死而葬，
一个永恒的大洋，
一个连续的波浪，
一个有光辉的生长，
我架起时辰的机杼，
替神性制造生动的衣裳。

——郭沫若译《浮士德》

但这生活片面的扩张奔放是不能维持的，一个个体的小生命更是会紧张极度而趋于毁灭的。所以浮士德见地神现形那样的庞大，觉得自己好像侏儒一般，他的狂妄完全消失：

我，自以为超过了火焰天使，

已把自由的力量使自然苏生，
满以为创造的生活可以俨然如神！
啊，我现在是受了个怎样的处分，
一声霹雳把我推堕了万丈深坑。
……
哦，我们努力自身，如同我们的烦闷，
一样地阻碍着我们生长的前程。

——郭沫若译《浮士德》

生命片面的努力伸张反要使生命受阻碍，所以生命同时要求秩序，形式，定律，轨道。生命要谦虚，克制，收缩，遵循那支配万有主持一切的定律，然后才能完成，才能使生命有形式，而形式在生命之中。

依着永恒的，正直的
伟大的定律，
完成着
我们生命的圈。

——摘《神性》

一个有限的圈子
范围着我们的人生，
世世代代
排列在无尽的生命的链上。

——摘《人类之界限》

生命是要发扬，前进，但也要收缩，循轨。一部生命的历史就是生活形式的创造与破坏。生命在永恒的变化之中，形式也在永恒的变化之中。所以一切无常，一切无住，我们的心，我们的情，也息息生灭，逝同流水。向之所欣，俯仰之间，已成陈迹。这是人生真正的悲剧，这悲剧的源泉就是这追求不已的自心。人生在各方面都要求着永久；但我们的自心的变迁使没有一景一物可以得暂时的停留，人生飘堕在滚滚流转的生命海中，大力推移，欲罢不能，欲留不许。这是一个何等的重负，何等的悲哀烦恼！所以浮士德情愿拿他的灵魂的毁灭与魔鬼打赌，他只希望能有一个瞬间的真正的满足，俾他可以对那瞬间说："请你暂停，你是何等的美呀！"

由这话看来，一切无常的主因是在我们自心的无常，心的无休止地前进追求，不肯暂停留恋。人生的悲剧正是在我们恒变的心情中，歌德是人类的代表，他感到这人生的悲剧特别深刻，他的一生真是息息不停地追求前进，变向无穷。这心的变迁使他最感着苦痛负疚的就是他恋爱心情的变迁，他一生最热烈的恋爱都不能久住，他对每一个恋人都是负心，这种负心的忏悔自诉是他许多作品的动机与内容。剧本《铁手骑士葛兹》中，魏斯林根背弃玛利亚；剧本《浮士德》中，浮士德遗弃垂死的玛甘泪于狱中，都是歌德最明显、最沉痛的自诉。但他的生活情绪不停留地前进，使他不能不负心，使他不能安于一范围，狭于一境界而不向前开辟生活的新领域。所以歌德无往而不负心，他弃掉法律投入文学，弃掉文学投入政治，又逃脱政治走入艺术科学，他若不负心，他不能尝遍全人生的各境地，完成一个最人性的人格。他说：

你想走向无尽吗？
你要在有限里面往各方面走！

然而这个负心现象，这个生活矛盾，终是他生活里内在的悲剧与问题，使他不能不努力求解决。这矛盾的调解，心灵负咎的解脱，是歌德一生生活之意义与努力。再总结一句，歌德的人生问题，就是如何从生活的无尽流动中获得谐和的形式，但又不要让僵固的形式阻碍生命前进的发展。这个一切生命现象中内在的矛盾，在歌德的生活里表现得最为深刻。他的一切大作品也就是这个经历的供状。我们现在再从歌德的文艺创作中去寻歌德的人生启示与这问题最后的解答。

二、歌德文艺作品中所表现的人生与人生问题

我们说过，歌德启示给我们的人生是扩张与收缩，流动与形式，变化与定律；是情感的奔放与秩序的严整，是纵身大化中与宇宙同流；但也是反抗一切的阻碍压迫以自成一个独立的人格形式。他能忘怀自己，倾心于自然、事业、恋爱；但他又能主张自己，贯彻自己，逃开一切的包围。歌德心中这两个方面表现于他生平一切的作品中。

他的剧本《铁手骑士葛兹》《托尔夸托·塔索》，他的小说《少年维特之烦恼》，是表现生命的奔放与倾注，破坏一切传统的秩序与形式。他的《伊菲格尼》与叙事诗《赫尔曼与多罗蒂》等，则内容外形都表现最高的谐和节制，以圆融高朗的优美的形式调解心灵的纠纷冲突。在抒情诗中他的《普罗米修斯》是主张人类由他自己的力量创造他的生活的领域，不需要神的援助，否认神的支配，是近代人生思想中最伟大的一首革命诗。但他在《人类之界限》《神性》等诗中，则又承认宇宙间含有创造

一切的定律与形式，人生当在永恒的定律与前进的形式中完成他自己；但人生不息的前进追求，所获得的形式终不能满足，生活的苦闷由此而生。这个与歌德生活中心相终始的问题则表现于他毕生的大作《浮士德》中。《浮士德》是歌德全部生活意义的反映，歌德生命中最深的问题于此表现，也于此解决。我们特别提出研究之。

浮士德是歌德人生情绪最纯粹的代表。《浮士德》戏剧最初本，所谓“原始浮士德”的基本意念是什么？在他下面的两句诗中：

我有敢于入世的胆量，
下界的苦乐我要一概担当。

浮士德人格的中心是无尽的生活欲与无尽的知识欲。他欲呼召生命的本体，所以先用符咒呼召宇宙与行为的神。神出现后，被神呵斥其狂妄，他认识了个体生命在宇宙大生命面前的渺小。于是乃欲投身生命的海洋中体验人生的一切。他肯定这生命的本身，不管他是苦是乐，超越一切利害的计较，是有生活的价值的，是应当在他的中间努力寻得意义的。这是歌德的悲壮的人生观，也是他《浮士德》诗中的中心思想。浮士德因知识追求的无结果，投身于现实生活，而生活的顶点，表现于恋爱，但这恋爱生活成了悲剧。生活的前进不停，使恋爱离弃了浮士德，而浮士德离弃了玛甘泪，生活成了罪恶与苦痛。《浮士德》的剧本从原始本经过 1790 年的残篇以至第一部完成，他的内容是肯定人生为最高的价值、最高的欲望，但同时也是最大的问题。初期的《浮士德》剧本之结局，窥歌德之意是倾向纯悲剧的。人生是将由他内在的矛盾，即欲望的无尽与能力的有限，自趋于毁灭，浮士德也将由生活的罪过趋于灭亡，生活并不是理想而为诅咒。但歌德自己生活的发展使问题大变，他在意大利获得了生命的新途径，而剧本中的浮士德也将得救。在 1797 年的《浮士德》中的“天上序曲”里，魔鬼糜非斯陀诅咒人生真如歌德自己原始的意思，但现在则上帝反对糜非斯陀的话，他指出那生活中问题最多、最严重的浮士德将终于得救。这个歌德人生思想的大变化最值得注意，是我们了解浮士德与歌德自己的生活最重要的钥匙。

我们知道“原始浮士德”的生活悲剧，他的苦痛，他的罪过，就是他自己心的恒变，使他对一切不能满足，对一切都负心。人生是个不能息肩的重负，是个不能驻足的前奔。这个可诅咒的人生在歌德生活的进展中忽然得着价值的重新估定。人生最可诅咒的永恒流变一跃而为人生最高贵的意义与价值。人生之得以解救，浮士德之得以升天，正赖这永恒的努力与追求。

浮士德将死前说出他生活的意义是永远地前进：

在前进中他获得苦痛与幸福，

他这没有一瞬间能满足的。

而拥着他升天的天使们也唱道：

唯有不断的努力者

我们可以解脱之！

原本是人生的诅咒，那不停息的追求，现在却变成了人生最高贵的印记。人生的矛盾苦痛罪过在其中，人生之得救也由于此。

我们看浮士德和魔鬼糜非斯陀订契约的时候，他是何等骄傲于他的苦闷与他的不满足。他说他愿毁灭自己，假使人生能使他有一瞬间的满足而愿意暂停留恋。糜非斯陀起初拿浅薄的人世享乐来诱惑他，徒然使他冷笑。

以前他愿意毁灭，因为人生无价值；现在他宁愿毁灭，假使人生能有价值。这是很大的一个差别，前者是消极的悲观，后者是积极的悲壮主义。前者是在心理方面认识，一切美境之必然消逝；后者是在伦理方面肯定，这不停息的追求是人生之意义与价值。将心理的必然变迁改造成意义丰富的人生进化，将每一段的变化经历包含于后一段的演进里，生活愈益丰富深厚，愈益广大高超，像歌德从科学、艺术、政治、文学以及各种人生经历以完成他最后博大的人格。歌德的象征浮士德也是如此，他经过知识追求的幻灭走进恋爱的罪过，又从真、美的憧憬走回实际的事业。每一次的经历并不是消磨于无形，乃是人格演进完成必要的阶石：

你想走向无尽吗？
你要在有限里面往各方面走！

有限里就含着无尽，每一段生活里潜伏着生命的整个与永久。每一刹那都须消逝，每一刹那即是无尽，即是永久。我们懂了这个意思，我们任何一种生活都可以过，因为我们可以由自己给予它深沉永久的意义。《浮士德》全书最后的智慧即是：

一切生灭者
皆是一象征。

在这些如梦如幻流变无常的象征背后潜伏着生命与宇宙永

久深沉的意义。

现在我们更可以了解人生中的形式问题。形式是生活在流动进展中每一阶段的综合组织，他包含过去的一切，成一音乐的和谐。生活愈丰富，形式也愈重要。形式不但不阻碍生活，限制生活，乃是组织生活，集合生活的力量。老年时歌德因他生活内容过分的丰富，所以格外要求形式，定律，克制，宁静，以免生活的分崩而求谐和的保持。这谐和的人格是中年以后的歌德所兢兢努力唯恐或失的。他的诗句：

> 人类孩儿最高的幸福
> 就是他的人格！

流动的生活演进而为人格，还有一层意义，就是人生的清明与自觉的进展。人在世界经历中认识了世界，也认识了自己，世界与人生渐趋于最高的和谐；世界给予人生以丰富的内容，人生给予世界以深沉的意义。这不是人生问题可能的最高的解决吗？这不是文艺复兴以来，人类失了上帝，失了宇宙，从自己的生活的努力所能寻到的人生意义吗？

浮士德最初欲在书本中求智慧，终于在人生的航行中获得清明。他人生问题的解决我们可以说：

> 人当完成人格的形式而不失去生命的流动！生命是无尽的，形式也是无尽的，我们当从更丰富的生命去实现更高一层的生活形式。

这样的生活不是人生所能达到的最高的境地吗？我们还能说人生无意义无目的吗？歌德说：

> 人生，无论怎样，他是好的！

歌德的人生启示固然以《浮士德》为中心，但他的其他创作都是这种生活之无限肯定的表现。尤其是他的抒情诗，完全证实了我们前面所说的歌德生活的特点：

他一切诗歌的源泉，就是他那鲜艳活泼，如火如荼的生命本体。而他诗歌的效用与目的却是他那流动追求的生命中所产生的矛盾苦痛之解脱。他的诗，一方面是他生命的表白，自然的流露，灵魂的呼喊，苦闷的象征。他像鸟儿在叫，泉水在流。他说："不是我作诗，是诗在我心中歌唱。"所以他诗句的节律里跳动着他自己的脉搏，活跃如波澜。他在生活憧憬中陷入苦闷纠缠，不能自拔时，他要求上帝给他一支歌，唱出他心灵的沉痛，在歌唱时他心里的冲突的情调，矛盾的意欲，都醇化而升入节奏、形式，组合成音乐的谐和。混乱浑沌的太空化为秩序井然的宇宙，迷途苦恼的人生获得清明的自觉。因为诗能将他纷扰的生活与刺激他生活的世界，描绘成一幅境界清朗、意义深沉的图画（《浮士德》就是这样一幅人生图画）。这图画纠正了他生活的错误，解脱了他心灵的迷茫，他重新得到宁静与清明。但若没有热烈的人生，何取乎这高明的形式。所以我们还是从动的方面去了解他诗的特色。歌德以外的诗人的写诗，大概是这样：一个景物，一个境界，一种人事的经历，触动了诗人的心。诗人用文字、音调、节奏、形式，写出这景物在心情里所引起的澜漪。他们很能描绘出历历如画的境界，也能表现极其强烈动人的情感。但他们一面写景，一面叙情，往往情景成了对待。且依人类心理的倾向，喜欢写景如画，这就是将意境景物描摹得线清条楚，轮廓宛然，恍如目睹的对象。人类之诉说内心，也喜欢缕缕细述，说出心情的动机原委。虽莎士比亚、但丁的抒情诗，尽管他们描绘的能力与情感的白热，有时超过歌德，但他们仍未能完全脱离这种态度。歌德在人类抒情诗上的特点，就是根本打破心与境的对待，取消歌咏者与被歌咏者中间的隔离。他不去描绘一个景，而景物历落飘摇，浮沉隐显在他的词句中间。他不愿直说他的情意，而他的情意缠绵，婉转流露于音韵节奏的起落里面。他激昂时，文字、境界、节律、音调无不激越兴起；他低徊留恋时，他的歌辞如泣如诉，如怨如慕，令人一往情深，不能自已，忘怀于诗人与读者之分。王国维先生说诗有隔与不隔的差别，歌德的抒情诗真可谓最为不隔的。他的诗中的情绪与景物完全融合无间，他的情与景又同词句音节完全融合无间，所以他的诗也可以同我们读者的心情完全融合无间，极尽浑然不隔的能事。然而这个心灵与世界浑然合一的情绪是流动的，飘渺的，絪缦的，音乐的；因世界是动，人心也是动，诗是这动与动接触会合时的交响曲。所以歌德诗人的任务首先是努力改造社会传统，用旧了的文字词句，以求表现出这新的动的人生与世界。原来我们人类的名词概念文字，是我们把捉这流动世界万事万象的心之构造物；但流动不居者难以捉摸，我们人类的思想语言天然地倾向于静止的形态与轮廓的描绘，历时愈久，文字愈抽象，并这描绘轮廓的能力也将失去，遑论做心与景合一的直接表现。歌德是文艺复兴以来近代的流动追求的人生最伟大的代表（所谓浮士德精神）。他的生命，他的世界是激越的动，所以他格外感到传统文字不足以写这纯动的世界。于是他这位世界最伟大的语言创造的天才，在德国文字中创造了不可计数的新字眼、新句法，以写出他这新的动的人生情绪。[①] 他变化无数的名词为动词，又化此动词为形容词，以形容这流动不居的世界。例如“塔堆的巨人”（形容大树），“塔层的远”“影阴着的湾”“成熟中的果”等等，不胜枚举，且不能译。

他又融情入景，化景为情，融合不同的感官铸成新字以写难状之景，难摹之情。（新字如“领袖的步”“云路”“星眼”“梦的幸福”“花梦”等等也是不能有确切的中译，虽然诗意发达极高的中国文词颇富于这类字眼。）因为他是以一整个的心灵体验这整个的世界，所以他的每一首小诗都荡漾在一种浩瀚流动的气氛中，像宋元画中的山水，不过西方的心灵更倾向于活动而已。我们举他一首《湖上》[②] 诗为例。歌德的诗是不能译的，但又不能不勉强译出，力求忠于原诗，供未能读原文者参考。

并且新鲜的粮食，新鲜的血
我吸取自自由的世界；
自然何等温柔，何等的好，

① 歌德不仅是德国文学上最大诗人，而且是马丁·路德以后创新德国文字最重要的人物。现代继起努力创新与美化德国文字的大诗人是施特凡·格奥尔格（Stefan George）。——原注

② 1755 年瑞士湖上作，时方逃出丽莉（Lili）姑娘的情网（按：姑娘原名 Elisevon Schlndman，嫁 Tuv Kheeim 氏）。——原注

将我拥在怀抱。
波澜摇荡着小船
在击桨声中上前，
山峰，高插云霄，
迎着我们的水道。

眼睛，我的眼睛，你为何沉下了？
金黄色的梦，你又来了？
去吧，你这梦，虽然是黄金，
此地也有生命与爱情。

在波上辉映着
千万飘浮的星，
柔软的雾吸饮着
四围塔层的远。
晓风翼覆了
影阴着的湾，
渐中影映着
成熟中的果。

——《湖上》

开头一句“并且新鲜的粮食，新鲜的血，我吸取自自由的世界……”就突然地拖着我们走进一个碧草绿烟柔波如语的瑞士湖上。开义一字用“并且”（德文 Und 即英文 And）将我们读者一下子就放在一个整个的自然与人生的全景中间。“自然何等温柔，何等的好，将我拥在怀抱。”写大自然生命的柔静而自由，反观人在社会生活中受种种人事的缚束与苦闷，歌德自己在丽莉小姐家庭中礼仪的拘束与恋爱的包围，但“自然”是人类原来的故乡，我们离开了自然，关闭在城市文明中烦闷的人生，常常怀着“乡愁”，想逃回自然慈母的怀抱，恢复心灵的自由。“波澜摇荡着小船，在击桨声中上前……”两句进一步写我们的状况。动荡的湖光中动荡的波澜，摇动着我们的小船，使我们身内身外的一切都成动象，而击桨的声音给予这流动以谐和的节奏。“上前”遥指那“山峰，高插云霄，迎着我们的水道……”自然景物的柔媚，勾引心头温馨旖旎的回忆。眼睛低低沉下，金黄色的情梦又浮在眼帘。但过去的情景，转眼成空，不堪回首，且享受新获着的自由吧！自然的丽景展布在我们的面前：“在波上辉映着千万飘浮的星……”短短的几句写尽了归舟近岸时的烟树风光。全篇荡漾着波澜的闪耀，烟景的缥缈，心情的旖旎，自然与人生谐和的节奏。但歌德的生活仍是以动为主体，个体生命的动热烈地要求着与自然造物主的动相接触、相融合。这种向上追求的激动及与宇宙创造力相拥抱的情绪表现在《格丽曼》（*Ganymed*）一诗中（希腊神话中，格丽曼为一绝美的少年王子。天父爱惜之，遣神鹰攫去天空，送至奥林匹斯神人之居）。

你在晓光灿烂中，
怎么这样向我闪烁，
亲爱的春天！
你永恒的温暖中，
神圣的情绪，
以一千倍的热爱，
压向我的心，
你这无尽的美！

我想用我的臂，
拥抱着你！

啊，我睡在你的胸脯，
我焦渴欲燃，
你的花，你的草，

压在我的心前。
亲爱的晓风，
吹凉我胸中的热，
夜莺从雾谷里，
向我呼唤！

我来了，我来了，
到哪里？到哪里？

向上，向上去，
云彩飘流下来，
飘流下来，
俯向我热烈相思的爱！
向我，向我，
我在你的怀中上升！
拥抱着被拥抱着！
升上你的胸脯！
爱护一切的天父！

——《格丽曼》

这首诗充分表现了歌德热情主义唯动主义的泛神思想。但因动感的激越，放弃了谐和的形式而流露为生命表现的自由诗句，为近代自由诗句的先驱。然而这狂热活动的人生，虽然灿烂，虽然壮阔，但激动久了，则和平宁静的要求油然而生。这个在生活中倥偬不停的“游行者”也曾急迫地渴求着休息与和平。

（一）

你这从天上来的
宁息一切烦恼与苦痛的；
给予这双倍的受难者
以双倍的新鲜的，
啊，我已倦于人事之倥偬
一切的苦乐皆何为？
甜蜜的和平
来，啊，来到我的胸里！

（二）

一切山峰上
是寂静，

一切树杪中
感不到
些微的风；
森林中众鸟无音。
等着吧，你不久
也将得着安宁。

——《游行者之夜歌》

歌德是个诗人，他的诗是给予他自己心灵的烦扰以和平以宁静的。但他这位近代人生与宇宙动象的代表，虽在极端的静中仍潜示着何等的鸢飞鱼跃！大自然的山川在屹然峙立里周流着不舍昼夜的消息。

深沉的寂静阻在水上。
大海微波不兴。
船夫瞅着眼
愁视着四面的平镜，
空气里没有微风！
可怕的死的寂静！
在无边寥廓里

不摇一个波影。

——《海上的寂静》

这是歌德所写意境最静寂的一首诗。但在这天空海阔晴波无际的境界里绝不真是死，不是真寂灭。他是大自然创造生命里“一刹那倾静的假象”，一切宇宙万象里有秩序、有轨道，所以也启示着我们静的假象。

歌德生平最好的诗，都含蕴着这大宇宙潜在的音乐。宇宙的气息、宇宙的神韵，往往包含在他一首小小的诗里。但他也有几首人生的悲歌，如《威廉传·麦斯特》中的歌曲《弦琴师》与《迷娘》，也深深启示着人生的沉痛，永久相思的哀感：

谁居寂寞中
嗟彼将孤独。
生人皆欢笑。
留彼独自苦。
嗟乎，请君让我独自苦！
我果能孤独
我将非无侣。

情人偷来听

所欢是否孤无侣?

曰夜偷来寻我者

只是我之忧

只是我之苦。

一旦我在坟墓中,

彼始让我真无侣!

——《弦琴师曲》

谁人识相思

乃解侬心苦。

寂寞而无欢

望彼天一方。

爱我知我人

呜呼在远方。

我头昏欲眩,

五脏焦欲燃。

谁解相思苦,

乃识侬心煎。

——《迷娘曲》(之二)

歌德的诗歌真如长虹在天，表现了人生沉痛而美丽的永久生命，他们也要求着永久的生存：

你知道，诗人的词句
飘摇在天堂的门前，
轻轻地叩着
请求永久的生存。

而歌德自己一生的猛勇精进，周历人生的全景，实现人生最高的形式，也自知他“生活的遗迹不致消磨于无形”。而他永恒前进的灵魂将走进天堂最高的境域，他想象他死后将对天门的守者说：

请你不必多言，
尽管让我进去！
因为我做了一个人，
这就说曾是一个战士！

附录 宗白华自述

我与艺术相交忘情，
艺术与我忘情相交。

我和艺术[①]

我与艺术相交忘情，艺术与我忘情相交，凡八十又六年矣。然而说起欣赏之经验，却甚寥寥。

在我看来，美学就是一种欣赏。美学，一方面讲创造，一方面讲欣赏。创造和欣赏是相通的。创造是为了给别人欣赏，起码是为了自己欣赏。欣赏也是一种创造，没有创造，就无法欣赏。六十年前，我在《看了罗丹雕刻以后》里说过，创造者应当是真理的搜寻者，美乡的醉梦者，精神和肉体的劳动者。欣赏者又何尝不当如此？

中国有句古话，叫做“万物静观皆自得”。静故了群动，空故纳万境。艺术欣赏也需澡雪精神，进入境界。庄子最早提倡虚静，颇懂个中三昧，他是中国有代表性的哲学家中的艺术

① 本文是作者为《艺术欣赏指要》所作序言，略有删节。——编者注

家。老子、孔子、墨子他们就做不到。庄子的影响大极了。中国古代艺术繁荣的时代，庄子思想就突出，就活跃，魏晋时期就是一例。

晋人王戎云："情之所钟，正在我辈。"创造需炽爱，欣赏亦需钟情。记得三十年代初，我在南京偶然购得隋唐佛头一尊，重数十斤，把玩终日，因有"佛头宗"之戏。是时悲鸿等好友亦交口称赞，爱抚不已。不久，南京沦陷，我所有书画、古玩荡然无存，唯此佛头深埋地底，得以幸存。今仍置于案头，满室生辉。这些年，年事渐高，兴致却未有稍减。一俟城内有精彩之艺展，必拄杖挤车，一睹为快。今虽老态龙钟，步履维艰，犹不忍释卷，以冀卧以游之！

艺术趣味的培养，有赖于传统文化艺术的滋养。只有到了徽州，登临黄山，方可领悟中国之诗、山水、艺术的韵味和意境。我对艺术一往情深，当归功于孩童时所受的熏陶。我在《我和诗》一文中追溯过，我幼时对山水风景古刹有着发乎自然的酷爱。天空的游云和复成桥畔的垂柳，是我孩心最亲密的伴侣。风烟清寂的郊外，清凉山、扫叶楼、雨花台、莫愁湖是我同几个小伴每星期日步行游玩的目标。17岁一场大病之后，我扶着弱体到青岛去求学，那象征着世界和生命的大海，哺育了我生命里最富于诗境的一段时光……

艺术的天地是广漠阔大的，欣赏的目光不可拘于一隅。但作为中国的欣赏者，不能没有民族文化的根基。外头的东西再好，对我们来说，总有点隔膜。我在欧洲求学时，把达·芬奇和罗丹等的艺术当作最崇拜的诗，可后来还是更喜欢把玩我们民族艺术的珍品。中国艺术无疑是一个宝库！

1983 年 9 月 10 日于北京大学未名湖畔